# 民《たみ》王《おう》



角川文庫
21847

# 目次

民王
たみ おう

# プロローグ

総裁選は終盤にさしかかっていた。

内閣支持率が低迷する中、首相の田辺靖《たなべやすし》が、突然の辞意を表明したのは、いまからおよそ三週間ほど前の九月一日のことである。

「ちょっと話がある。時間をくれないか」

首相官邸に呼び出された武藤泰山《むとうたいざん》は、「俺はもう辞める」と田辺から突然切り出され、あまりのことにしばし言葉を失った。

「ちょっと待ってくれ、総理。二代続けて、任期半ばの政権放棄はまずくねえか」

なにせ田辺の前任首相である安西滋《あんざいしげる》もまた、一年前の九月に突如辞任して国民をあきれさせたばかりだ。安西の場合は、秋の臨時国会で所信表明演説を行った後の辞任だったから、「いったいあの演説はなんだったんだ」と、その身勝手さにみんなあきれて開いた口がふさがらなかった。

当然のことながら、民政党への風あたりはますます強まり、支持率は急落。先の参議院選で野党第一党の憲民党に歴史的な惨敗《ざんぱい》を喫して過半数を奪われ、衆議院と参議院で第一党が異なる国会のねじれ構造を生むこととなったのである。

その安西を継いだ田辺まで、就任一年でふたたび内閣総理大臣の職を擲《なげう》とうというのだから、これが尋常な話であるはずはない。敵前逃亡は銃殺だぞ、というひと言も頭に浮かんだが、それはなんとか呑《の》み込み、さてどう説得したものかと泰山は押し黙った。

「俺はもう疲れたんだよ。頼む、辞めさせてくれ」

田辺は、いまにも泣き出さんばかりの顔で眉《まゆ》の根を寄せている。それを見たとたん奥歯が痛みだした。虫歯になっても、歯医者に行く時間もない。

「頼むといわれてもだな、国民がどう思うか考えてみろ」

痛みをこらえた泰山は幹事長としての威厳を言葉に込めた。のっぺりとした田辺の顔の中で、いまや力のない瞳《ひとみ》が揺れている。「安西さんに続いてふたりの首相が一年足らずで政権を投げ出すことになるんだぞ。民政党の総裁として、内閣総理大臣として、そんなことでいいのか」

「それはわかるよ。わかるし、ちょっとまずいとは思う。だけどさ、俺はもうダメなんだ」

田辺は弱々しくいい、少々拗《す》ねた口調になった。「この政局を乗り切れる自信がない。臨時国会でまた憲民党の抵抗に遭《あ》うことは目に見えてるし、その時俺が首相では戦えないだろう」

「誰だったら戦えるという話じゃない。そもそも、ねじれちまってるんだ」

泰山は諭《さと》すようにいった。「誰がやったって、この状況での舵取《かじと》りは苦労するさ。そんな気弱なことでどうする」

気持ちはわからんではない。連立を組む民連党に足下を見られ、臨時国会の召集日ひとつ自分の意見が通らない。

首相という職務にありながら、民連党の同意をとりつけなければなにもできない現実に、ほとほと嫌気が差したというのが、田辺の本心に違いない。

「いま政権が抱えている問題はあんたが辞任したところで、なんら変わるわけでもあるまい」

「だけど、蔵本《くらもと》憲民党対田辺民政党という構図は変えられるじゃないか」

逃げたいが故《ゆえ》の理屈にしか聞こえないことを、田辺はいった。蔵本志郎《しろう》は憲民党党首で、参院選での躍進を背景に、いままで田辺と激しい舌戦《ぜっせん》を繰り広げてきた論客である。

「おい、目先の構図なんぞ変えてどうする」

辛抱強く、泰山はいった。「辞めたら負けだぞ。あんたが負けるんじゃない、民政党が負けるんだ」

「負けないために辞めるんだ、俺は」

もはや詭弁《きべん》である。言い放った田辺は、まるで融通《ゆうずう》の利かない子供のように口をへの字に曲げ、黒縁のメガネの底から訴えるような眼差《まなざ》しを向けてくる。

田辺には、それが誤解であろうと、一度こうと決めたら聞かない子供じみたところがある。なんとか説得して思い止まらせようと思っていた泰山の気持ちが、諦《あきら》めに転じたのはこの時であった。

「就任後、たった一年だぞ」

泰山は念を押すようにいった。「あんたの政治家人生において、首相の座につくチャンスはもう二度とないかも知れない。それを任期途中で袖《そで》にして後悔しないか。そういうことも考えての決断か」

「もちろんだ、幹事長」

田辺は胸を張った。「そういうこともすべて考えた。熟慮《じゅくりょ》に熟慮を重ねた上での決意だ。田辺靖に二言はない」

嘘を吐《つ》け。

泰山はじっと田辺を見つめながら思った。就任演説の時には、誠心誠意、職務を全うするといったくせに。それをなんだ。

「わかった」

泰山は、そういうと両手でぱんと膝《ひざ》を叩《たた》いて立ち上がった。気持ちに折り合いがついてしまえば、決断の速い男である。「そこまで辞意が固いのであれば、私はもう引き止めない。このことを政調会長らに伝えていいんだな」

「お願いします」

いまや一国の首相たる威厳の欠片《かけら》もなくなった男を見下ろした泰山の頭に、ひしひしと危機感が押し寄せてきた。

ふたり続けての政権放棄は、無責任との誹《そし》りを受けてもやむを得ないところだ。長く日本の政党政治をリードしてきた民政党に対する国民の信頼を著しく毀損《きそん》する可能性をも孕《はら》んでいる。

田辺の辞任によって、民政党はいまだかつてない窮地《きゅうち》に直面するに違いない。

だが、それは同時に思いも寄らないチャンスを、泰山に運んできたといって過言ではない。党内を見回した時、いま田辺政権を引き継ぐにふさわしい政治家は、この武藤泰山を措《お》いていないからである。

これは、神が俺に与えたもうたチャンスかも知れぬ。

官邸の同じフロアにある官房長官の執務室に向かいながら、そう泰山は思った。

田辺はもう終わった。

次に総理の座につくのは、誰でもない、この俺なのだと。


田辺首相辞任をうけ、民政党本部で開かれた臨時役員会で民政党総裁選の実施が決まったのは、日付が変わろうかという深夜のことであった。

その後、元法務大臣を委員長とする党選挙管理委員会が決定した選挙日程は、九月十日告示、二十二日投開票。

この告示の日、立候補を表明したのは泰山のほかにふたりいた。茂木《もぎ》派を率いる茂木正一《しょういち》、それに林田《はやしだ》派の松田憲政《まつだけんせい》だ。そうして始まった民政党議員票二百二十五票と地方票三百票を合わせた五百二十五票の争奪戦は、明後日《あさって》の投票日を前に佳境《かきょう》を迎えようとしていた。


「おお、どんな具合だ」

個人事務所にいて、泰山はさっきから何度も時計を気にしつつ、入室してきた公設第一秘書の貝原茂平《かいばらもへい》に聞いた。名前は古くさいが三十二歳になったばかりの貝原は、政治家志望。いずれ、どこかの選挙区から国政に打って出るであろう男だ。

「地方票の過半数はまず堅いでしょう。問題は議員票ですが、いまだ竹田《たけだ》派の動向が読めません」

　こうした選挙戦で、民政党議員および党員らの票読みは、当落を左右するだけに最後の最後まで気の抜けない作業だ。

　誰がいったか、永田町《ながたちょう》には〝火事は最初の五分、選挙は最後の五分が勝負〟という格言がある。しかも、誰がどの候補者を支持するかは、組閣《そかく》時の人事にも影響してくる重大事であるから余計に目が離せない。その点、貝原が優秀なのは、こうした選挙の機微《きび》に通じ、実に的確な読みと考察を展開することができるからであった。選挙参謀として天賦《てんぷ》の才能を持つ貝原は、その歳の割に、泰山がいままで会ったどの政治家よりも票読みがうまい。

「松田先生は敵ではありません、先生」

　その貝原は続けた。「私の聞き込み調査では、松田先生に入る議員票は二十票そこそこ。地方票は入って十票といったところで相手になりません。そもそも松田先生にしてみれば今回の総裁選は、あくまで顔を売るためだけの位置づけであって、ご本人も当選するとは思っておられないでしょう。問題は、茂木陣営です」

「議員票で六十票ぐらいいきそうか」

　だとすれば、かなりの接戦になる。

「獲得するでしょう」

貝原は断言した。「地方票の獲得予想もほぼ拮抗《きっこう》していますから、議員票の勝負になるかと。その議員票ですが、先生の獲得予定票数はいまのところ八十五票。松田先生に二十票いくとして、残る六十票弱が当落を決するに違いありません。つまり、竹田派の票が問題です。ここは城山《しろやま》先生のご威光におすがりするしかないかと」

城山和彦《かずひこ》は民政党の大物議員で、泰山も所属する城山派のボスだ。

「竹田先生は、そう簡単なお方ではない」

泰山の言葉に、貝原は重々しく頷《うなず》いてみせた。

「ほんとうはご自身の派閥から総裁候補を出したいとお思いになっているでしょうから」

竹田康造《こうぞう》は民政党のご意見番といえば聞こえはいいが、いまや老害と陰口を叩かれる始末に負えない政治家であった。もともと泰山と同じ二世議員で、政界では名門の出自。かつて首相経験もある竹田は、ああいえばこういうの竹田節で知られ、テレビウケはするものの、実務となると煩《うるさ》くてかなわない。そのせいか、かつて竹田派にいた有望議員の多くが鞍替《くらが》えして、いま竹田のもとに集う議員に首相が務まりそうな者などひとりもいない。かくいう泰山もかつて竹田派の門を叩いたが、その後城山派に乗り換えた口だ。

城山派でなければ八十五票もの組織票を獲得することは難しかったろうが、ここに来て袂《たもと》を分かった竹田の顔色を窺《うかが》わなければならないというのも、ばつの悪いことこの上ない。

案の定《じょう》、票を回してくれと頼みにいった泰山に、竹田が過去を持ちだしてああだこうだというものだから、城山が一肌脱いで仲裁《ちゅうさい》に出るという話になっているのであった。

さっきから泰山が時計ばかり気にしているのは、午後七時過ぎから赤坂《あかさか》の店で行われていた話し合いがそろそろ終わろうかという頃だからだ。会談の結果次第で総裁選の行方は大きく左右される。

竹田がへそを曲げれば、茂木に入れるといいかねない。そうなれば、泰山が民政党総裁、つまり総理大臣になれる機会は少なくとも、数年先までお預けだ。

「実は、少々気になることを耳に挟みまして」

貝原が表情を曇らせていった。「茂木先生がここのところ、竹田先生と何度か密会されていたとのことで」

「ほんとうか」

泰山は思わずソファから体を乗り出した。「なんでそんなことがわからなかった」

「わからないから、密会なんです」

貝原にいわれ、「あ、そうか」と納得した泰山は、「で、会談の内容は」、と聞いた。

「わかりません。ただ、話がまとまったのであればなんらかの情報は流れてこようかと思います。なにもまとまらなかったから、なにも聞こえてこないのだと思います」

「それもそうか……」

長い嘆息を洩《も》らした泰山は、瞑目《めいもく》して腹の前で指を組んだ。

イザ選挙となれば日本中を駆け回ってきた猛者《もさ》である泰山にとって、待つことほどつらいものはなかった。

オヤジ、頼むぞ。

そう心の中で城山の説得に期待するものの、相手が相手だけにそれが容易でないことは想像がつく。

辛抱して待ち続けた泰山の携帯電話が鳴りだしたのは、午後九時をとうに過ぎた頃であった。

画面に表示された城山の名前を見て、泰山はごくりと生唾《なまつば》を呑《の》み込んだ。

「おお、話してきたぞ」

クルマの中から電話をかけているのか、城山の威勢のいい声もくぐもって聞こえる。

「お疲れさまです」

真っ先に内容を問いたいのをこらえ、泰山は神妙に、ねぎらいの言葉を口にした。

「ちょっとお前に話がある。これから私の事務所まで来てくれないか」

俄《にわか》に緊張を覚えながら、「馳《は》せ参じます」と泰山は通話を終えた。

「行くぞ、貝原」

泰山の様子から相手が城山だと悟っている貝原はすでに立ち上がっていた。

「いい話ですか」

「わからん」

難しい顔で泰山はいった。「それを確かめに行くんだ」

いま泰山ができることは少ない。城山を信じ、天命を待つ、ただそれだけだ。

三番町《さんばんちょう》にある事務所の応接室に駆け入ると、すでに城山が先に入って待っていた。

白いYシャツ姿の城山は、酒で赤くなった顔の前で扇子《せんす》をぱたぱたさせている。泰山の顔を見るなり立ち上がり、まあ座れ、とふたりにソファを勧めた。

「いま竹田さんと会ってきた」

泰山は息を止め、言葉の続きを待った。こうして当たり前の前振りをするところが、城山の芝居がかったところで、悪い癖だ。交渉がかなり難儀《なんぎ》なものであったことは、濃い疲労の滲《にじ》んだ表情が物語っている。

「なんでも茂木さんはすでに三度、竹田さんのところに足を運んだそうだ。だが、俺と竹田さんの間だ、三度も必要ない。話は一度で十分だ」

果たしてその言葉がなにを意味するのか。貝原が隣でごくりとつばを呑み込む。

「いいか泰山、よく聞け。明後日の総裁選、竹田派の票はお前に入る」

緊張した面持《おもも》ちで城山を見つめる泰山の表情の中で、満面の笑みが咲いた。

「ありがとうございます」

深々と頭を下げた泰山に、城山は道路族議員の首領《ドン》らしい大きな手を差し出した。

「おめでとう泰山。君は明後日、民政党総裁になる。次の首相は、君で決まりだ」

＊＊＊

皎々《こうこう》と照明が灯《とも》った室内は、密談には明るすぎた。窓の外にはライトアップされた国会議事堂のシルエットが浮かんでいる。午後から吹き荒れた強風が掃いた空には、都心では珍しく美しい星が震え煌《きら》めいていた。

午後九時を過ぎているというのに、室内は昼間のオフィスのように人が出入りし、落ち着かなかった。ひっきりなしに電話や携帯が鳴り、絶えず話し声がしている。そのどれもが、民政党総裁選の行方に関する情報であることは、断片的に洩れ聞こえてくる言葉でわかる。武藤、林田派、城山……。混沌《こんとん》としていた民政党総裁選も大詰め、どうやら武藤泰山の次期総裁選出が確実な情勢だ。

肘《ひじ》掛《か》け椅子に座っている男もさっきから携帯を握りしめて誰かと話していたが、通話を終えると、携帯電話をまじないでも書いてある札かなにかのように見つめてから、顔を上げた。

「おおかたの予想通り、次期総裁は武藤泰山になるだろう」

低い声でそこまでいった男は、一旦《いったん》言葉を切って睨《にら》みをきかせた。「ついに君の出番だ。武藤らの動きを報告してもらいたい。我々の手で日本を変えるんだ」

「力になれるのなら」

ソファにかけていた人物は、少し考えてこたえた。「ですが、ほんとうにそんなことができるんですか？　その、あなた方の計画のことですが」

「もちろん」

男はいった。「妄想でも空想でもない。現実的な計画だ。君には迷惑はかけん。君はただ、情報を伝えてくれるだけでいい」

「私じゃなくてもいいんじゃないですか？」

戸惑いや逡巡《しゅんじゅん》は、疑問になって口から出た。

「我々の賛同者で怪しまれずに武藤らの情報を得られるのは君だけだ。日本を変えるんだ」

繰り返された男の言葉は、有無をいわせぬ説得力があった。

「わかりました」

しばしの再考の後、こたえた。「可能な範囲で、協力します」

# 第一章　御名御璽《ぎょめいぎょじ》

1

「わたくし武藤泰山、このたび国会による指名により、かしこくも御名御璽を頂戴《ちょうだい》し、内閣総理大臣に就任いたしましたことをここにご報告申し上げます。我が国の民主政治を牽引《けんいん》してきた偉大なる先達《せんだつ》の末席に連なる者として、不肖この武藤、誠心誠意、国民のため、社会のため、そして日本のために献身して参る所存であります。

我が国は、終戦から平成の現在に至るまで、かつて類を見ないほどの速度で復興し経済大国としての成長を遂げて参りました。国民の生活水準は向上し、戦争のない平和で豊かな社会が実現したことはいまさら申し上げるまでもありません。

しかし、その豊かさに綻《ほころ》びが見え始め、私たちの社会は至る所で劣化し、従来の仕組みでは対応できない問題が惹起《じゃっき》してきております。少子高齢化社会の到来、そしてフリーターや派遣労働者の増加傾向に見られる経済格差の問題、国際社会での紛争、さらに環境問題。そのいずれもが、いま手段を講じなければ手遅れになるであろう重大な課題ばかりでございます。

このような難局に政権を担当する者として、私武藤は、我が国の伝統を重んじ、誰もが心から安心して暮らせる明るい社会を実現すべく邁進《まいしん》致す所存であります。

我が国を心から愛する一政治家として、また一国民として、内閣総理大臣としての職務を全うし、国民の皆さんと共に新しい日本、豊かな未来を切り拓《ひら》いて参ります。どうか、この武藤を信頼していただき、民政党と民連党が共に協力して作る政府に期待していただきたいと思います。

私は、やり遂げます。私は、逃げません。私は、戦います。

私は、国民の皆さんを裏切りません。そして私は、国民の皆さんと共にあり続けます。

武藤泰山は、全身全霊をもって国政に我が身を捧《ささ》げる覚悟でございます」

所信表明演説を終えた武藤に、民政党議員を中心とした盛大な拍手がわき起こった。

それにこたえる武藤の満足げな表情がその時、微妙に歪《ゆが》む。

イテテ。

虫歯だ。

その痛みをこらえた武藤は議員席に一礼し、総理大臣に上り詰めた満足感を全身で味わいながらゆっくりと演壇を降りた。

## 2

「冒頭解散するのかと思ったぞ、泰山」

国会の所信表明演説が終わった後、首相官邸に武藤を訪ねてきた城山は、開口一番そういった。「いつ〝詔書《しょうしょ》が届きました〟っていわれるかと思ってな。おかげで昼寝をしそこねた」

城山の口調が少し口惜《くや》しげなのは、心のどこかで解散を期待していたからだろう。

「いまなら勝てると思ってらっしゃるんでしょう」

泰山がいうと、案の定、城山は真顔で頷《うなず》いた。

「勝てる。勝てるぞ、泰山。これを見ろや」

そういって差し出したのは、この日の夕刊の記事であった。そこに新聞社が実施した緊急アンケート調査の結果が載っている。

民政党武藤泰山、憲民党蔵本志郎。このふたりのうち、どちらが総理大臣にふさわしいかという質問に対して、泰山の支持率は四十五パーセント。一方の蔵本は、二十パーセントという結果になっていた。

「やはり、閣僚名簿を自分で読み上げるっていうパフォーマンスが良かったな」

城山は持ち上げた。「あれはカッコ良かった。なにせ、〝俺たちの泰山〟だもんな。さすがアキバ系だ」

「やめてくださいよ」

実はまんざらでもない泰山は、思わずニヤついて手をひらひらさせる。

一週間前、閣僚名簿を発表する際、泰山はそれを自分で読み上げたのであった。官房長官が読み上げるのが普通なので、異例のパフォーマンスだが、〝ざっくばらんな武藤流〟とウケは上々だ。一方の〝俺たちの――〟というのは、アニメやマンガを世界に誇る日本の文化だとかつて公言したことのある泰山を応援するため、秋葉原《あきはばら》の若者たちがかかげた横断幕。これも新聞に載り、泰山人気を後押しする一助となったのであった。

「支持率では、憎たらしいあの蔵本の倍だ、泰山。でかしたぞ」

にんまりした城山に、「しかしこのアンケート、泰山先生でもなく、蔵本党首でもない、態度保留が三十五パーセントありますよ」、と横から水を差したのは貝原だ。

「それがもし蔵本に流れれば、形勢はあっという間に逆転します」

「余計なことをいうな、貝原」

城山はむっとし、「お前の考えを聞かせろ」と泰山を向いた。

「解散はいつだ」

じっとこちらを見つめる城山に、泰山は、「正直、いまそのタイミングを計っているところです」、とそういった。

いくら城山でも、いつ解散しろと余計な口を挟むわけにいかない。解散の時期は首相たる武藤の専権事項だからだ。もとより、泰山としても解散を先延ばしにしようと思っているわけではなかった。

　国民の信を問う必要がある。

　このことは、民政党員だけではなく、全国会議員に共通した認識ではないだろうか。

　参議院選挙で惨敗し、同院で第一党の座から滑り落ちた民政党に対し、勢いづいた憲民党は、民意を反映しない衆議院は即座に解散すべしと息巻いている。もちろん、新聞がこのようなアンケートを実施するのも〝解散間近〟の観測あってのことで、大見得《おおみえ》を切った所信表明演説とは裏腹、武藤政権が長期政権になるとは、当の泰山も思っていない。

「あんまり早くやっても、この前の参議院選の二の舞になるやも知れませんから」

　泰山は慎重な口ぶりでいった。「かといって遅すぎてタイミングを逸してしまうのもまずい」

「わかっておるではないか、泰山」

　城山はいい、シャツの胸ポケットに差していた愛用の扇子を取った。扇子には、城山家の家紋が入っていて、その風貌《ふうぼう》といい、見てくれはほとんどヤクザである。城山は続けた。「参議院選は自爆みたいなもんだ。たしかに憲民党が議席を増やしたが、あれは憲民党が勝ったわけじゃなく、ウチが負けたんだ。お前もその認識だろう」

　泰山は頷いた。

　だからほんとうはその時首相だった安西滋が潔《いさぎよ》く解散しておけばこんなねじれ国会なんてことにならなかったと思う。仮に衆議院選で敗北して、万が一政権を奪われる危険性はあっても、相手は間抜けな憲民党だ。どうせ半年もすれば、あれやこれやとボロが出て国民から総スカンを食うのは目に見えている。

「選挙には勇気がいる」

城山はいった。「安西はそれがなかった。田辺もだ。タイミングとはチャンスであり、チャンスはそうそうあるもんじゃない。国民はいま、お前に大いに期待をしている。武藤泰山なら、なにかやってくれるんじゃないかとな。解散すれば勝てる。勝てば、憲民党の連中も口を噤《つぐ》むしかあるまい」

「そう簡単にいくとは思えません」

またもや城山の発言に水を差すようなことを貝原はいい、城山はイヤな顔をした。貝原の頭がいいことは折り紙つきだが、どうも話の腰を折るのが玉に瑕《きず》である。「首相人気は間違いのないところですが、さりとて圧勝するほどの地合いではありません。もう少し政策でポイントを稼いでからのほうがいいのではありませんか、先生。景気も悪化しているところですし」

「まあ、そのヘンのところは、お前に任せる」

城山はパチッと扇子を閉じて腰をあげた。「しかしだな、せいぜい政局を睨《にら》んで、期待される役割を果たせよ、泰山。もう一度いうが、いまのお前なら勝てる。頼んだぞ」

いかにも城山らしい激励の仕方である。そうやっていいたいことだけいうと、城山はさっさと席を立っていった。

「やれやれだな」

残された泰山はあきれていった。「さっき所信表明演説をしたと思ったら、もう解散話だぞ、貝原。たまったもんじゃないな。だいたい、新聞がよくない、新聞が。解散をあおりよって」

　選挙管理内閣。全国紙の毎朝《まいちょう》新聞の解説が、武藤内閣に冠した名前である。

「解散して勝てば、また先生が首相ですよ」貝原が気休めをいう。

「負けたらどうする。新聞が書いたように、選挙だけして終わる三日天下になっちまうじゃないか」

「強気の先生にしては、悲観的観測ですね」

「悲観的にもなるわい」

　そういって泰山は椅子の中で背伸びをし、深い嘆息を洩《も》らした。歯の痛みは引くどころかますますひどくなってきている。「こんなのは政治じゃねえ」

「でも、選挙は政治家の命ですから」

　若いくせに貝原は、わかったようなことをいった。「しばらく様子を見るにせよ、武藤内閣がいままでと違って品格のある内閣だと認識されれば、民意も大挙して動くに違いありません」

　しかし――。

　その時、部屋の外で人声がしたかと思うと、ノックもしないで息を切らした男がひとり、飛び込んできた。

　官房長官の狩屋《かりや》孝司《こうじ》である。

　馬面の額に浮いた玉の汗をスーツの袖《そで》で拭《ぬぐ》った狩屋は、慌てふためいていた。顔は真っ赤だ。

「泰さん、たいへんです。江見《えみ》さんが！」

盟友である狩屋は、泰山のことを〝泰さん〟と呼ぶ。一方の狩屋は、〝カリヤン〟だ。

「江見がどうした」

きょとんとして泰山は聞いた。江見芳信《よしのぶ》は連立を組む民連党のベテラン議員で、先の組閣では国土交通大臣に任命している。

「失言です。横浜《よこはま》で開かれた講演会で問題発言を――」

「問題発言だと？」

泰山は、素《す》っ頓狂《とんきょう》な声をあげた。「どんな発言だ、カリヤン」

「日教連が強い県は学力レベルが低いといったそうです」

日教連――日本教職員連盟はその名の通り、教師たちの労働組合である。

「おいおい」

泰山は鋭い舌打ちをした。「何を考えておるんだ、江見は。で、マスコミの反応は」

「大騒ぎですよ。せっかく高い支持率を得てるんですから、ここはなんとしても事態を収拾して乗り切らないと」

「困った奴だな。釈明させろ」

自身、過去に何度か失言した経験のある泰山はいった。「誰でもつい口を滑らせることはある。江見にそういって発言の訂正をさせるしかないだろう」

「それが……」

狩屋は顔をしかめた。「私も江見さんにそういったんですが、本人が渋ってまして」

「渋るだと?」

わけがわからない。「どういうことだ、それは?」

「おい江見さん。あの発言の真意はなんだ。民連党の見解でもないだろうに」

その夜遅く、事態収拾を図るため官邸に呼びつけた江見に泰山は問いただした。ところが、江見はそれにまともにこたえず、

「このたびは大変ご迷惑をおかけいたしましたこと、お詫《わ》び申し上げます」

頭を下げる。

「詫びなんかいらん」

泰山は苛立《いらだ》ち、持っていた扇子で自分の膝《ひざ》の辺りをぴしゃりと打った。「真意はなんだと聞いてるんだ、大臣」

「それは言葉通りの意味でございます」

悪びれるどころか、そういって江見は胸を張った。「日教連が教育の敵であるというのは、私の持論でありまして、一貫して主張してきたことであります。あの講演ではそれを申し上げたまで。決して失言などではありません」

「あのな、江見さん。それじゃあまずいんだよ」

横から狩屋がいった。こういう時の狩屋はどこかみじめったらしくて、気弱なサラリーマンのような口をきく。「新政権、発足したばっかじゃない。それにミソつけないでくれよ。だい

たい、そんなことといったら問題になるってわかるでしょう。連立の屋台骨だって揺らいじゃうしさ」

「問題になるとかならないとかの問題ではありません」

わからず屋の江見はいった。「信念を申し上げることが、政治家としての誠意であると考えております」

この野郎。

泰山は、江見を睨《にら》み付け、いくら連立内閣という事情があるとはいえ、こんな男を推薦されるままに入閣させてしまった自分に腹を立てた。

「あのさ、江見ちゃん」

狩屋は、なれなれしい口調に転じた。「清濁併《せいだくあわ》せ呑《の》むって言葉あるでしょう。自分の信念だからなにいってもいいってことじゃないと思うんだよね」

「私は政治家であります」

江見は、政治家というより、軍人のように頑《かたく》なな目を狩屋に向けた。背筋をすっと伸ばし、毅然《きぜん》とした態度は一見立派だが、いってることとやってることは無茶苦茶である。

もしあんたが選挙の時にそんな信念を語っていたら、とっくに落選してただろうよ。

泰山はそういってやりたかったが、江見との関係を荒立てたところで事態は解決しない。代わりに口にしたのは、建設的な提案である。

「私としては、この失言問題を可及的速やかに処理し、当面の政局に集中したい。釈明して欲しい」

「それはできません」

きっぱりと江見は断った。

「この際信念は封じて欲しい」

我慢強く、泰山はいう。「そんな個人的な事情のために政権を汚すようなことはしないでもらいたい」

「政権を汚したつもりはございません」

江見の目は泰山ではなく、まっすぐに壁に向けられたままだ。

「江見ちゃん、あんたにつもりはなくてもさ、世の中ではそう取られちゃうのよ」

狩屋が眉根《まゆね》を寄せた。

「世の中におもねることばかりが政治でしょうか」

「そういうことじゃなくてさあ。なんでわかってくんないのかな」

焦《じ》れったそうにいって、狩屋は助けを求める目で泰山を見た。

「いわせてもらうがな、江見さん、あんたの発言は閣僚としてははなはだ不適切だ。あんたがどう思おうと、大臣を続けるつもりなら、訂正するなり釈明するなりしてもらいたい」

江見の態度が頑ななので、泰山もついきつい口調になる。元来、滅法《めっぽう》短気な泰山である。

「私は、主張を変えるつもりも信念を曲げるつもりもありません。正しいことをいっているのに訂正だの釈明だのと、まったく心外な話です。地位に恋々《れんれん》とはしませんせん」

アホかこいつは。泰山は目の前の勘違い男を見つめた。

「日教連についていまここで議論するつもりはない。だが、あんたにとって、国土交通大臣の椅子とはそんなに軽いものか。大臣になる覚悟とはその程度のものなのか」

返答はなかった。

「ようやく国民の支持をとりつけることに成功したこのタイミングで、また閣僚が辞任すればどれほどのマイナスになるか。先の参議院選挙を忘れたわけではあるまい」

「もちろんです。日教連なんてものはですね、ぶっ壊しちまえばいいんだ」

なおも江見は言い放ち、泰山と狩屋に天井を仰がせた。

もはやこれまで。しばし瞑目《めいもく》した泰山は、いま再びかっと見開いた目で江見を見据える。

「あんた、次の選挙で、負けるぞ」

さすがにこのひと言に江見は黙り込んだが、それも束の間、「勝ってみせますよ」、と不敵な笑みを浮かべた。

「私の意見を支持してくれる国民は大勢いますから」

いるかそんなもん。そういいたいのをこらえ、泰山はいった。

「江見さん、あんたには進退を考えてもらわなければならん」

「泰さん、就任わずか五日目ですよ」

狩屋が顔色を変えた。

「就任何日目だろうと、そんなことは関係ない。あんたは政権の閣僚として相応《ふさわ》しくない。いや、あんたはわかっていないようだが、それ以前に政治家としても不適格だ。が、それはいうまい。あんたが政治家を続けられるかどうか、それは国民が決めることだからな」

「それは私に大臣を辞めろということですか」江見は喧嘩腰《けんかごし》で問うた。

「信念を曲げるつもりがないのなら、そうしてもらうしかあるまい。地位に恋々としないという言葉がほんとうなら、それでよかろう」

江見はじっと泰山を見たが、「いいでしょう、更迭《こうてつ》でもなんでもされたらいい」、そう言い捨て、さっさと立ち去ってしまった。

江見が出て行った後の部屋で、泰山は、はあっ、と深いため息を洩《も》らした。

「まずいですよ、泰さん。任命責任を問われます」

「わかってる」額に手を当て、泰山はいった。

「今度の総選挙では武藤人気が頼りなんですから──」

「もうそれ以上いうな、カリヤン」

泰山は、狩屋を遮《さえぎ》った。「この政局、なんとしても乗り切るぞ。それが俺の使命だ」

## 3

「総理にお尋ねいたします」

質問に立った憲民党の蔵本は、いかにも底意地の悪そうな眼差《まなざ》しを泰山に向けた。江見の失言問題から更迭、後任人事と続き、ロクに睡眠時間も取れないほどの慌ただしさに放り込まれた泰山は、寝不足と疲労が入り混じった顔で質問の続きを待つ。

「江見前国土交通大臣の一連の失言につきまして、総理ご自身がどうお考えなのか、お聞かせいただきたいと存じます」

——武藤泰山君。

衆議院議長、河田秀平《かわだしゅうへい》の眠そうな声に応じ、泰山は立ち上がった。

「今回の江見前国土交通大臣の発言につきましては、誠に遺憾《いかん》であり、閣僚として相応しくないという認識でございます」

——蔵本志郎君。

「いったい、そんな人を大臣に任命したのは誰ですか。あなたでしょう、総理。仮にも、大臣ともあろうものが職責に相応しからぬ主義主張を真っ向から唱えた挙げ句、自分は間違っていないと開き直ってみせる。まったくお粗末ですなあ。そもそもこんな人物を大臣に任命した総理の責任は重大であり、国民を大きく失望させたことは大きな問題である！　と考える次第であります。それをどうお考えになるのか、お伺いします」

——武藤泰山君。

「国民の皆さんにはたいへんご迷惑をおかけし、申し訳なく思っており、謝罪申し上げます」

——蔵本志郎君。

「懲りませんなあ、総理。あなたは先日の所信表明演説でなんとおっしゃったんですか。私は国民の皆さんを裏切りません――そうおっしゃったでしょう。裏切ってるじゃないですか！　だいたいですね、大臣になってわずか五日ですよ、五日。たった五日で、国民の認識からかけ離れた放言を繰り返して辞任する大臣がどこにいますか。国民を愚弄《ぐろう》する事態を招いた責任は、もっと明確にされるべきだと考えますが、いかがですか」

議場にヤジが飛び交った。

――武藤泰山君。

「愚弄したとは思っておりません」

――蔵本志郎君。

「じゃあなんなんですか。納得できる謝罪なり、態度表明なりされるべきじゃないんですか」

――武藤泰山君。

「ですから――」

蔵本はしつこい男だ。だんだん腹がたってきた。「誠に遺憾であると申し上げておりますし、政府に対する信頼を回復すべく、今後一層の努力をして参る所存でございます」

――蔵本志郎君。

「総理。あなたの任命責任とは、そんなに軽いものなんですか」

小憎たらしい男であった。そもそも憲民党は、民政党の議員が袂《たもと》を分かって旗揚げした歴史の浅い党であり、蔵本はかつての仲間だ。お互いの性格も手の内も知り尽くしている。その当時から気にくわない男だったが、野党第一党の党首になったいまは、なおさらだ。

──武藤泰山君。

「私は、誠に遺憾と申し上げておるわけでして、遺憾という言葉は最大限、重たいものという認識であります」

──蔵本志郎君。

「そんなに重たい認識であれば、きちんと責任を明確にし、もっと相応しい対処の仕方があるんじゃないでしょうか。そもそもですね──」

蔵本は、いままでの民政党政権のやり方を逐一あげつらい、批判し始めた。

この野郎……。

腹の底に湧いた怒りは止まることなく膨《ふく》らみ始め、武藤はぎらつく眼差しをマイクの前にいる男に向ける。

蔵本は延々と自説を展開し、じわじわと泰山を追い詰めようとしていた。その時──。

また、歯が痛みだした。先日、忙しい最中わざわざ歯医者に行ったのに、痛みはまるでおさまる気配がない。あの藪《やぶ》医者め。だが──。

泰山ははっと顔をあげ、体を硬くした。

「安西政権まで遡《さかのぼ》っただけで、一体何人の大臣がお辞めになったんでしょうか」

蔵本が皮肉たっぷりにいった時だ。「──そもそも、あんたなんか政治家になれる器とも思えないしね」

続いて、そんな言葉が聞こえてきたからである。

泰山は、ぽかんとした表情を浮かべた。蔵本の発言か？

椅子の背から体を離し、唖然《あぜん》として蔵本を見つめる。いまのは蔵本がいったのか？　であれば、それこそ問題発言じゃないか？

そう問いかけた泰山はふと思い止まり、周囲を見回した。

本来なら大騒ぎになるだろう議場に変化はない。聞こえてくるのは、与野党議員のヤジばかりだ。

なんだったんだ、いまのは？

疲れてるからな。

泰山は思った。空耳だろうと。

念のため、隣席にいる経済産業大臣の鶴田《つるた》洋輔《ようすけ》を見た。起きているのか眠っているのか、鶴田はまるで反応を示していない。さすが、〝居眠り鶴田〟だ。

「大臣はまさに国政の要《かなめ》でありまして――」

蔵本の発言は続いている。「――笑っちゃうよ、ほんと」

なにっ。

また聞こえた。体を起こした泰山は、蔵本を凝視《ぎょうし》する。

だが、目の前で発言している蔵本の余裕をかました表情に変化はない。「その大臣がたった数日で辞任に追い込まれるなどという事態は許容できるものではございません。――あんたみたいにね、頭の中がカラッぽの人間が政治家になったら、私たち国民が不幸になるだけだから」

気づいた時、泰山は立ち上がっていた。

議場の視線が泰山に向けられる。蔵本までが言葉を止め、どうしたんだと問うような顔をこちらに向けていた。それまで目を閉じていた鶴田の、驚いた顔が隣にあった。

「武藤泰山君、ご着席ください」

その時、議長席から河田のぼんやりした声がいった。だが、泰山はその議長の声を最後まで聞くことはできなかった。

4

不思議な誕生日パーティだった。

誕生日を祝ってもらうはずの主役が目立たず、ゲストばかりが目立つ。そんなパーティだ。六本木《ろっぽんぎ》のクラブである。

「ねえねえ、もう一本開けていい、真衣《まい》?」

ミニスカートがずれてパンツが見えているのにも気づかず、へべれけに酔っぱらった向かいの女子大生がドンペリの空瓶を振っている。貸し切りにした店内の片隅にいて、武藤翔《しょう》がさっきから意識しているのは、すこし離れたテーブルにいる派手な女だった。背中まである長い髪をしきりと気にしている女は、体にぴったりとしたラメ入りのミニ・ワンピースから伸びた脚を組み、真っ赤なハイヒールをサンダルのようにぶらぶらさせている。

相当遊んでいそうだが、はっとするほど綺麗《きれい》な女だった。女は、似たりよったりの派手な女たちと、彼女たちを目当てに群れているギラついた目をした男たちに囲まれ、ちょっとした女王様気取りだ。

胸元の宝石といい、シャネルで固めた小物といい、金回りはかなりいいに違いない。頭の中は空っぽに違いないが、こういう女は翔の好みだ。

「ドンペリでいいの？　DRCもあるけど」

その隣の席からこたえたのは、当パーティの主役でありホステスでもある、南真衣《みなみ》だ。DRCは、ドメーヌ・ド・ラ・ロマネコンティの頭文字。高級ワインである。

「ええっ！　DRCあるの？　あたしそれがいい。それにしてえ」

さっきの女がだだをこねる子供のように体をよじった。

やれやれという顔で頷《うなず》いた真衣は、立っている翔の近くに来ると、店のマネージャーを手招きする。

「荒木《あらき》、去年ロスで大量に仕入れてきたカリフォルニアワインあったよね。そう一本七百円のやつ。あれ出してやって、あのテーブルに」

視線でドンペリの空瓶を抱えている女がいるテーブルを差す。

「しかし、社長。DRCじゃなくて大丈夫なんですか」

荒木と呼ばれた男が聞いた。

「あんな酔っぱらいのバカ女になんか出すことない。醬油《しょうゆ》呑ましてもわかりゃしないわ。あ、ラベルだけDRCの空瓶のやつから剝《は》がして貼り付けといてちょうだい」

小さく頷き、荒木がワインセラーの奥へと下がっていく。

「なかなかやるじゃん」

ワイングラスを片手にしたまま、盗み聞きしていた翔はいった。「さすが悪徳社長」

真衣は、翔と同じ京成《けいせい》大学に通う三年生だが、学生起業家として成功した有名人だった。大学一年生の時に興味半分で起こしたインターネット通販の会社でひと山当てた真衣は、その後事業を拡大し、いまや年商数十億円の会社を経営する学生社長である。この六本木のクラブも、最近真衣が買収してから客足はそれまでの三倍になったという。見かけは地味で目立たないが、真衣の商売感覚はおそろしいほどに鋭い。

「あら、盗み聞き？　でも、翔なら内緒にしてくれるよね」

真衣は、少し幼さの宿る笑顔を見せた。くりっとしたかわいらしい目が印象的だ。

各界で活躍する同年代の友人や知人を招いたこのパーティの参加者は派手な連中ばかりで、その中にいると真衣はたちまちのうちに埋没してしまい、探すのが難しいほどだ。どうせなら自分もド派手な格好で登場すればいいのに、今日も真衣はベージュを基調とした地味なスーツ姿だった。

「ロマネコンティぐらい出してやりゃあいいじゃん。どうせ腐るほどあるんだろうしな」

翔はいった。このパーティは最初に会費一万円を取るだけで、あとの費用はすべて真衣が持っている。「お前にとっちゃそんなもん、それこそ醬油の小瓶ほどのもんだろうに」

「そんなことないわよ。そういうところが緩《ゆる》いとお金なんてすぐになくなっちゃうもの」

真衣は堅い商売人の一面を覗《のぞ》かせていった。

「ドンペリは出したのにか？」

そういうと真衣はカウンターのどこかから取り出した小さな薬包《やくほう》を翔に見せた。「これ、ウチの新商品」

「なんだそれ」

「『ドンペリの素《もと》』よ」

「なに、『ドンペリの素』？」翔は目を丸くした。

「そう。安物のスパークリングワインにこれを入れると、あら不思議。ドンペリの味に早変わりってわけ」

「すげえ」

翔は感心して聞いた。「これいくら？」

「値付けはこれからだけど、一箱三包で五百円にしようと思ってる。キャッチフレーズは、〝ワンコインでドンペリを呑《の》もう〟ってどう。今日のパーティで試してバレなかったら売りだそうと思ったんだけど。ほとんどタダ同然のパーティなんだから、それぐらいのマーケティングさせてもらってもいいでしょう。とはいえ――」

そういって背後のテーブルをあきれ顔で一瞥《いちべつ》する。「あの人たちじゃあ、なに呑ませてもわかんないわね」

「乾杯の時には、ドンペリの味がしたけどな」

「最初だけは本物を出したのよ」

さらりといった真衣は、「ところで翔。あの真ん中の子、気になるでしょ」、と翔の心を見透《みす》かしたようにいった。

「ちょっとな」

「後悔しない？」

どういう意味だよ、そう聞こうと思った時、すでに真衣は歩きだしていた。

「エリカ」

声をかけると、同じテーブルで交わされている会話に耳を傾けていた女のどこか高飛車な視線がこっちを向いた。「紹介するよ。武藤翔君。こちらは、村野《むらの》エリカ。翔のお父さんは、武藤泰山よ」

真衣が口にしたとたん、ほおっ、という感嘆の声がテーブルからあがる。

さっと翔のためにスペースが空けられ、「どうもありがとう」とエリカの隣に座ると、すかさずぴかぴかに磨かれたワイングラスが差し出された。

「へえ、あの武藤総理が君のパパなんだ」

エリカはまじまじと翔の顔を見た。

「なんか俺の顔についてる？」

「あんまり似てないなと思って。だって君んちのパパってさ、ひょっとこ面でカッコ悪いんだもん。あれで主要国頭脳会議とか出るなんてみっともないよ。ねえ」

テーブルにいる仲間に同意を求めるが、臆《おく》した仲間から返事はなかった。見かけよりかなり酔っぱらっているらしいエリカは完全にはじけていた。

「それをいうんなら、主要国首脳会議なんじゃねえの」

「わざとよわざと。あんたの教養を試したの」

さっきまでの興味は綺麗に消え失《う》せ、代わりに少しいらついた。うぜぇ女。「それにさ、どっちだって似たようなもんじゃない。でも日本の首相が出るんなら主要国無能会議とかのほうがお似合いよ」

「けっ」

翔は吐き捨てた。「そんなに人の親のことなんか気になんのか」

「だって君、どうせそのオヤジの選挙区継いで議員になるんでしょ」

「俺が議員に？　ご冗談！」

翔は笑い飛ばした。「あんなくだらねえ仕事、誰が継ぐかよ。会社員でもやってるほうが百倍マシだぜ」

興味津々といった目で、テーブルの連中が翔のことを見ている。総理大臣の息子だということ以外に、武藤家が四国《しこく》の一大財閥であることを知っているからだ。その長男として生まれた武藤泰山が幼少の頃、白馬に乗ってだだっ広い敷地の周りを散歩していたというのは有名な逸話である。

「そうかしら。私はくだらないとは思わないけど」

エリカがいった。「政治家っていうのは、本来立派な仕事なんじゃないの。それをくだらなくしてるのは、あんたのパパたちだと思うけどなあ。だいたいさあ、いまの国会議員で偉くなってる連中見てみなよ。自分には大した能力もないくせに、ただ親の票田継いで政治家になった二世議員ばっかりじゃない。あたしさ、なにが嫌いって二世政治家ほど嫌いなものはないわけ。そういうのがエラソーに天下国家なんか語っちゃってさ、挙げ句総理大臣になんかなるから、苦しくなるとすぐに途中でほっぽり出して逃げるのよ。イヤになったら仕事辞めるなんて、学生のバイトじゃあるまいし。いまはフリーターだって、そんな簡単に仕事辞めないわ。サラリーマンなんかさあ、仕事がつまらなくても苦しくても、歯を食いしばって頑張って働いてるわけ。あんたにわかる、武藤センセ？　そのつらいサラリーマン、あんたに務まるのかなあ」

エリカは、メンソールのタバコに火を点《つ》け細い煙を吐き出した。「あんたのパパも二世でしょう。結局、同じじゃん。そんな政治家が口先ばっかうまいこといって首相になったところで、この日本はなにも変わりはしないのよ、違う？」

「俺は関係ねえっていってるだろうが」

翔は面倒くさくなって語気を荒げた。たまにこういう女、いる。見かけは最高だが、性格は最悪。きっといままで付き合ってきた男も最悪だったに違いない。「政治なんて興味ねえんだよ。それにな、初対面の人間にそんなこといわれたくねえんだ」

その時。

「──遺憾《いかん》という言葉は最大限、重たいものという認識であります」

ふと翔は店内を見回した。どこかでオヤジの声がした気がしたからだ。

空耳か。もちろん、この店には百人を超えるゲストがいて騒いでいるわけだから、人の声は絶えずどこかでしている。しかし、いま翔が聞いたのはそういう声じゃなく、まったく異なる類《たぐい》の音声だった。ヘッドホンステレオから流れ出てきたような、耳元で囁《ささや》かれたような音であった。

「あんたの間違った認識を正してやってるのよ」

エリカの声が翔の意識を再び引き寄せた。挑戦的な眼差《まなざ》しがこちらに向けられ、気づいてみると、周りにいた客はひとり抜け、ふたり抜け、いま大きなテーブルにいるのはエリカと翔、そして、心配そうな顔でふたりのやり取りを見ている真衣だけだ。どうやら話の怪しい雲行きにみんな逃げ出したらしい。

「なにが間違ってんだ、いってみな」

翔は、エリカにいった。「政治家がどんなもんか、わかってんのかよ。バカ丸出しの女子大生がエラソーなこといってんじゃねえよ」

「バカ丸出し？　その言葉はそっくりあなたにお返しするわ。二回も留年して週刊誌に載ったのは誰？」

せせら笑ったエリカを、翔は睨《にら》んだ。くそったれ。留年の話は、以前週刊誌にすっぱ抜かれたことがある。夜な夜なクラブで遊び歩き、親のツケで高級ワインを呑んで騒ぐ翔の写真入りでだ。いまでもその週刊誌記者を見たら、首を絞めてやろうと思っている。

「いいか、もう一度いう」

翔はいった。「俺はオヤジとは関係ない。オヤジのあとを継いで政治家になろうとも思わないし、さっきもいったようにフッーに就職するつもりだ。よく覚えておけ。それと、今度こんな生意気な口をきいてみろ。黙って――」

翔は息を呑んだ。

はっきりと聞こえた。

「――一体何人の大臣がお辞めになったんでしょうか」

幻聴？　おい、やめてくれよ。

頭を左右に振ってみる。すると、

「そもそも、あんたなんか政治家になれる器とも思えないしね」

内心の動揺とは無関係にエリカが嘲笑《ちようしよう》した。いい女だと思って大目に見ていたが、もうそれも完全に終わりだ。

「いい加減にしろよ」

翔の顔から表情が抜け落ち、周囲から音が消えた。その中で、エリカの声だけが妙に生々しく浮き上がって聞こえてくる。

「フッーに就職する？　大学にもろくに行かないで二回も留年するような学生を採用する企業

があると思うの？　——大臣はまさに国政の要《かなめ》でありまして」

いまや極度に混乱した翔は、照明を落とした店内の虚空に視線を迷わせた。もうエリカどころではない。

「笑っちゃうよ、ほんと」

なおもエリカがいった。「そうね、あんたんちが経営している会社なら入れるかも知れないけどさ」

「うっせえ！」

翔は、どこからともなく聞こえる声ともども振り払うように叫んだ。全身が熱くなり、額に汗が滲《にじ》むのがわかる。

「ちゃらちゃら遊んでる女に、就職のことなんかいわれたかねえんだよ。人の心配する前に自分の心配したらどうだ。どこのバカ女子大生か知らないけどな」

「翔、エリカも実はウチの大学の学生なの」

真衣にいわれ、まじまじとエリカを見てしまった。

「はじめまして」

エリカがおどけた調子でいう。「あなたと語学で同じクラスの村野エリカです。どうぞよろしく」

「お、同じクラス？」翔は驚いて聞いた。

「そうよ。もっとも学校に出てこない人には、誰がどこのクラスだろうが関係ないでしょうけど」

「ちきしょう」翔は吐き捨てた。

「私の就職のことはこの際、おいときましょうよ。なぜか？　実はもう、ソシエテフランセーズに就職は内定してるの。だからご心配は無用。でも、あなたの就職は私みたいにはいかないと思うのよねえ」

「ソシエテ、なんだって？」

真衣に聞いた。

「ソシエテフランセーズ。パリに本部がある投資銀行よ。エリカは卒業後のパリ勤務が内定してるの」

翔が舌打ちした時、

「エリカもいい加減になさい」

母親のような口調で、真衣がたしなめた。「翔は政治家にはならないっていいってるんだからさ。あんたの二世政治家嫌いは有名だけど」

「有名？」

顔をあげた翔に、真衣が苦笑まじりに説明する。「エリカはね、大学で弁論部に所属してるのよ。政治をテーマにした毒舌演説がウリなの。ほんとうは政治家になりたかったんじゃない？　そうでしょ、エリカ」

「そうね」

涼しい顔でエリカはこたえた。「だけど、大学を卒業してすぐに政治の世界に入ってもできることは少ない。だから、とりあえず社会で経験を積んで、自分の問題意識を高めておこうと思って。政治家ならもう少し後になってもできるだろうし、キャリアが信頼につながるでしょう」

「政治家になるために就職するだって？　ついでに弁論部？　変態だな」

翔が顔をしかめると、

「アホよりマシね」、とエリカが鋭く返す。

「あのなあ――！」

翔が拳《こぶし》をテーブルに叩《たた》きつけようとした時、

「たった数日で辞任に追い込まれるなどという事態は――」

また聞こえた。あの声だ。

「なんだよ、これは！」頭を抱え、テーブルに突っ伏す。

「大丈夫、翔？」

心配そうな真衣の声に、再びエリカの発言が重なった。

「政治家にならないのは正解よ。あんたみたいにね、頭の中が空っぽの人間が政治家になったら、私たち国民が不幸になるだけだから」

「うるせえっ！」

立ち上がった拍子にワイングラスが倒れ、床で派手に砕け散る音がした。

その時、どこからか眠そうな声がした。

「武藤泰山君、ご着席ください」

意識の底辺でひろがったその声はすぐに途絶え、翔の意識とともに――消えた。

# 第二章　親子漫才

## 1

議場を埋めた議員たちの視線が一斉に翔に向けられていた。そのどの顔も驚いたような表情をして、口をぽかんと開けたままの者もいれば、目を瞬《しばたた》いている者もいる。

「なんだよ、こりゃ……」

思わず翔は呟《つぶや》き、強く頭を左右に振ってみた。俯《うつむ》いてぎゅっと目を瞑《つむ》り、それからぱっと顔をあげてもう一度、見てみる。

自分を見つめる無数の目の存在は変わらなかった。それだけじゃない。いま翔は、扇形に広がる議場の中央にいて、マイクの前に立ってこちらを睨み付けている男に気づいた。見覚えがある。

蔵本志郎だ。

およそ遊び以外、世の中のことには疎《うと》い翔も、さすがに蔵本の名前と顔ぐらいは嫌でも記憶に残っていた。なにしろ、父武藤泰山の永遠のライバルといわれる野党憲民党の党首なのだ。その蔵本がなぜか、俺の前にいる。

いったい俺は……。

自分を見下ろしてみる。着てきたはずの細身のパンツも、派手な開襟シャツも、そしてサントーニのスニーカーもなかった。代わりに身にまとっているのは、ぴかぴかに磨き上げられた革靴と、ペールトーンの上等なスーツじゃないか。

なんだこの趣味。ありえねえ。

どうしてこんな格好をしているのかという根本的な疑問を抱くより前に、そんな思いが浮かんでくる。

「どうなってんだ、いったい……」

つっかかっていたあの小生意気な女も、もうもうたるタバコの煙と喧噪《けんそう》に包まれた誕生日パーティも消失し、場違いな光景が眼前に出現しているのだ。いや、光景が出現したなんてもんじゃない。俺はその只中《ただなか》にいる。

「マジかよ……」

隣を見ると、なにかに悩んでいるような小難しい顔をしたおっさんと目があった。

「あ、鶴田……」

翔は思わず呟《つぶや》いた。鶴田洋輔は、父泰山の盟友のひとりである。翔のことは昔から知っている。

「総理――」

いまその鶴田の太い眉《まゆ》が動いたかと思うと、戸惑いの入り混じった声がした。

総理？

それが翔自身に向けられた言葉だと察するまで、さすがに時間がかかった。

「総理――」

また、再び鶴田が呼び、事の次第はようやく翔の脳裏に染み込んできた。

この事態を理解したわけではない。納得したわけでもない。ただ、現象として、自分が置かれた現実を、いま自分が紛れもなく父親の格好をして「総理」と呼ばれていることを、認識したに過ぎない。

「なんだ」

口を開いてみた。出てきたのはしわがれた太い声だ。聞き覚えがある。そう、翔の父親、武藤泰山その人のものだ。

理由はわからない。信じなければならない現実だけがそこにあった。

顔をあげた翔に、その現実は容赦なく突きつけられた。

ここは――いま俺がいるところは、紛れもなく、

「国会じゃんよ！」

あまりのことに頭がくらくらしてくる。

「――武藤泰山君」

夢だといってくれ。並み居る議員たちの注目を浴びながら、ひたすらそうであることを、翔は祈った。

「――武藤泰山君」

そもそも、こんなバヵな話があるわけがない。

夢だ。

夢――。

「――武藤泰山君」

なおも押し黙る翔に議場からヤジが飛び始めた。戸惑うような囁《ささや》きがざわめきに変わり、それは本会議場全体にさざ波のように伝わっていく。

その時、近くの席にいた老人がこちらを振り向いた。見たことのある男だ。たしか城山なんとかという、派閥のオヤブンだったはずだ。

「どうした泰山。答えろ――！」その城山が小声で叫んだ。

「答える？」

戸惑うように翔が繰り返した時、隣席の鶴田が翔の肩を押しとどめるように立ち上がった。

「議長――！」

議長席に向かって片手をあげ、発言の許可を求める。鶴田は足早にマイクの前へと進み出た。

「えー、ただいまの質問につきまして、総理に代わりまして私からおこたえ申し上げます」

総理に聞いてるんだ、というヤジが議場に飛んだ。だが、そんな言葉などまるで聞こえてもいないかのように淡々と話し始める鶴田の言葉が、呆然《ぼうぜん》としている翔の耳を右から左へ抜けていった。

「大丈夫ですか、泰さん」

議会の後、話しかけてきたのは狩屋だった。武藤内閣で官房長官という女房役を務める狩屋は、翔が幼い頃から武藤邸によく出入りしていた政治家のひとりである。まだ子供だった頃、よく翔はこの狩屋に遊んでもらったものだ。

「狩屋のオヤジ……」

狩屋はきょとんとし、まじまじと翔を眺めた。

「行きましょう」

翔を促して議場を後にし、翔と公用車に乗り込んだ。

「公邸へやってくれ」運転手に命じ、

「どうもお疲れのご様子ですから今日は早く休んだほうがいいですよ、泰さん」

そういって何事かいいたげな顔で翔を見つめるが、出てきたのは「それにしても危ないところでした」というひと言だ。

「鶴さんのフォローがなければ、いま頃は……」

翔は、官房長官を見、

「あのさ、狩屋の――」

話しかけたが、狩屋は口の前で指一本を立てた。ちらりと運転手のほうを見て、「後で伺いますから」

後部座席の背もたれに体を投げた。

とっくに酔いは醒《さ》めている。重たい疲労が蓄積し、硬くなった関節が痛んだ。まるで四十歳も歳を取ってしまったかのように——。

公邸の車寄せに入ると、母が迎えに出てきた。

「おかえりなさい、あなた」

あなた？　刹那《せつな》、母の顔を見てしまった翔は、自分の格好をあらためて眺めてから、「ああ」、と曖昧《あいまい》な返事をして目を逸《そ》らす。とにかく、この場をやり過ごす以外、どうすることもできないと思ったからだ。夢ならいずれ醒めるだろう。

「綾《あや》さん」

その時、狩屋が母の名を呼んでクルマから降りてきた。

「泰さん、ちょっと疲れてしまったようなので、もう休んでいただくよう、お願いします。私はこれから一旦《いったん》官邸に戻って記者会見だけして、あとでまた顔出しますから」

「あら、そうなの」

母はそういうと、くるりとした円《つぶ》らな目で翔を見る。不思議そうな顔をした母は、狩屋を振り返り、なにかを聞きたそうにした。いつもとなにかが違う。女の勘でそう思ったのかも知れないがなにもいわず、「わかったわ」、というと、狩屋が開けたドアから先に翔を入れて中に入っていく。

「先にお風呂《ふろ》にします、あなた？」

母が聞いた。

「あ、ああ。あの――」

気が動転したまま収まらない翔は、いいかけて止めた。ちょっと真面目になった母の顔が、こちらを見たからだ。翔は、その眼差《まなざ》しに救いを求めた。

「あのな、おふくろ。俺だ、翔だ」

母は、無味乾燥ともいえる目で翔を見、ぷいと横顔を見せるとよそよそしくいった。

「今度はなんの遊び？」

顔立ちは整ってはいるが、母にはどこか高飛車で冷たいところがある。それは美しく遊び好きな女子大生がそのまま金持ちのオバサンになってしまった雰囲気を忠実に表していた。きっと、さっき会ったエリカのような女が三十年も歳を取るとこんな感じになるに違いない。

「ちがうんだって、おふくろ」

翔はいう。すると――

「ちょうだい」

母が冷ややかな顔でいった。

「なにを」

「一億円」

「は？」

翔の顎《あご》が落ちた。「なにそれ」

「忘れたとはいわせないわよ」

急に怖い顔になった母は、翔の目を覗《のぞ》き込んでくる。「一億円やるから、いままでの女のことは忘れてくれっていったじゃない。総理大臣にスキャンダルは命取りだからって。仲良く見せなきゃいけないからって」

「マジ？」

「あなた」

母はキリッとした眉をあげる。「約束は約束よ」

「あ、ああ」

その剣幕に気圧《けお》されたようになって、翔はいった。「わ、わかったよ」

「わかればいいのよ」

腰に手を当て、母は勝ち誇ったようにいう。

女好きの父親のことだ、愛人のひとりやふたりいると知れたところで、べつに翔は驚きはしない。いまはそんな些末《さまつ》なことに関わっている場合でもない。

「あなた、先にお風呂に入ってらして。着替え、もってきますから」

何事もなかったかのように母はいうと、さっさとその場を離れていく。翔は、スーツの上下だけ脱いでソファに投げかけ、シャツ姿のまま仕方なく風呂へと歩いて行った。

裸になって、脱衣場の鏡の前にゆっくりと立つ。

「マジかよ」

そこには、自分のものとは似ても似つかぬ体が映っていた。いや、もしかしたら四十年も経つと、翔の体もこんなふうになるのかも知れない。

筋肉の衰えた胸、皺《しわ》のよった首、醜くでっぱった腹。その下に隠れるように力なく垂れ下がるペニス――。それから、改めて鏡の中に映った顔を凝視した翔は、愕然《がくぜん》として立ち尽くした。

「オヤジ……」

そこに映っているのはまぎれもなく、父武藤泰山その人だった。

「なんでこんなことになりやがった、ちきしょう！」

しゃがみ込み、バスマットの敷かれた床を何度も拳《こぶし》で叩《たた》いた。ある疑問が唐突に噴《ふ》きだし、翔が動きを止めたのはその時だ。

「俺がオヤジの体に乗り移っているってことは、ほんとうの俺の体はいまどこでなにしてるんだ？」

2

「議長――！」

――休憩を挟みたい。

俄《にわか》に変化を来《きた》した体調を案じた泰山は、そういうつもりで立ち上がったまでは良かったが、突如そこに出現した光景に言葉を呑《の》み込んだ。

ワイングラスが砕け散る音が重なり、慌てて飛んできた店員がそれを片付け始める。

「あんた、大丈夫？」

目の前にいる若い女が、気持ちの悪いものでも眺める目で泰山を見ている。

「どこだ、ここは」

思わず泰山は呟《つぶや》いた。

議場ではない。いま泰山は、薄暗いどこかの店にいた。がしゃがしゃと鳴り響くBGMと、店内を埋めた若い客達の喧噪《けんそう》。そこには議場のヤジも息詰まる攻防もない代わり、無秩序な意思と行動が混在しているばかりである。

ここがどこなのか、なぜここにいるのか、議場からここまでどうやって、いつの間に来たのか——様々な疑問がどっと押し寄せ、泰山の頭はたちまちのうちにオーバーフローしそうになる。だが、納得できる理屈も事情も見い出すことはできなかった。焦点の合わない視線を紫煙の舞う虚空にただ向けているのみである。

その時——。

「よお、なんかカッコいくねえか」

肩を押し下げられ、無理矢理座らされた泰山の耳元でタバコ臭い声がいった。

「なんだお前は」

馴《な》れ馴《な》れしい嗤《わら》いを浮かべた男が、唇の端にタバコをくわえ、泰山を見ている。やけに目のつりあがった男だった。顔の輪郭は顎にかけてしゅんと細くなり、まるで狐のようだ。その表情には、一抹の狂気と悪意が同居している。

「なんだお前は」

狐男は、小馬鹿にしたように泰山の口調を真似た。「なんだお前は、だとよ」

そういって背後にいた仲間達と高笑いする。見れば男の背後にも同じように爛《ただ》れた雰囲気を纏《まと》った若い男達が控えてにやついた笑いを浮かべている。

「政治家の息子っつうのはそんなにえらいのかよ」

「息子?」

泰山は問うた。もっともその言葉は、相手に対してというよりただの自問に聞こえたかも知れない。

「息子じゃねえかよ。ドラ息子ってやつ?」

男は、また耳に障《さわ》る笑いを洩《も》らした。

「失礼じゃないか、君」泰山はむっとしていった。

「おっ、またしても出ました上から目線。——失礼じゃないか、君。がーはっは」

のけぞった男の胸ぐらを、泰山は突いた。

「なにすんだよ」

やりかえそうと伸ばされた男の腕を泰山が払いのける。派手に横に振れた相手の腕がテーブルにあったグラスをひとつなぎ倒した。

しかし、泰山を驚かせたのはそれではなく、別なものだった。泰山の視界にかかった、乱れた髪だ。

は?

髪?

思わず、薄いはずの頭に手をやった泰山は、指先に伝わるふさふさした髪の感触に驚き、やおら立ち上がった。

自分を見下ろしてみる。

身に纏っているはずのゼニアのオーダースーツはなく、代わりに着ているのは細身のパンツと派手な開襟シャツだ。

なぜだ。

慄然《りつぜん》とした泰山の横腹に靴底の硬い感触が伝わったのはその時だった。

泰山の体は吹き飛び、テーブルともども床にひっくり返った。グラスや食器が床で砕け散り、背中に痛みが走る。

「おい、翔!」

うつぶせになった泰山の耳元で誰かが叫んだ。

「翔?」

若い男がかがみ込んで泰山を見ている。

「大丈夫か」

男が小声で聞いた。

「あ、ああ。まあなんとか。悪いね、君」

男はきょとんとした顔になる。

「悪いねって、翔、お前、大丈夫？」

「まあ、なんとか。骨は折れていないらしい」

答えた泰山の頭をぽんとひとつ叩いた男はさっと背後を振り向いた。

「お前ら、なにすんだよ」

低い声でいい、ぬっと立ち上がった。背は低いががっしりした体格の男である。

「ちょっと口のきき方を教えてやったんだよ。なんか文句あんのか、ばーか」狐顔がいった。

「文句あるからいってんだ」

男が言い返した時、「あなたたち、やめてくれない？」、という凛《りん》とした声とともに登場したのは、かわいらしい雰囲気の若い女だった。しかし、両手を腰にあてて男達を見据える姿には、なんともいえず威厳がある。

「そうだよ、やめなよ」

目の前にいる派手な女もいった。「ごめんね、真衣。このひとたち連れて帰るからさ。それとこれ、弁償するわ」

床にちらばったグラスの残骸《ざんがい》と無残なテーブルを見下ろす。

「そんなの気にしないで」

真衣と呼ばれた、かわいらしい雰囲気の女がいった。

「それに帰る必要もない。ただし、騒ぎはここまでよ。エリカ、こっちで呑もう」

エリカ。それが女の名前らしかった。立ち尽くす泰山を嘲《あざけ》るような視線で一瞥《いちべつ》した彼女は、すっと席を立って歩いて行く。女王様然とした美しさを纏った女だ。

泰山を蹴《け》り飛ばした男達が不満げな顔でその場から立ち去り、片隅のテーブルに向かっていくと騒ぎは何事もなかったかのように収束していった。人垣が解け、店員が床を片付けると、テーブルには新たな酒とつまみが並べられる。

その一連の様子を、泰山は夢でも見ている気分で眺めやるしかなかった。政治家として、いままで数多《あまた》の修羅《しゅら》場《ば》をくぐり抜けてきた。しかし、さすがにその泰山をもってしても、この状況を冷静に判断するというのは土台、無理というものである。

国会での質疑応答をしていたはずの自分は果たしてどこに行ったのか。

なぜ、いま自分はここにいるのか。

「大丈夫か、翔」

「君、名前は？」

男は目を丸くした。

「お前、頭でも打ったんじゃないか」

「かもな。で、君、誰？」

「俺？　マ、マキハラだけど……マジ大丈夫？」

立ち上がった泰山に、さっきの男が声をかけた。

「ああなんとか――ちょっと、失礼」

店の奥にあるトイレに向かう。ドアを閉めたとたん、震える吐息が洩れ出ていった。

俯《うつむ》き、しばし瞑目《めいもく》し、もう一度自分の服を見下ろし、髪の感触を確かめた。

「なんたる――！」

顔をあげた泰山は、横を振り向いたところで、完全に絶句した。

大きな鏡に、男が映っていた。

「翔……」

夢か。

目の前で両手を広げ、拳《こぶし》を握る動作を繰り返した。自分を落ち着かせようとする時、たまにやる運動だ。

「こいつは――夢でもなんでもない」

泰山は顔をあげた。

――俺は、ほんとうの俺は？

「国会だ！」

泰山はトイレから飛び出した。

# 3

「待てよ。俺たちに恥かかせておいて自分はさっさと引き上げるつもりか」

店の外に出た時、背後からかかった声に泰山は舌打ちした。さっきの連中だ。三人。真ん中の狐男は白いTシャツに黒いジャケットを着て、ゴールドのチェーンを首からぶらさげている。あとのふたりも、おそらくどこかの学生のようだが、一見場末のクラブのホストにしか見えない。

「あいにく、いま忙しいんでな。後にしてくれ」

「待てっつってんだろ」

歩きかけた泰山の腕を、ひとりが摑《つか》んだ。

「うるさいっ!」

振り払った。

「おう、なんだやるつもりか?」

男は、にやついた笑いを浮かべた。

勝手にいってろ。

侮蔑《ぶべつ》の視線を向けただけで歩き出した泰山の頭が、数歩も行かないうちにがくんと揺れた。

腕を摑まれて、背後に引き戻されたからだ。

「黙って帰れると思ってんの？　それ、ちょっと甘いし。けじめつけてくんないとさあ」

狐顔が舌なめずりしながら息がかかりそうな距離に近づいてくる。

「けじめ？」

泰山は聞いた。「なんのけじめだ」

「俺らに恥かかせたこととぉー」

語尾を伸ばして、狐男がいった。「エリカに対する失礼なふるまいさ。きっちり詫《わ》びいれてもらうぜ」

「残念だが、それは無理だな。お前らにいう詫びなどないんでね。なんなら代わりに詫びておいてくれ」

「おもしろいこといってくれるじゃねえか」

あとのふたりが、泰山の周りを取り囲むように立った。

「お前ら、後悔することになるぞ」

「いつまでそんな強がりいってられっかな」

いきなり繰り出されたパンチが泰山の腹にめり込んだ。

不意打ちだ。強がりをいったところで、喧嘩《けんか》に強いわけではない。

呻《うめ》いた泰山の後頭部に肘鉄《ひじてつ》が降り、アスファルトに転がる。呼吸が止まり、目に涙がにじんだ。

靴底が視界を塞《ふさ》いだその時――。男達のにやついた笑いが、泰山を見下ろしている。

アスファルトに倒れ込んだ狐男の苦痛に歪《ゆが》んだ顔が飛び込んできた。

「なめんなよ、てめえら」

顔をあげると、マキハラのアッパーカットが別の男にめり込んだところだった。この男、なかなかのやり手のようである。

「まだやんのかよ」

残ったひとりが仲間を置いて逃げ出すのを見届け、「ほら、摑まれ」と泰山に肩を貸してくれる。

「誰だ、やつら」

腹の辺りに鈍痛を引きずりながら聞いた泰山に、マキハラは一瞬立ち止まり、驚いた顔を向けてきた。

「誰って――。橋田《はしだ》だよ」

「橋田?」

「ほら、演歌歌手の橋田洋一郎《よういちろう》の息子さ」

「ああ、あの橋田か。それがなんで?」

ぽかんとした顔で、マキハラは泰山の顔をみた。

「お前、ほんとに頭の打ち所、悪かったんじゃねえか? 橋田の奴、去年お前に女取られてから、ずっと根に持ってんだろ。さっき聞いた話では、あいつ、あのエリカって女に相当入れ込んでるらしいぜ。同じパーティで出くわしちまったからヤバイなと思ってたんだが、案の定だ」

まったくろくな話ではない。

「それよか、お前、そのカッコで電車に乗れんのかよ」

見れば上着は泥だらけだ。

「大丈夫だ。タクシーで帰る。ありがとうな、マキハラ君！」

「マキハラ……君――？」

啞然《あぜん》とした翔の友達によっと右手を挙げた泰山は、泥だらけの上着のまま折良くやってきたタクシーに手を挙げて止めた。

「運転手、〝首相公邸〟までやってくれ」

怪訝《けげん》な眼差《まなざ》しがルームミラー越しに向けられた。

「どこの店ですか、お客さん」

「ばかもの！」

泰山はこっぴどく叱りつけた。「永田町の本物だ。早く出せ！」

4

「あら、お休みにならないんですか」

風呂《ふろ》から上がり、母の言葉に首を振った翔は、「まだいい」、そうひと言いって父のクローゼットに向かった。

その日着ていたスーツがそこにかかっている。

内ポケットを探った。さっきは気が動転していて思いつかなかったが、やはり、父の携帯がそこに入っていた。

親友の牧原寛《まきはらひろし》の携帯にかけようとしたが番号がわからない。書斎に行ってパソコンを立ち上げ、おぼろな記憶を頼りに真衣の経営しているクラブを探した。

「アルテなんとかだ……」

ひとりぶつぶつといいながら、ネットの検索画面に「アルテ」「六本木」というキーワードを入力すると千を超える候補が出てきた。

それに南真衣というキーワードを追加して再検索する。

見つけた店のホームページにアクセスし、電話番号を調べ上げて携帯でかける。相手はすぐに出た。

「そちらに南真衣さんいらっしゃいますか」

オヤジ声の胡散臭《うさんくさ》さに翔自身が驚いたぐらいだから、相手が黙るのは当然だった。

「どちら様でしょうか」

事務的な口調で男が聞いた。

「武藤といいます」

翔は名乗った。「今日、そちらで開かれている南さんの誕生日パーティにお邪魔している武藤翔の家のものですが。南さんに代わっていただけないでしょうか」

「少々お待ちください」

保留のメロディが流れて、やがて聞き覚えのある声が出た。

「お電話代わりました。南です」

どう切り出したものか。いつもの翔なら、「真衣？」だ。だが、この声では相手はわからない。

「武藤ですが」

名乗るや否や、「本日は申し訳ございませんでした」、という真衣の詫びが聞こえてきた。

「お客様同士のトラブルがありまして。店内では注意したのですが、まさか店の外で喧嘩になるなんて、想像もしていませんでした」

「喧嘩？」

思わず、翔は素《す》っ頓狂《とんきょう》な声をあげた。「喧嘩って、誰と？」

「あ、あの……聞いていらっしゃいませんか」

怪訝な声で、真衣が聞いた。親からのクレーム電話だと警戒したに違いない。が、武藤泰山という父親は子供の喧嘩に口を出すような人物ではない。

「いや、なにも。教えてください」

落ち着いた口調を装ったものの、内心穏やかではない。誰と喧嘩になったんだ？

「翔さんが店を出た時に、橋田君たちが追いかけていきまして。騒ぎを聞きつけて私が行った時にはすでに翔さんの姿はなく……。でも見ていた人によるとずいぶんひどく蹴《け》られたりしていたようで……」

は、橋田の野郎め……。

「それでその橋田は、どうしたんでしょうか」

思わず呼び捨てになったことにも気づかず、翔は聞いた。

「それが、店の前で返り討ちにあってまして……」

真衣から意外な話が出てきた。「翔さんの友達の牧原君が助《すけ》っ人《と》に入ったらしく。彼、合気道二段なんで」

ありがとうよ、ヒロシ。ざまあみやがれ、橋田め。

翔は心の中でガッツポーズをした。その時――。

慌ただしい足音がしたかと思うと、書斎のドアが派手な勢いで開いた。

肩で荒い息をしている男の姿を見たとたん、翔は言葉を失った。

「俺……？　マジ？」

そこに立っているのは紛れもない翔自身なのであった。すると――

「誰だ、お前は」

鋭い誰何《すいか》が飛んだ。翔は体を硬くしてドア口に立った自分を凝視する。

まさか――。

声は違う。だが、このなんとも偉そうな口調にはたしかに聞き覚えがあった。

「もしかして、オヤジ？」

相手はぎょっとした顔で、翔を見た。

「——翔……？　翔、なのか？」

「そうだよ。オヤジなのか？」

こたえる代わり、相手は真っ直ぐに歩いてくると翔を思いきり平手で張り飛ばした。人類の歴史の中で、自分自身にぶん殴られたことがあるのは、翔ひとりに違いない。

「イテッ！」

「なにやってるんだ、お前という奴は！」

「いきなりそれはないだろう！」

「いったい、これはどういうことなんだ！　お前がやったのか」

「やれるわけねーだろ！　真面目に聞いてんのか？」

翔はずっと父泰山が嫌いだった。政治の世界に身を置き、家族を顧《かえり》みることなく好き放題やってきた男。翔を見れば、デキの悪い奴だとなじり、そうじゃない時には諦《あきら》めと嘲笑《ちょうしょう》の入り混じった目を常に向けてきた父。

いままで一度たりとも、褒めてくれたこともなければ、父親らしいことをしてくれたこともない。こんな奴は父親じゃない。俺はオヤジを——認めない。

だがいま、翔の肉体に乗り移っているらしい父は、「どういうことなんだ……」、と声を震わせ、弱々しく両手で頭を抱えた。

その意外な姿に戸惑いかけた翔だが、ふとアルマーニのジャケットが泥だらけで、穴まで開いているのに気づいて、うおっ、と声をあげた。

「なにやってきた、オヤジ。ありえねえぜ、この格好はよ。どーしてくれるんだ、俺の服」

「黙れ」

泰山の言葉は疲れ果て、地の底から湧いたようだ。「お前の不徳の致すところだろうが」

「よくいうぜ。不徳を致してるのはお互い様だろ。おふくろに一億円、払うんだってな」

翔が意地悪く仕返しすると、ぎょっとした顔が上がった。翔に向けられた瞳《ひとみ》は罅《ひび》割れた皿のようだ。

「なんでそれを——！」

「さっき、おふくろがいってた。払ってくれって」

「で？　お、お前、それでなんていったんだ」

「払うっていったさ。悪いか」

泰山は舌を鳴らして顔をしかめる。「うまく誤魔化そうと思ったのに」

「知るかそんなもん。払う気がなきゃ、最初からいわなきゃよかったんだ」

「払ってくれなきゃ、別れるって脅されてな。しかも、それが総裁選の前の日だぞ。それはないだろう。ルール違反だ。ペナルティキックだ」

さすがおふくろだ、と翔は感心した。自分の旦那《だんな》のツボをよく押さえている。

「それよか、オヤジ。どういうことなんだ、これは。なんで俺たちは入れ替わっちまったんだ？」

改めて問うと、泰山はご丁寧にドアを閉めて戻ってきた。

「わからん。だが、甚《はなは》だ遺憾《いかん》な事態だとは思っておる」

「やめてくれ、その話し方。国会の答弁か」

翔が腐《くさ》すと、はっと泰山は顔をあげた。

「おい、代表質問、どうなったか聞いてないか？」

「代表質問？　あの蔵本のオッサンがやってたやつか」

「ま、まさかお前が——？」

絶望的な声を泰山は発した。翔自身、出したこともないような声である。

「心配すんな、それはなんとかしたから」

鶴田が代わりに答弁してくれたことを話すと、肘掛《ひじか》け椅子にかけた泰山は安堵《あんど》のため息を洩《も》らして天井を見上げた。

ドアをノックする音がした。

「あなた？　いらっしゃるの？　狩屋さんがいらしたわよ。話がしたいって」

翔がはっと顔をあげた。「どうしよう」、と泰山に聞く。

泰山の目に逡巡《しゅんじゅん》が過《よぎ》ったが、すぐに、

「お前が話せ」

そういった。

「えっ、俺が？」

「しょうがないだろう。お前が俺で、俺がお前だ」

「あなた？」

ドアの向こうで母が呼んでいる。時間はない。

「お、わかった。こっちに通してくれ」

かろうじてこたえた翔は、ドアから顔を出した狩屋の顔を見て中途半端な笑いを浮かべた。

「泰さん、大丈夫ですか」

そういって入ってきた狩屋は、翔の姿を見て驚いた顔になる。

「あれ、来てたんだ、翔ちゃん。珍しいねえ。どうしたんだい、そのカッコは」

「ま、まあ、ちょっと」

曖昧《あいまい》な返事をした泰山に、狩屋はそれ以上はなにも聞かなかった。武藤親子の関係がギクシャクしていることを知っているから、深入りしないようにしているのだ。そして、翔を振り向くと、

「具合はどうです、泰さん」と聞いた。

「そんなことより、記者会見はどうした、カリヤン」

傍らから聞いたのは翔に乗り移っている泰山だ。ついうっかり口を滑らせた格好の泰山に、狩屋は不思議そうな眼差しを向ける。狩屋は、武藤家とは古くからの付き合いで近しい。その瞳の奥に怪訝なものが漂ったかに見えたが、それも束の間、意識下へ消えた。

「まあ無事に終わったけど……」

狩屋は慎重な口調でこたえる。

「そうか。良かった」

安堵のため息を洩らした泰山に、狩屋は、「心配なのかい、翔ちゃん」、と聞いた。

「当たり前じゃないか」

思わず反応した泰山は、「あ、いや、べつに」、と言葉を濁す。

「それにしても珍しいですね、おふたりがこんな時間に一緒にいらっしゃるなんて。ねえ、泰さん」

「あ、ああ。まあな」

翔はいい、さてこの事態をどう切り抜けようかと迷った。

「それで、なにか用か、狩屋のオヤジ――じゃなかった、カリヤン」

すると狩屋はつと居住まいをただし、

「なにか私にお話しされることがあるのではないかと思いまして」

と、やけに真剣な眼差しを翔に向けてきた。

「話って？」

「なにが起きてるんです」

唐突に狩屋は聞いてきた。「さっきの国会答弁の時の泰さん、いつもの泰さんじゃありませんでした。具合が悪いのであればすぐに病院に行きましょう」

「いや、そういうことではなくて」

どう話していいかわからず、いや、そもそも話すべきかどうかもわからず、翔は悩んだ。

「じゃあ、どういうことなんですか」

狩屋は納得しない。

「それは俺から話そう、カリヤン」

その時、泰山が割って入り、狩屋はぽかんとした顔を向けた。「翔ちゃんが？」

「翔ちゃんじゃない、カリヤン」

泰山はいい、威厳を込めた目で――翔は自分の顔でもこんなふうに見えることがあるのかと初めて知った――狩屋を見据えた。

「俺が泰山だ」

「――は？」

そういったきり、一秒、二秒、三秒……たっぷり十秒ほども、狩屋は黙りこくったまま、身動きひとつしなかった。

「で、俺が翔なんだ、狩屋のオヤジ」

今度は翔がいう。

またたっぷり十秒ほどの沈黙で応じた狩屋は、「いつから親子漫才にハマったんです」、と聞いた。

「違う。ほんとうのことをいっているんだ。理由はわからんが、俺たちは入れ替わっちまった」

「くだらない映画みたいに？」

狩屋は、唇の端に絶望的な薄笑いを乗せた。

「そうだ。くだらない映画みたいにだ。だが、残念ながらこれは、つまらなければ席を立てる映画じゃない。逃げようのない、現実だ」

「まあ、ふたりしてそんな冗談をいえるぐらいなら、お体のほうも大丈夫そうですね」

お邪魔しました、というと、狩屋は嘆息とともに立ち上がる。

その時、

「菜々美《ななみ》と別れさせてやったろ、カリヤン」

泰山の呟《つぶや》いたひと言に狩屋ははっと足を止めて泰山を——つまり、翔の肉体を見下ろした。

いま狩屋の顔で揺れているのは、激しい戸惑いだ。

「ど、どうしてそのことを——」

「だから、俺が泰山なんだって。で、こいつが——」

翔のことを振り返ったまま、じっと考え込んだ狩屋は、濡《ぬ》れ雑巾《ぞうきん》のような泣き笑いの顔になる。

「まさか」

「ほんとうだ」

「嘘でしょ」

「ほんとうだっていってるだろ」

「だったら――」

急に怖い顔になって、狩屋は泰山を見た。「質問に答えてください。美里《みさと》って誰でしょう」

「美里もいろいろいるが、お前がいってるのは銀座《ぎんざ》ミューズのチーママのことか」

狩屋の目が見開かれ、驚きの表情が浮かんだ。

「せ、正解です。じゃあ、フロッグの真奈美《まなみ》のスリーサイズは？」

「九十六、六十五、九十。ただし公称でな。ほんとうのところは脱がしてないから知らん。だが、ただのデブだ。身長は百五十しかない」

泰山のこたえにはよどみがない。

「正解……」

すっと息を呑《の》んだ狩屋は、「じゃあ、あなたが最近別れた――」

「ええい、しつこいぞ、カリヤン！」

泰山はポンと膝《ひざ》を叩《たた》き、「もうわかったろうが。いいからそこに座れ。いま俺がいったことを翔が知ってると思うか」、といった。

狩屋の顔面から血の気が失《う》せていき、崩れるように肘掛け椅子に体を投げだす。

「まったく、お前という奴は、女のことしか頭にないのか」

泰山に叱られた狩屋は情けなさそうな顔をした。

「泰さんかどうかを確かめるには、それが一番かと」

「俺は一国の首相だぞ、カリヤン」

「しかし、いまはただの大学生に見えますが」

狩屋はもともと腹の太い政治家だ。普段は鷹揚《おうよう》に構えていて、緊急事態に直面しても冗談を飛ばしながら乗り切れるだけの胆力がある。しかしいま、その狩屋の表情には苦悩の皺《しわ》が刻みつけられていた。内面に渦巻く痛々しいほどの感情が手に取れるようだ。それがやがて、必然的ともいえる質問に集約され、口から出てきた。

「それにしても、どうしてこんなことに？」

「それがわからんから、困っておるのだ」

泰山は力を込めた。「夢なら醒《さ》めてもらいたいもんだ」

「翔ちゃんも心当たりはないのかい」

狩屋に尋ねられ、考えてみたものの翔は首を左右に振った。「ないよ、そんなもん」

「だけど、理由もなく、こんなことになるはずはない」

ごもっともだが、どれだけ考えても、それらしい理由は思いつかなかった。なおも考え込んでいると、

「まあ理由はおいおい探るとして、とりあえずこの急場を凌《しの》ぐ必要があります、泰さん」

と狩屋は頭の切り替えの速いところを見せた。「このままでは国会を乗り切れない。いま必要なのは、この事態を理解し、正しく対処できる味方を増やすことです」

「とりあえず幹事長には伝えておくか」

そういった泰山に、「いけません」、と狩屋は意外に強い口調で首を横に振った。

「甲村《こうむら》さんは口に問題がある。甲村さんに話せば、すぐに茂木さんの耳に入るでしょう。そうなれば、どんなことになるかわかったものではない」

茂木派の甲村健太郎《けんたろう》を幹事長に据えたのは、総選挙で争った茂木への配慮だが、たしかに狩屋のいうように甲村も茂木も腹を割って話せる相手ではない。

「じゃあどうすればいいんだ」

苛立《いらだ》つ泰山を前に、狩屋は冷静に考えた。

「まず、第一秘書の貝原。彼には話してもいいでしょうし、話してなんとしても丸めておかないとまずい」

「あんな、現実をヤカンに入れて煮出しているような奴が信じるかな」

泰山は訝《いぶか》しげにいった。

「信じようと信じまいと、そんなことは関係ありません。現にそうなっているわけですから」

半ば自分に言い聞かせるように、狩屋はいった。「いまはこの事実を事実として受け止めるしかない。それともうひとり――」

官房長官は声をひそめた。「真田《さなだ》さんには話しておいたほうがいい気がします」

真田武彦《たけひこ》は、武藤内閣で防衛大臣に任命した男であった。

「なんで、真田なんだ」

「真田さんは、国内外の軍事情報を統《す》べる立場にあります。泰さんはいま気が動転していて、冷静にはなれないでしょうが、私は泰さんよりは少し落ち着いています。これが事実なら、なにか裏があるような気がして仕方がない。総理に対するなんらかのテロ攻撃があった可能性も検討すべきではないでしょうか」

「おいおい、いい加減にしてくれ」

泰山はいった。「こんなばかげたことがあると思うか？　いくらなんでも科学の力でどうこうできる話ではあるまい。お祓《はら》いか霊媒師でも雇ったほうがいいんじゃないかと思ってるぐらいだ。お前も知っていると思うが、この辺りはどうも不気味な噂が絶えないんでな」

泰山は、寒気でもしたかのように、肩をすくめてみせた。

「例の幽霊話ですか、泰さん」

話が意外な方向へと進み、絶望的な気分でふたりのやり取りを聞いていた翔も興味を抱いた。

「なんだい狩屋のオヤジ、その幽霊話って」翔は聞いた。

「首相公邸には以前から幽霊が出るという噂があってね。旧公邸で軍人の幽霊が目撃されたり、軍靴の音が聞こえたりしていたんで、老朽化を理由にこの新公邸を建造したんだが、またぞろ出たとしてもおかしくない。その呪いかも」

歴代首相の間で、この幽霊話は申し送り事項になっていたほどだと、狩屋はいうのだった。

「どういう呪いだよ。いままでの首相にはこういう事件は起きなかったのかよ、狩屋のオヤジ」

「たぶん、初めてですよ、翔ちゃん。少なくとも私は聞いたことがない、こんな呪いはさ」

「もういい。気分が悪くなってきた。眠らせてくれ」

そういった翔に、

「眠っていると出るかも知れない」

狩屋はイヤなことをいい、「問題は、明日からの閣議です、泰さん」、と百八十度現実的な話へと強引に引き戻した。ついていくのがやっとである。

「それには出ていただかないと、総理」

それはまぎれもなく翔に向かって述べられた言葉だった。

「冗談はよしてくれ」

翔はいった。「俺がそんなもんに出られるわけないだろ。授業にだって出てないのにさ」

「冗談ではありません」狩屋はこわい顔になる。

「カリヤンのいう通りだ、翔」

泰山もいった。「総理が欠席では妙な憶測を呼ぶ。だから、出ろ。会議という会議はすべて顔を出せ」

「出てどうすんだよ」

翔は悲鳴をあげそうになった。「そんなところに出てって、なにを話せっていうんだ」

「大丈夫ですよ、翔ちゃん」

狩屋がいった。「質問されても、私やほかの大臣が答弁に立ちますから。懸案事項が出た場合は持ち帰って後日回答ということにすれば問題ありません」

「そうだ、それでいい」いとも簡単に、泰山もいう。

「ちょっと待った！」

合意しようとしているふたりを、翔は制した。

「ふたりで勝手に決めるなよ。じゃあ俺に、オヤジの人形をやれっていうのか」

「お前は俺の影武者だ」

「ふざけるな！」

翔はかみついた。「じゃあ、俺はどうなるんだ、俺は。こっちだってな、毎日忙しく生きてるんだよ。明日は就職の面接もある。それはどうするんだ。俺の人生がかかってるんだぞ。オヤジ、代わりに出てくれるのか」

「就職の面接？」

泰山は余裕の表情で聞いた。「そんなもん受けてどうするつもりだ」

「就職するに決まってるだろ」翔は言い放った。

「あきらめろ。そんなに就職したけりゃ、後で俺がどこかの会社に押し込んでやる。うちの家業を継いでもいいがな」

「冗談じゃねえ。俺はな、自分の力でなんとかしたいんだ。誰がオヤジの世話になんかなるか」

「とにかく、面接なんか後にしろ」

聞く耳を持たない泰山に、翔は恨みのこもった眼差《まなざ》しを向けた。

「だったら、オヤジもあきらめるんだな。断じて俺は閣議にも国会にも出ない。武藤政権もこれで終わりだ」

「翔！　お前という奴は」

いつまで続こうかという睨《にら》み合いである。しかし、それにピリオドを打ったのは、泰山のいまいましげな舌打ちだ。

「仕方がない。面接には俺が行ってやる。だから、お前はとにかく俺の代わりをやり遂げろ。ヘマやらかすんじゃないぞ」

「それはこっちのセリフだぜ」

吐き捨てた翔のことなど無視した泰山は、狩屋を振り返るとその手を取った。

「カリヤン、ここはお前だけが頼りだ。頼むぞ」

「泰さん！　なんとか乗り切りましょう！」

翔は目を逸《そ》らした。キモイ。どうでもいいから、俺の体でそんなことしないでくれ。

5

代表質問で熱弁を振るっているのは、共和党の党首、冬島一光《ふゆじまいっこう》だった。

「総理にお伺いします！　我が党は十五年前の結党以来、様々な規制緩和を訴え、国民生活の安定と公平社会の実現を目指して努力をして参りました。とくに医療分野に目を向けますと、海外で認可され実績をあげている薬品が、新薬承認システムの機能不全と官僚的な縦割り行政の弊害によって、真にそれを必要とする患者に投与できないという切実な問題が起きておりまして、ここらヘンの問題を総理がどうお考えなのか、お伺いしたいと思う次第で、ございます」

またか、と泰山はあくびをかみ殺した。

共和党の主張は、ばかのひとつ覚えみたいに規制緩和だ、既得権益への挑戦だと芸がない。逆立ちしても過半数は取れない第三政党のくせに、ぐちぐちいっている万年野党だ。

――武藤泰山君。

議長の指名に立ち上がった翔は、マイクの前に歩いて行く。

「えー、その件につきましては、青木《あおき》コーセー、えーと、ロードー大臣から、ご説明申し上げます」

あぶなっかしいなあ、こいつ。

眠気も吹き飛んで、泰山は心臓がどきどきしてきた。狩屋が渡したメモに書いてあるはずだが、翔の奴ときたら、たったそれだけ読むのに、つっかえつっかえだ。

議長に指名された青木厚生労働大臣が立ち上がり、巨体を揺らしながら身振り手振りで話し始めた。回答は無難で、冬島の質問をのらりくらりとかわしていく。青木は、なかなかの論客だ。

予定調和というほど楽ではないが、およそ、打ち合わせ通りの展開だった。

人任せにできるところは任せ、どうしても総理自身が発言しなければならない場面では、休憩を挟むなど時間稼ぎをして、狩屋が執筆した原稿を読み上げる。

不測の事態を回避するための弥縫策《びほうさく》であるが、これなら失言や大ゴケはあるまい。

「先生、そろそろ参りませんと」

貝原の耳打ちに、「おお」、と泰山は低く返事をして腰をあげた。

この日の一般傍聴券を手配し、国会質疑の冒頭部分だけでも泰山が見られるように配慮した貝原だが、なおも半信半疑の表情だ。

昨日、ことの仔細《しさい》を聞いた貝原は、あんぐりと口を開けたまま、何度も頬をつねっていた。

泰山ひとりがいうのならともかく、翔、そして狩屋の口から説明されると、「到底、納得はできません」との断りつきではあるが、なんらかの対策が必要であることだけは同意させることができた。

その場の相談で、とりあえず翔を狩屋がフォローし、泰山には貝原がつくということになったのだが、泰山にとって翔の面接など、邪魔くさいことこの上ない。

「この肝心な時に、いったい俺はなにをやってるんだ」

後ろ髪を引かれる思いで乗り込んだハイヤーの後部座席で、泰山はぼやいた。

今日の泰山は、紺色のスーツに白いワイシャツ、ネクタイを巻いて、いわゆるリクルートスーツというやつに身を包んでいる。

行き先は、丸《まる》の内《うち》にある都市銀行の本店だ。その正面玄関のど真ん中にハイヤーを止めた。

「先生、ご健闘をお祈りしております」

うむ、とひとつ頷《うなず》いた泰山は、本店の正面玄関の回転ドアから堂々と中へと入っていった。

## 6

「まず、ウチの銀行を志望する理由から聞かせてもらえるかなあ」

面接官は、三十歳ぐらいの若造だった。

大広間に用意された面接ブースは三十近くあるだろうか。その後ろにパイプ椅子が並べられ、呼ばれた学生から指定されたブースに行って面接を受けるようになっている。

十一時からだと聞いていたのに、「武藤翔」の名前が呼ばれたのは、三十分も経過した頃である。

「金融システムの一員として、日本経済に貢献したいと思っております」

あまり長く待たされたので多少の不機嫌を腹に抱えつつ、泰山はこたえた。

泰山は、銀行が嫌いだった。ついでにいうと、こんなくだらない面接も嫌いだが、思ってもいないことを口にするのは政治家として日常茶飯事なので、話し出してみればさほどの抵抗はない。

だが、この日の相手は少々当たりが悪かった。

「へえ。でもさ、金融システムの一員になりたいなら、べつにウチじゃなくてもいいでしょう」

面接官は、まったく日焼けしていない、なまっちょろい雰囲気の男だ。気取っていて、鼻持ちならない薄ら笑いを浮かべている。

どこかでこんな雰囲気の奴らを見たなと思った泰山は思い出した。

そうそう財務官僚どもだ。財務大臣時代、泰山がひとつ指示を出すと、官僚どもは前例がどうとか、法制度がどうとか、そんな言い訳ばかりを並べて自分たちの流儀を押し通そうとした。その監督官庁の嫌味な部分はそっくり銀行にまで浸透し、こんな若造までが勘違いしたエリート意識を剥《む》き出しにして、偉そうな物言いをする。

だが、そんな腹の内はひた隠しにし、

「私は、銀行貸し出しを通じて日本の産業に貢献したいと思っております」

と泰山はこたえた。まあ半分は口から出任せだが、政治家稼業を長くやっていると言葉は次から次へと口から出てくる。「とくに中小企業金融につきましては、産業金融のキモでございまして、その融資残高がもっとも多い東京第一銀行さんに就職することは、私にとって意味のあることなのでございます」

なんだか国会答弁を思わせる話しぶりだが、それが染みついている泰山に違和感はない。ちなみに、融資残高云々《うんぬん》のくだりは大臣時代に蓄積した知識がものをいった。

「ふうん」

面接官はあまり関心がなさそうな口調で泰山を見た。「じゃあ、君はウチの銀行で融資業務がやりたいってことか」

「貸し渋りを解消したいと思います」

泰山がいうと、面接官がむっとするのがわかった。

「なんか勘違いしているようだからいっておくけどね、君。貸し渋りなんていうのはさ、マスコミや政治家がいってるだけで、実際にはあり得ないんだよ」

金融政策通として知られている泰山にしては聞き逃すことのできないツボだ。

泰山は、いまいちど相手を見据えると、あえて冷静な口調で続ける。

「あー、しかしですね、石川真二郎《いしかわしんじろう》は貸し渋りを解消しようとして東京首都銀行を作ったわけですし、貸し渋り対策は民政党の経済政策の一翼を担っています。貸し渋りがないといっているのは世の中的に銀行だけなのではないでしょうか。もしほんとうにないというのなら、なぜに銀行はそれを説明しないのか。その理由は貸し渋りがないとは断言できないからだというのが衆目の一致した意見であると思います」

石川真二郎は、東京都知事である。銀行嫌いの石川は、世間の貸し渋り批判に反応して東京都主導で東京首都銀行を設立、ところが、同行の運営はうまくいかず、巨額の赤字を出して問題になっている。

「だからさ、あれは石川さんがアホなんだよ。ね、マスコミのいうことを真に受けて、中小企業融資の実態も知らないくせに銀行なんて作るからそうなるんだ。それにさ、民政党の政策だって、子供だましもいいところだ。貸し渋りはけしからんという政治家で、金融の実態がわかっている奴なんかひとりだっていやしないんだよ」

泰山は相当、カチンときた。黙って聞いていればいい気になりよって。他ならぬ泰山も、日頃銀行の態度の悪いことには苦々しく思っているクチである。

「ではなぜ銀行が貸し渋りをしているなどという話が、いつまで経っても出てくるんでしょうか。火のないところに煙は立ちません」

学生の反論に、面接官はいよいよむっとした顔になって、面接用の評価シートの挟まったボードを裏返すとテーブルの上に置いた。

「じゃあ聞くが、君は中小企業の実態を知っているのか」

「もちろんです。ウチも会社を経営していますから」

そういうと、面接官はさすがにちょっと驚いた顔になったがすぐに態勢を立て直した。

「ほう。実は予断を排するために、我々面接官には、君らの個人情報について伏せられているんでね。で？　君んちの会社が貸し渋りを受けているということかな。でも、中小零細企業の経営は苦しいだろう。赤字の会社じゃ、貸してくれといわれても、はいどうぞとはいかないんだよ」

「弊社の売上げは三千億円ありますが、さすが都市銀行にかかるとそれでも零細ですか」

泰山はイヤミをいった。

「さ、三千億？」

これにはさすがの面接官も啞然《あぜん》として口を開けるしかない。泰山は続けた。

「それに、あなたの発言ですが、赤字の時に公的資金の投入で助けてもらった銀行の人間がいうセリフとは思えませんね。いま訂正して謝罪したほうが身のためだ」

泰山の指摘に、面接官の頰に朱が差した。

「ど、どうやら君は、勘違いしているようだな、武藤君。君を当行に採用するかどうかは私らが決めるんだからね。貸し渋り云々と寝言をいうのは構わんが、ウチはまっとうな銀行業務をしているんだ。貸せないものは貸せない。そういうことなんだよ」

「要するに、貸し渋りはないと、そういうことですか」

「その通りだ。当たり前だろ、君！」

感情的になって唾《つば》を飛ばした面接官に、泰山は聞いた。

「あなたがいう貸し渋りの定義とはなにか説明してもらえませんか。私も後学のためにぜひお伺いしたい」

そのヘンのところは、泰山の得意とする議論である。

「て、定義だと？」

面接官の顔は真っ赤だ。「君ねえ、ここは私が質問する場なんだ。調子に乗るんじゃない」

「公的資金を投入されている銀行の面接官のくせに、そのくらいのことも学生に説明できないのか。東京第一銀行というのは、いい加減な銀行だなあ」

「なんだと」

色をなした相手に、泰山は言い放った。「あんたでは話にならん。上の者を呼んできたまえ」

「これは人事面接なんだ、か、勘違いするな！」面接官は怒りに声を震わせた。

「勘違いをしているのは、あんただろ。面接を受けにきた学生もまた、客だろうが。さっきあんたは、私がどんな人間か知らされていないといった。それならそれでいい。だが、知らないのであれば、重要顧客の可能性だってある。いま取引はなくても、将来大事な客になるかも知れない。なのに、なんだこの無礼千万な態度は。上席を呼んでこい！」

思いがけない泰山の叱責《しっせき》に、面接官の表情が屈辱に歪《ゆが》んだ。

「銀行を舐《な》めるなよ」

捨て台詞《ぜりふ》とともに立っていき、しばらくするともう少し年配の行員を連れて戻ってきた。銀行員というのはどうしてこうも似ているのか、判で捺《お》したように似通った印象の男だった。放り投げるようにしてデスクを滑ってきた名刺の肩書きは、人事部次長になっている。

「君か、面接で当行にいいがかりをつけているという学生は」

随分高飛車なのが出てきた。

「いいがかり？　そこの行員に貸し渋りの定義を聞いたまでだ」

「ここは面接会場だ」

次長はいった。「そんな話は、余所《よそ》でしろ」

「東京第一銀行というのはとんでもない銀行だな。都知事はアホ呼ばわり、民政党の政策は子供だましだと言い張る。だが、あんたたちの銀行を助けたのは民政党じゃないのか。普通ならその民政党に足を向けて寝られないところだろうに、子供だましとはなんだ！　武藤泰山の前で、同じことがいえるのか！」

「子供だましだから子供だましといってるんだ」

次長は小賢《こざか》しいとばかりに決めつけた。「なにが武藤泰山だ。当行に入れてもらいたかったら、その小生意気な口のきき方をなんとかしたほうが――」

その時、さっきの面接官に脇の辺りをつつかれ、次長は言葉を切ると苛《いら》ついた声で、「なんだっ！」と振り返る。

面接官は、さっきのボードのある部分を指さし、見せていた。

氏名欄だ。

武藤翔。そこには、そう書いてある。

「武藤……？」

呟《つぶや》いた次長は、まさかというようにはっと泰山を見た。ブースから駆けだしていった若い面接官が、履歴書でも見てきたのだろう、血相を変えて戻ってくると何事か次長に耳打ちする。

次長の顔色が変わり、激しい動揺を見せた。

くだらん奴らだ。

小物め。

泰山はばかばかしくなり、「じゃあ、私は帰る」。

立ち上がると、「ちょ、ちょっと、待ってくれよ、武藤君」。手のひらを返したような作り笑いを次長は浮かべた。

「もう少しお話ししようじゃないか。どうもお互いコミュニケーションに問題があったと思うんだ。どうだ、今夜辺り一杯？」

「生憎《あいにく》と忙しいんでね」

泰山はすげなく却下する。

「そんな冷たいことをいわないでさあ」

「ひとつだけいっておく」

次長の鼻先に指をつきつけ、泰山はいった。「反省のない銀行に明日はない。よく覚えておくことだな」

その場にいた大勢の学生がこの騒ぎを興味津々で見守る中、泰山は颯爽《さっそう》と面接会場を後にしたのであった。

## 7

質問に立っている共和党党首、冬島一光は、眼光鋭い男であった。見事に禿《は》げ、磨き上げた頭が、照明を鈍く反射させている。声はドスがきいていて、迫力があった。

「――総理は景気対策として積極的な財政出動も視野に入れると発言されました。しかしながら、税収が思うように伸びない状況でどのように財政を出動されようというのか、また一方で、大企業による派遣切り等々による製造現場の疲弊《ひへい》をどのように考えておられるのか、総理のお考えをお聞かせ願いたいと思う次第で、ございます」

えらく長い演説の末、そんな質問を口にすると冬島は翔に向かって底意地の悪い眼差《まなざ》しを向けてきた。

——武藤泰山君。

原稿を手渡されたのは、今度は誰が代わりに答えてくれるのかな、と期待して狩屋を振り向いた時だ。

「なんだよこれ」

「これについては、貝原の原稿がありますから、それ読んでください、翔ちゃん」

官房長官の狩屋が耳元で囁《ささや》いた。

「えーっ、俺が？　マジかよ代わりに答えてくれや、狩屋のオヤジ」

イヤな顔をした翔に、狩屋は言い聞かせるような口調になる。

「だって翔ちゃん、答弁のすべてを他の大臣で済ませたらヘンだと思われるじゃないですか。景気対策は重要な問題ですし、ここはひとつ総理からビシッと答弁していただかないと示しがつきません。ほら——」

胸元に原稿を突きつけられ、ちっ、と舌を鳴らした。

「しゃあねえなあ、読んでやっか」

渋々立ち上がる。「でもさ、読むだけでいいんだよね、狩屋のオヤジ。突っ込まれたらどうすんの？」

「代表質問は二回までしかできないことになってますから、突っ込んだところで知れてますよ。

その時はこの狩屋がなんとかしますから。後のことは心配しないで、とにかく読んだらすぐにここに戻ってきてください」

「わ、わかった」

とはいえ、ここは国会だ。

議場を埋める議員は口八丁手八丁。

手ぐすねひいてこちらの揚げ足をとろうとしている、その悪意のど真ん中に出て行くわけだから、緊張するなというほうが無理だ。

ぎこちなく席を離れた翔は、魔法にかかったように緊張し始め、足と手がバラバラに動く、できそこないのロボットのようになって登壇した。

原稿を広げる。

「た、ただいまの、えー、シツモンについて、おっこたえシマース」

俺って何人《なにじん》？

自分の口から出てくる言葉のたどたどしさに、翔はあきれた。落ち着け、落ち着け、と自分に言い聞かせる。「なんつーか、我が国はいま、アメリカ発の金融、えーと、金融キキンによる、あー、ミゾユーの危機にジカメンいたしており、景気は著しくその、テイマイしておるところでございます」

場内がざわつき始めたが、翔にはその理由がわからなかった。

「建設など、一部の業界においては大型倒産がハンザツし、製造業においては、急激な受注減によるハヤリ労働者切りの問題が――ええと……おおっ？」

惹起《じゃっき》、という文字を翔は見つめた。

なんだこりゃ？

いままでのところはカンペキだったのに、やべえ、これ読み方わかんねえ。そう思って助けを求めて狩屋を見るが、さすがの官房長官も答弁の途中ではどうすることもできない。

「えー、その……」

ますます増した議場のどよめきに、文句あっか、と翔は開き直った。「ワカオキしておりまして、こうした事態をカイサケするため、昨年から我が党が実施してきた経済対策をフシュウした積極的な景気刺激策を講じてまいるトコロアリです。その具体的な対策でございますが、まず失業者に特化した職業訓練制度を、ど、導入するとともに、経営者側に対しては不当なハヤリ労働者切りのユウムを調査し、指導していく考えであります」

まばらな拍手がどこかから聞こえ、翔は、これだけ読むのに噴き出した額の汗を拭《ぬぐ》った。

「おっし！」

小さくガッツポーズして、降壇する。

議場が騒然とし始めた。見ると、翔の前の席にいる民政党の城山が、髪の毛を逆立て、ものすごい形相《ぎょうそう》でこちらを睨《にら》み付けている。そのそばでは、狩屋がいまにも泣き出しそうな顔を翔に向けた。

「しょ、翔ちゃん！」

狩屋が情けない声を出した。「頼みますよ」。血走った目で激しくうろたえている。

「こら泰山、漢字ぐらいちゃんと読め！」

振り向きざま、前の席から低い声で叱責《しっせき》したのは城山だ。

やば。

やっぱ、〝惹起〟は〝ワカオキ〟じゃなかったのかな、と思ったものの、

「いいじゃん、漢字の読み、ちょこっと間違えたくらいさ」

笑って誤魔化そうとした。

「ちょこっとだと？」

城山はいった。「あれのどこがちょこっとだ、泰山。お前の漢字の読み方は、間違いだらけじゃないか！」

「あれ、そうだった？」

翔はとぼけた。「まあまあ。気にしない気にしない。小さなことだし。あっはっは」

腕が痛い。

みると、指が食い込むほど、狩屋が翔の腕をわしづかみにしている。いまにも泣き出しそうだ。

「どうした、狩屋のオヤジ。なんか目が赤いぞ」

狩屋は完全に言葉を失い、瞑目《めいもく》したかと思うと深い吐息を洩《も》らした。

「あれ、先生、意外と早かったですね。もう少し時間がかかるのかと思いました」

泰山のために車のドアを開けた貝原は、不思議そうな顔をした。

「それが、実にたわけた面接でな」

鼻息の荒い泰山に貝原は首をかしげてみせたが、「次はどこだ」、という質問にすぐに予定表を開く。

「中央日本建設となっています。その次が毎日テレビ、さらに東京自動車、関東アパレル──」

「なんじゃそれは」

泰山はあきれた。「なんの脈絡もないじゃないか！　いったい、なにを考えているんだ、翔の奴は」

「まったく、親の顔が見たいもんです」

「なに？」

泰山に合わせようとして墓穴を掘った貝原は押し黙り、「そうだそうだ。テレビで国会中継やってますよ、先生。見てみましょう」、と話を逸《そ》らす。

動き出した車の後部座席で小型テレビのスイッチを入れると、熱弁を振るっている共和党の冬島の姿が映し出された。

「まだ質問してたのか、冬島は。相変わらず話が長い奴だ」

「自分に酔うタイプですからね」

「よく二日酔いにならないもんだ。おっ、終わったな」

泰山が憎まれ口を叩《たた》いた時、ちょうど冬島の質問が終了し、テレビカメラが切り替わる。

――武藤泰山君。

自分の姿が小さな画面に映し出された。

俺はここにいるというのに。

まだ慣れないせいか、気分は落ち着かないままだ。それにしても――。

「なにをごちゃごちゃとやっておるんだ、翔の奴。早く登壇せんか」

狩屋が差し出した原稿を挟んであだこうだやっている翔に、泰山は舌打ちした。「原稿を読むだけだろうが」

「楽勝です」

といった貝原は胸を張った。「ちなみに、あの原稿は私が書きました」

しかし、泰山から期待した褒め言葉はなく、

「あ、そうそう、いつかいおうと思ってたんだがな、貝原。おまえの原稿、ちと堅すぎないか」

「どういうことでしょうか」

貝原は、深く自尊心を傷つけられた顔になる。

「だからさ、もうちょっと冗談を入れるとかしたらどうだっていってるんだ。書いててよく肩が凝《こ》らないな」

「国会で冗談いってどうするんです」

「国民にウケるかもしれない」

「なわけないでしょう」

貝原は頬を赤く染めた。「野党に突き上げを食らうのが関の山ですよ。それでなくても、支持率はヤバいんですからね、先生。いまはとにかく、つまらない失点を避けて、早期解散のタイミングを計るべきなのではないでしょうか」

「そんなこと、おまえにいわれなくてもわかっておるわい」

泰山がむっとしてこたえた時、ようやく登壇した翔が、原稿を広げるのが見えた。

「こうして見ると武藤泰山は、なかなかの男前だな、貝原。いつもこんなにカッコいいのかな」

「さあ。たぶん、そうじゃないでしょうか」

ばかばかしいと思ったか貝原の答えはなおざりだ。

カッコいい武藤泰山が、いま颯爽《さっそう》と答弁を読み始めた——はずであった。

「——我が国はいま、アメリカ発の金融、えーと、金融キキンによる」

ご満悦で答弁に耳を傾けようとした泰山の目が見開かれる。

「お、おい。いまなんていった。金融キキン？　造語か」

「なわけないじゃないですか、金融危機《きき》です、危機！」と貝原。

翔は続ける。

「——ミゾユーの危機にジカメンいたしており、景気は著しくその、テイマイしておるところでございます」

「ミ、ミゾユー？　どんな原稿書いてるんだ、貝原」

「未曾有《みぞう》ですよ、未曾有！」

貝原は叫んだ。「ジカメンじゃなくて直面《ちょくめん》だし、テイマイじゃなくて低迷《ていめい》……」

第一秘書の顔面から血の気が引いていく。

「なにっ！」

泰山は思わず叫び、小さなテレビ画面を両手で握りしめた。答弁はなおも続く。

「――建設など、一部の業界においては大型倒産がハンザツし、製造業においては、急激な受注減によるハヤリ労働者切りの問題が――」

「ハンザツ？」

「頻発《ひんぱつ》」

「ハヤリ労働者ってのは――」

「派遣《はけん》労働者です、先生」

愕然《がくぜん》とした泰山の表情が、みるみる雑巾《ぞうきん》を引き絞るように歪《ゆが》み始めた。

なおも翔の発言は続いている。

「――ワカオキしておりまして、こうした事態をカイサケするため」

「おい、か、貝原」

泰山はすでに息も絶え絶えだ。

「た、助けてくれ、貝原。俺はもう死にそうだ」泰山は、いまにも断末魔の叫びをあげそうであった。

「その前に、私の心臓が止まりそうです、先生」

「――経済対策をフシュウした積極的な景気刺激策を講じてまいるトコロアリです」

「フ、フシュウ？」

「踏襲《とうしゅう》ですよ、踏襲！」

「ト、トコロアリってのは？」

さすがの貝原も一瞬、考えた。

「たぶん、所存《しょぞん》ですね。で、ユウムは有無《うむ》」

「貝原、いったい、お前の原稿はどうなっておるんだ――」

「私の原稿のせいじゃないですよ！」

貝原は泣きそうな顔になった。

「なんでふりがなを振っておかなかった」

「そういう問題ですか！　そんなもん振りませんよ、先生。いままでだって振ってなかったでしょう。このくらいの漢字、フッー読めますよ」

「結構難しい字も入ってたぞ。頻発とか惹起とか」

「本気でいってるんですか、先生」

「惹起《じゃっき》に、回避《かいひ》です」

情けないものでも眺める顔で、貝原は泰山を見た。「先生は、内閣総理大臣じゃないですか。この程度の漢字を難しいっていってどうするんです！　御名御璽《ぎよめいぎよじ》とかは読めるのに、なんで——？」

「あれは業界用語みたいなもんだからな」

泰山はあっけらかんといい、「そんなことより、公邸へ行ってくれ」、と運転手に命じた。

「せ、先生。就職の面接はどうされるんです？」ぽかんとして貝原が聞いた。

「そんなもん後回しだ！　電話して、今度暇な時にでも遊びに行くと伝えておけ。急げ、運転手！　民政党の危機、政党政治の危機だ」

泰山を乗せたセンチュリーは、タイヤを鳴らして交差点でUターンすると、猛スピードで逆方向に疾走し始めた。

「こりゃあえらいことになりますよ、先生」

猛然とスピードをあげた車の後部座席で、貝原の言葉は虚《むな》しく響いた。

## 8

テレビには、小中寿太郎《こなかじゆたろう》がパイプを持ったいつものスタイルで、映っていた。昼過ぎの情報バラエティ番組に緊急出演した小中は、著名な政治評論家で、政界にも顔が広い男である。

「小中さん、武藤総理のこの答弁、いま改めてご覧になっていかがでしょうか」

女性アナウンサーの質問に、小中は「情けないのひと言やねえ」、と嫌味な関西弁でのたまった。

「この日本にはな、一億二千八百万人も国民がおるんやで。こんなギョーサンの人間がおるっちゅうのに、なんで、こんな漢字が読めへンぼんくらが総理大臣なんや。おかしいやろ。いったいこの国の政治はどうなってるのかと思うね」

「その辺りの原因はどこにあると思いますか？」

まじめくさった女性アナは、三十過ぎのトウのたった女だ。いかにも憎たらしい顔をしていると泰山は思った。こういう女と付き合うと別れる時に苦労する、と余計な思念も浮かぶ。

「そうやねえ、いろいろあると思うけどなあ。とにかく政治ってのは金がかかるやろ。法律の上では一定の年齢さえクリアすれば誰でも立候補できることになってるけどな、実際には二世政治家ばっかり増えて、家業と化してるんちゃう？　口では日本を変えるとか、世の中を改革するなんていってもな、実際のところ、親の票田継いで、大した社会経験もないまま政治家になる二世議員になにができるのん？　ともすると、世襲《せしゅう》という既得権の御輿《みこし》にのってるバカ殿みたいに見える時があるわ。今回のケースはまさにそれや。このままいったら、日本の政治は確実に腐るよ。いやもう、腐ってるんちゃう？」

「くっそー、小中の野郎。好き放題いいやがって」

テレビのスイッチをぶち切った泰山は、怒りのあまり荒々しく息をしていた。

「やっぱり、この前の恨みがありますからね」

そういったのは狩屋だ。

「恨みってなんだ、カリヤン」泰山は聞いた。

「この前、銀座のシリウスで小中と会った時ですよ。そん時あいつ女連れで――」

「ああ、そういえばそんなことがあったな」

泰山は思い出した。「それがどうした」

「あの時泰さん、その女の前で小中のこと、こき下ろしたでしょう。それを根に持ってるんですよ」

「ふん、つまらん野郎だ」

「文化人なんて所詮《しょせん》、そんなもんですよ、了見は狭いしプライドだけは高いっていうね！」

狩屋も腹に据えかねる経験があったのだろう、そうこき下ろした。

「それにしても、小中ごときにつべこべいわれることになろうとはな！」

それから改めて、翔を見据えると、「このバカ者！」と怒鳴りつける。

「漢字の検定試験でも、どこかで受けてこい」

「オヤジは受けてるのかよ」翔が反論した。

「受けるか。おまえの国語能力は小学生並だな。それでも大学生か」

「イマドキ、小学生のほうがまだ漢字は読めますよ」

さっきからふてくされている貝原がいった。いかに誤読とはいえ、自分の原稿が元で騒ぎが引き起こされたことに気を悪くしているのだ。貝原は、繊細な男であった。

「悪かったな」

その貝原に、翔がくってかかった。「なんだよ、漢字読み間違えたくらいで大騒ぎしちまってさ」

「間違えすぎだ。どれだけ大変なことになってるか、わかってるのか」

泰山が叱りつける。「おまえのせいで、俺が無能扱いだ」

「知るか。国会に出ろっていったのはオヤジだろうが。だいたい、原稿が読みにくいんだよ、原稿がさ。難しい漢字ばっかり使っちゃって。あれで国民の心に届くと思ってるのか」

いうことだけはいっぱしである。

「ど、どこが難しいっていうんだ、翔ちゃん」

きっとなった貝原を、「おい、いま仲間割れしてどうする」、と狩屋が冷静に制した。

「この事態をどう乗り切るか、それを考えるのが先じゃないか」

まさにその通りであった。

口にしかけた言葉を呑《の》み込むと、貝原は憤然と鼻息を洩《も》らして押し黙る。

「支持率だな、問題は」

泰山はいった。「下がるぞ。憲民党の蔵本といい勝負になるかも知れん」

衆議院本会議が生中継されていたこともあって、いまマスコミでは武藤泰山の誤読問題で持ちきりになっている。

「女関係を暴露されるよりはマシですよ」狩屋の励ましはズレていた。

「なにかいい手はあるか、カリヤン」

「一応、今回は病気ということにしておきましょう」

「そんな無茶な！」

貝原があきれていった。「そんな病気があるんですか。だいたい、総理大臣が病気じゃまずいでしょう」

「一時的に漢字が読めなくなる精神疾患だが、一過性で職務遂行には支障はないという説明ならいいだろう」

「無茶苦茶じゃないっすか」

どう見ても本気の狩屋に、貝原は頭を抱えた。

「無茶苦茶のどこが悪い」

泰山が開き直った。「俺が翔で、翔が俺なんだぞ。この無茶苦茶に比べたらかわいいもんだ」

「そのことなんですが、先生」

貝原は、どこかに疑いの挟まった眼差《まなざ》しを向けた。「その問題を解決する方法はなにか見つかったんですか。どう考えても、そっちを優先すべきだと思うんですが」

「ごもっともだ、貝原君」

狩屋はいい、腕時計を覗《のぞ》き込むと、全員が集まっている一室のドアを見つめる。その時、まるで見計らったかのようにドアがノックされて、ぬっと、やけに横幅の広い顔が出てきた。

「失礼します、総理」

入ってきたのは、防衛大臣の真田武彦であった。四十歳という若さで大臣に上り詰めただけあって、真田は頑強な体に明晰《めいせき》な頭脳を併せ持ち、将来の民政党を背負って立つと期待される逸材だ。

「おお、来た来た。まあ、ここに座れ、真田」

狩屋にいわれ、大柄な真田はまっすぐに入室してくると、肘《ひじ》掛け椅子に腰を下ろした。

「実は、先ほど君が私に報告してくれたことを、直接、総理に話してもらおうと思ってな」

そう切り出された真田は、「よろしいんですか」と、遠慮がちに泰山を一瞥《いちべつ》した。

「ああ、彼のことは心配しなくていい。総理の息子さんだ。これから君が話すことの関係者だと思ってくれ」

「関係者？」

怪訝《けげん》な顔をした真田だが、「信用してくれ」、という狩屋の言葉に頷《うなず》いた。

「実は、本日、アメリカ政府から極秘の連絡がありまして、ＣＩＡが研究開発してきた最先端技術が盗み出されたことが発覚いたしました」

「ＣＩＡの最先端技術？」

泰山は聞いた。とはいえ見かけ上、質問しているのは翔なのだが。「最大限のセキュリティを張り巡らせた研究所にある情報を、どうやって盗み出したんだ」

泰山の息子とはいえ、その偉そうな口のきき方に真田は少々むっとしたようだったが、すぐに冷静な口調になって続けた。

「研究を管理する立場にある局長級の人物であればデータにアクセス可能だそうですが、犯人は絞り込めていません。目下、事件解明に全力を挙げているところであるとの報告を受けております」

「どんな技術なんだ、それは」と泰山が聞いた。

「リモート・ビューイングから発展した研究成果であるとの説明であります」

「なんだって？」

泰山は聞き返した。

「リモート・ビューイング。〝遠隔透視〟と訳すんですが、要するに脳波研究の一分野だと考えていただけばよろしいかと」

「といわれてもな」

さっぱり理解できない泰山は聞いた。「第一、なんでＣＩＡが脳波なんぞ研究してるんだ」

「少々飛躍的なお話になりますが、ご容赦ください」

真田はそう前置きして、続けた。「ＣＩＡでは他国に潜入させたスパイへの指令伝達、情報授受についての研究が長く続けられてきたわけですが、とくに人間の脳波に直接指令を送れないかというアイデアからさらなる研究へ発展してきた経緯があります。脳波もある種の電気信号であって、その動きを読み取ることでその人物が考えていることを把握し、またこちらから脳波に直接信号を送信することによって情報伝達を可能にする。そうした技術をスパイ活動に利用しようというわけです」

「おいおい、そんな映画もどきの話があるのか」

驚いた泰山に、

「そういえば、同じ話を私もどこかで聞いたことがあります」

狩屋がいった。「たしか、一九五〇年代からすでに研究が始まっていて、莫大《ばくだい》な研究開発費が投じられているという——あくまで、噂に過ぎないと思っていましたが、まさかほんとうにやっていたとは」

「脳波に直接指令を送り、また脳波によって情報を受け取ることができれば、スパイ活動の安全性は格段に進歩します」

真田は真顔で説明した。「たとえば、従来であれば機密情報に接した時、写真にとったり盗み出したりといった方法をとっていたわけですが、この技術であればそれを読み上げたり、認識したりすることによって生ずる脳波を受信することで情報を入手することができる。スパイへの指示も、脳波に直接働きかければ敵に知られることはありません。これは画期的なコミュニケーション技術たりうるわけです」

「で、その技術はどの程度研究が進んでいたんだ」半信半疑の泰山は聞いた。

「ほぼ実用段階にまでこぎつけていたようです」真田は声を低くしていった。

「ほんとうか」泰山は驚きを表情に出した。

「ところが——」

真田はいつもながら気合いの入った体育会系の眼差しを全員に向ける。「その技術が、何者かによって盗み出されてしまったのです」

「背後にいるのは何者だ」泰山が尋ねた。

「それはまだ、わかっていません」

「おいおい、そんな技術がたとえばテロリストらの手に渡ったら大変なことになるじゃないか」

泰山がいった時、

「いえ、もう渡っているかも知れませんよ」

という狩屋の意外な言葉が全員をはっとさせた。

「もう?」

泰山はぽかんとして、狩屋の表情を眺める。

「そうです。もうテロリストの手に渡っているんですよ、泰さん。そいつらは、その技術をつかって、脳波を操作しているに違いありません」

狩屋は、じっと泰山を見つめた。「だから、こうなったんです」

「あの、失礼ですが、官房長官」

真田がいった。「いったいなんの話をされているのでしょうか」

「真田。実は折り入ってお前に話しておきたいことがある」

狩屋は、真剣そのものの表情で防衛大臣を振り向いた。「はっきりといおう、いま現在、我が国にとって極めて深刻な事態が起きているのだ」

真田は返事をする代わり、万事を見通すような眼差しを狩屋に向けた。

「単刀直入にいう。ここにいる翔ちゃん――」

泰山を、狩屋は振り返った。「見かけは息子の翔ちゃんだが、中身は総理だ。そして、こっち――」

今度は翔を振り向く。「見かけは総理だが、中身は翔ちゃん。どうだ、真田、わかるか」

見えない風船に顔面を押されたように、真田の上体がのけぞり髪が逆立ったように見えた。

「私をからかっておられるわけではありませんね」

「私は空気が読める男だ」

「失礼しました。しかし――まさか」

真田の驚き方は控えめで、それ故、心の動揺が手に取るように伝わってきた。

「残念ながら、そのまさかだ」

そういった泰山に、真田の目は静かに見開かれた。

「なぜ人格が入れ替わったのか、これにはなんらかの科学的な理由があるはずだと私は考えていた。先ほどお前から話を聞いた時、もしやと、そう思ったから来てもらったんだ」

狩屋はごくりとつばを呑《の》み込んだ。「もし、人間の脳波を操作できるのなら、泰さんの脳波を翔ちゃんに、翔ちゃんの脳波を泰さんに移し替えることができるのではないか。どう思う、真田。君の意見を聞かせてくれ」

いま、真田の表情はみるみる険しくなり、危機感も露《あら》わになっていった。

「それは、科学的に十分にあり得る話です。医療分野では、脳波でパソコンを操作することも実現段階にきていまして、この技術が完成すると、たとえば全身麻痺《まひ》の患者の脳波でコンピュータに文字を入力することができる。そのぐらい、いま脳波の研究というのは進んでまして、CIAの機密技術となればなおさらです。おっしゃるような脳波交換は十分に考えられるでしょう」

「やはり、そうか……」

狩屋が難しい顔で腕組みをした。

「ちょ、ちょっと待ってくれや、狩屋のオヤジ」

翔が慌てて聞いた。「てことは、なにか？　俺って、テロの標的になったたってことかよ。それはないだろ――」

「いや、そうなんだよ、翔ちゃん」

狩屋は重々しく断じた。「そして、泰さん、あなたもです」

泰山の喉《のど》から呻《うめ》きが洩《も》れる。

「いったい、いつの間に……。目的はなんだ」

だが、その疑問にこたえられるものは、その場にはいない。

「しかし、妙ですね」

折しも訪れた静寂を破って呟《つぶや》いたのは、真田であった。

「なにが妙なんだ、真田」泰山が聞いた。

「実は脳波を発信するためには、専用のチップを体内に埋め込む必要があるそうです。おふたりの体内にチップを埋め込むのは、そう簡単ではありません。なにしろ、簡単な手術のようなことをする必要があるので。そんなことをされれば、誰だって気づくでしょう」

「なるほど」

沈黙の中、泰山は、心当たりを頭の中で考えてみる。翔も同じだ。

「チップってどのくらいの大きさなの？」

翔が聞いた。

「わずか数ミリだと聞いています」

「数ミリか……」

泰山は呟いた。小さいのはわかるが、体内に埋め込むのはそう簡単ではなさそうだ。寝ている間にこっそり、という話でもなかろう。

「泰さん、最近、なにか手術されましたか」

「してない。それはお前もよく知ってるだろうが、カリヤン」

「まあ、それはそうですけど……。翔ちゃんは？」

翔も、首を横に振る。

「だよね」

「やっぱり、違うんじゃねえの」

翔がいった時、「ああっ！」と大声を出したのは、泰山であった。

「ど、どうしたんです、泰さん」

目を丸くした狩屋に、泰山はいった。

「歯医者だ、カリヤン！　この前から俺、歯が痛いっていってたろ。あの時、歯医者で親知らずを抜いたんだ」

「そうか！」

と立ち上がったのは翔だった。「お、俺も行ったぞ、オヤジ。もう二週間も前だけどな」

「どこの歯医者ですか」狩屋が聞いた。

「渋谷《しぶや》の丸山《まるやま》歯科だ。うちはあそこと決まってる」

泰山の言葉に、翔も頷《うなず》いた。

「ちょっと失礼します」

立ち上がった真田は、いったん部屋を出ていき、それからしばらくすると戻ってきた。

「公安を向かわせました。まもなく連絡が入るでしょう」

その連絡は、わずか十分ほどして真田の携帯に直接かかってきた。

「急行したところ、丸山歯科はもぬけの殻《から》のようです。院長の丸山の自宅にも人はいません」

「なんだと？」

泰山は、翔と顔を見合わせた。「どういうことだ」

「わかりません。ですが、お気をつけください、総理」

真田はぴりぴりと緊張感をみなぎらせた。「あなたの身辺にまで敵が接近している可能性があります。もしかすると、この部屋にも」

そういって、真田はじろりと貝原を睨《にら》む。

「えっ、私ですか。ちょっと、冗談じゃないですよ」

貝原は慌てて顔の前で手を振った。「先生、なんとかいってください」

だが、泰山はやおら手を伸ばすと貝原の頬をつねった。

「イテテッ！　なにをするんです、先生」

「スパイなら変装もうまいだろうからな。だが、どうやら違うようだ」

「ひどすぎます、先生」

「これも国のためだ」

泰山がいった時、再び真田の携帯が鳴った。

「総理、市谷《いちがや》までご同行願えますか。それに、君も」

翔を振り返る。「くだんのチップが埋め込まれているか、防衛省内の研究所で確認させていただきます。それを除去すれば、この状況は解消できるかも知れません」

そう聞いて、ふうと安堵《あんど》の吐息を洩らしたのは、翔である。

「おおよかった。やっと、お役ご免ってわけだ」

「くそっ。もう少し早く、お前の話を聞いておくべきだったな、真田。そうすれば誤読も回避できたろうに。失敗したぞ」

泰山は悔しがったが、すべては後の祭りであった。

# 9

「失礼します」

技官の手が伸びて検査台の上で横たわっている泰山の体をベルトで留め、視界から消えていった。

——はあい、動かないでください。

マイクから声が聞こえ、その通りにしていると、横たわっている台が頭のほうに動き出した。

カチッカチッカチッという、微細ではあるが耳障りな音が聞こえ始め、それはそのまま半円形をしたアーチをくぐっている間中、続く。

——はあい、お疲れ様でーす。

MRIから降りると、入れ替わりに翔が入ってきた。

「あー、めんどくせえな。回りくどいったらありゃしねえ。あの歯医者がやったみたいに、さっさと俺の歯から、そのなんとか装置ってのを取り外してもらいたいもんだぜ。イテッ」

台に横たわろうとしてアーチに頭をぶつける。

「俺の体を粗末に扱うんじゃない」

泰山が文句をいった。

「へいへい、悪うござんした。早くこんなオンボロな体から脱出したいぜ、まったく！」

翔も憎まれ口で返す。

「お前だってな、あと四十年もしたらそうなるんだ。ざまあみろ」

言い返した泰山に、さっきの技官が近づいてきた。

「総理。こちらへお願いします」

別室に案内され、今度は頭のあちこちにコードが接続された。

「脳波を調べさせていただきます」

「うむ」

泰山はいい、目の前のモニタに映し出された波形を眺める。

「あれ、泰さん、妙に乱れてますが」

傍らで見ていた狩屋が心配そうにいった。

「いや、いまウチの奴に一億円をどうやって払おうか、ちょっと考えてたもんでな」

「政策では大盤振る舞いでも、根っこはケチですからねえ、泰さんは」と狩屋。

「なんならお前の脳波も調べてみるか、カリヤン」

泰山は嫌味な口調でいった。「菜々美のことを思い出させてやる。あれと別れるのに苦労したなあ。この前会ったけどな、お前のこと相当、恨んでたぞ。週刊誌にヌードで告発してやろうかっていってたな」

狩屋の浮かべた作り笑いが歪《ゆが》んだ。

「こんな大事な時に冗談はよしましょう、ね、泰さん。もう済んだ話じゃないですか」

「いいよな、お前は済んだ話で。俺の一億円はこれからの話だ」

そうこたえた時、「お疲れ様でした」というひと言で、一連の検査が終了した。

泰山と翔、狩屋と貝原の四人が防衛省の地下にある一室へと移動すると、厳しい顔をした真田が待っていた。

「これをご覧ください、総理。MRIで撮影した画像です」

中央のデスクにあるパソコン、その大型モニタの前に白衣の研究員らしき男がかけている。胸に堂島《どうじま》というネームプレートがついていた。

真田にうながされ、堂島が口を開いた。

「ここが問題の箇所です」

モニタの前に陣取った堂島は神経質そうな男であった。銀縁メガネのブリッジを中指で支えたまま右手でマウスを操作し、画面を二分割して二つの画像を並べて表示する。

「この写真は、武藤総理と翔さん、おふたりの頭部を輪切りにした断面図だとお考えください。問題の箇所は、ここです」

ボールペンが指し示した右側の画像に泰山は目を凝らした。「ここに直径三ミリ程度のチップが埋め込まれています。左上顎《じょうがく》の第三大臼歯《きゅうし》、つまり総理が親知らずを抜歯した後の歯茎です。歯を抜いてできた穴にこの物体が埋め込まれ、完全に縫合《ほうごう》されて定着しています」

「くそ、やっぱり」泰山はいった。

「それとこちらは翔さんの画像ですが、翔さんの場合は右下顎の親知らずが抜歯されてそこに――」

「なんだ翔、お前も親知らず、抜いたのか」泰山が聞いた。

「俺は必要ないっていったのに、親知らずは早いとこ抜いておいたほうがいいって、あの歯医者がいいやがったんだ。くそっ」

翔は悔しそうに舌打ちした。

「予想した通り、最悪の事態です、総理」

真田がいった。「この打開策を早急に検討するとともに、テロ組織の早急な摘発に向け、わが防衛省といたしましては――」

「演説はいい、真田」

泰山はすげなく制した。「ともかく理由がわかったんだから、チップをさっさと除去してもらおう。そうすれば、とりあえず脳波を元に戻すことができる。本件の対策についてはそれからで間に合う」

「わかりました。でも、それはできません」

真田が当然のようにいった。

「そうか、できないか――なに⁉」

頷《うなず》きかけた泰山は、思わず真田の襟《えり》を両手で摑《つか》んだ。「なんでできないんだ！　わかるように、きっちり説明してくれ！」

「それはわたくしからお話しします」

堂島の眉間《みけん》の皺《しわ》が深くなった。「残念ながらこのチップを除去するのはそう簡単ではありません。というのも、この構造上の特徴から推測されるところによりますと、なんらかの圧力、あるいは信号によって自爆する構造になっている可能性があるからです」

翔が悲鳴をあげた。

「自爆？　もしそうなったら、俺らはどうなるんだ」

「残念ながら……」

「ど、どうしてくれる、オヤジ。やめてくれよ、俺は死にたくねえ！　なんでそんなに落ち着いていられるんだ！　おい、なんとかいってくれよ、オヤジ！」

激しく肩を揺さぶられた泰山から、返事はない。

泰山はべつに落ち着いているわけではなかった。

あまりのことにショックを受け呆然自失《ぼうぜんじしつ》、言葉が出てこなかっただけのことである。

「お、落ち着いて、翔ちゃん」

狩屋がなだめた。

「落ち着けるわけねーだろ！　歯の奥に、爆弾が仕掛けられてるんだぞ！　これなら虫歯のほうが百倍マシだ」

「爆発物処理班を呼びましょうか」貝原がいった。

「そういう問題か！」

狩屋が睨《にら》みつけ、それから見たこともないほど真剣な顔で堂島に問うた。「まず、基本的なことを知りたい。もし、これがほんとうに爆発物であったとして、爆発した時の威力は？」

「爆発物の種類にもよりますが、人間の頭ひとつぐらいは軽く吹き飛ぶことになるでしょう」

「頭が吹き飛ぶ……？」

泰山が弱々しく反応した。「この武藤泰山の命が欲しいのなら、正々堂々と戦いを挑んでくればいいではないか」

「正々堂々と戦うテロリストなんて聞いたことがありません、先生」

貝原のこたえはもっともだ。

「第一、翔は関係ないじゃないか」

「そうだよ、なんで俺まで巻き添えになるんだ。死ぬのはいやだ！」

「そこです、総理。この事件にはどうも腑《ふ》に落ちない点があります」

真田がいい、話に割って入った。「もし、総理のお命を狙っておるのであれば、わざわざ歯科医を抱き込んで口の中にそのようなチップを埋め込んだりするでしょうか。やろうと思えば診察台で殺すことだってできたはずです。しかし、そうはしなかった――なぜか？」

投げかけられた問いに、泰山はぽかんとした顔を向けた。考えようにも、ショックを受けた脳はまるで動いてはくれない。

「なぜだ」泰山は聞いた。

「わかりません」

真田の答えにがくっと落胆したが、「ただ、考えられることはいくつかあります」、という言葉に再び顔をあげる。

「たとえば、総理の脳波を解読することにより、国家機密を盗み出そうとしているのかも知れません」

「なるほど」

泰山は思わず納得して聞いた。「しかし、どうやって？」

「先ほどの検査で、このチップから微細な電波が送受信されていることが確認されました」

「電波？」

「ひとつは総理の脳内で発生する電波。総理がなにかお考えになった時に生じる微細な電気反応とでもいえばいいでしょう。そしてチップ本体からもまた、微細な電波が発信されていることがわかっています。敵はＣＩＡから盗み出した技術情報に基づいて製造した特殊な受信機でそれを受け取ろうとしているに違いありません」

「送信されている電波の内容はわからないのか」

狩屋が聞いた。

「なにしろ軍事上の最先端技術でして、探知は不可能です」

「じょ、冗談じゃない」

泰山は青ざめた。「するとなにか？　いまこうして話していることもすべて、犯人の奴らに筒抜けになっているというのか！」

「くそったれ！」

翔が叫んだ。「聞こえるか、犯人の野郎ども！　こんなくだらねえことしやがって、ただで済むと思うな。お前ら全員とっつかまえて死刑にしてやるからな、覚悟してやがれ！」

はあはあ、と肩で息している翔に、「あまり、刺激しないほうがいいかも知れません」、と冷めた堂島の声がした。

「言い遅れましたが、チップ内の爆弾は、遠隔操作で爆破できるかも知れません」

「ま、マジ？　そ、そういう大事なことは早くいえよな」

翔は、慌てた。声色《こわいろ》を変えて、話し始める。「あ、あのう、聞こえてますか？　俺は国家機密なんか知らないんですよ。勘弁してくださいよ、ホント。第一、俺とオヤジの脳波を交換してなんの得があるんですか？　こんなことしてもあんまりイミないと思うんですよ。だいたい、あなた方は――」

「あの――」

真田がひとつ咳《せき》払いして目線を伏せた。「この部屋は、特殊な構造ですべての電波を遮断するようになっていますから、相手には通じません」

「はあ？　それを早くいえよな」

翔がいった。「バカみたいじゃないか」

「みたいじゃなく、バカだろ」貝原がひとりごちる。原稿批判をまだ根に持っているのだ。

「なんだと！」

「あ、聞こえましたか」

とぼけた貝原に、なおも翔がなにかいおうとした時、「やめんか、ふたりとも」、泰山が重々しく叱りつけた。

「みっともない言い争いをしている場合か。黙れ。――カリヤン、お前の意見を聞かせてくれ」

「テロリストどもの目的がわかりません。もしかすると、金銭を要求してくるかも知れないですよ、泰さん」

狩屋はいい、付け加えた。「脳波の身代金として」

「脳波の、身代金、か……」

泰山が呟《つぶや》く。

「テロリストと取引はしない！」

断固とした口調で、真田が叫んだその時、

「いくらぐらいかな」

泰山はいった。

真田の顎《あご》が落ちかかる。

「総理！　それでも、一国の首相ですか！　武藤死すとも自由は死せずとか、そのくらいのことおっしゃってください」

「そういうキャラじゃないから、泰さんはさ。お前だってわかってるだろ」

平然と狩屋は真田にいい、「いくらかはわかりませんよ、そりゃ。だけど、十万や二十万じゃないでしょうな。百億、いや千億単位かも知れません」

「となると補正予算か」

泰山が腕組みした時、

「オヤジの脳波にそんな価値があるわけねえだろ」

翔が吐き捨てた。「百円か二百円の間違いじゃないのか」

「そらお前だ、翔。お前の脳波なら十円か二十円だろうよ」

「ふたりともお止めください」

真田が苛立《いらだ》った声で制した。「総理。一国の防衛大臣として申し上げます。その時には、潔く突っぱねてください」

「冗談いうな！」

つっかかったのは翔だ。「突っぱねたら死ぬだろうが。死なないまでも、こんな体でどうやって生きていけっていうんだ。人ごとだと思ってるだろう」

「まあまあ、まだ犯人からはなにもいってきてないんですから」

狩屋が間に入った時、デスクの電話が鳴った。

「刑事が来たそうです」

と堂島が送話口を押さえて真田に報告する。

「ここに呼んでくれ」

入ってきたのは、黒のスーツに赤い開襟シャツを着た男だった。痩《や》せた体に、火のついていないタバコをくわえ、足下はエナメルの黒靴だ。

「は？　君なの？」

狩屋は値踏みするような無遠慮な眼差《まなざ》しを向ける。「チンピラじゃないか」

その言葉は、真田に向けられたものだった。

その真田もさすがにまずいと思ったかデスクの電話を取る。相手は秘書だろう。

「警視総監につないでくれ」

そう告げて、しばし待つ。「――ああ、もしもし、よっちゃん？」

真田の口調ががらりと変わって、一同を驚かせた。「さっき頼んだ刑事なんだけどさ――あ、来たよ。いま目の前にいる。だけどさ、これなにか勘違いしてない？　かなり予想に反した人物が現れたんだけどね。ふむふむ。えー、ほんとー？　まあいいや、わかった。ありがとね。うん、今度遊びに行くからさ」

「誰だよ、よっちゃんて」

翔が聞いた。

「警視総監の小峰義朗《こみねよしろう》ですよ」

と狩屋。「大臣と小峰は親戚《しんせき》で、歳の離れたいとこ同士なんです」

あっさりと納得した真田が受話器を下ろす。

「彼が、公安でピカ一の刑事だそうです」

全員唖然《あぜん》として振り返ると、「新田《にった》です」、とドスをきかした声で男は自己紹介した。

「所属を述べたまえ」

威厳を滲《にじ》ませて、真田が聞いた。

「警視庁公安第一課、警視」

歳は三十そこそこである。

「もしかして、君はキャリアか」

貝原が聞いた。

「なんでわかるの」

翔が傍らの狩屋に聞いた。

「警察官が、順調に出世していっても、警視にまで上り詰めるのは四十五歳前後なんですよ」

耳元で狩屋がレクチャーした。「一方のキャリア組の警視昇格は、採用七年目なんで、この若さで警視ってことは、ノンキャリアでは考えられないことなんです」

「へえ。すごい世界だね、警察ってのは」

「人を肩書きで判断する人間とは仕事をしない主義なんだ」

新田は少々反抗的にいうと、貝原を睨《にら》み付けて質問を黙殺した。

「君がなにをもって人を判断する人間かはこの際どうでもいい」

真田がいった。「しかし、これから私が説明することは君のその判断基準には合わないかも知れない。回りくどい説明はしない。ざっくばらんに、いまどういうことが起きているか、それを説明したい。ここにいる武藤総理と息子の翔君。ふたりの脳波が何者かによって、入れ替えられた。その犯人を君に捜してもらいたい」

続けて真田が詳細を話す間、新田の表情はぴくりとも動かなかった。胆《はら》の据わった男である。黙ったまますべてを聞き、そしてしばしの沈黙のあと、やおら携帯電話を取りだすと部下とおぼしき相手にかけた。

「渋谷区にある丸山歯科について至急、詳細を報告してくれ」

指示はそれだけだ。泰山から聞いた住所を告げて電話を切る。折り返しの電話は五分とかからなかった。報告を受けた新田は通話を終えると、自分を見つめている面々に向き直る。

「渋谷にある丸山歯科院長、丸山浩一《こういち》は、今年五十一歳。東京歯科大学卒業後、父親が経営する丸山歯科に入り、いまから二十年前、父親の死により、院長に就任。家族は二つ年上の妻のみで子供はいない。趣味はゴルフとキャバクラ。ゴルフのベストスコアは百八。キャバクラでは貢ぐ一方でふられてばかりの典型的なオヤジだ。宗教および思想的な背景はない」

どこで調べたかは知らないが、公安の情報収集能力、恐るべしである。しかも、新田はこの情報をメモのひとつも見ないで、そらでいってのけた。人並み外れた記憶力だ。こいつらは俺の尻《しり》の毛の数まで知っているかも知れないぞと、泰山は秘《ひそ》かに戦慄《せんりつ》した。

「じゃあ、なぜだ？　なぜ、丸山がこんなことをする」

泰山は疑問を口にした。

てっきり、左翼か右翼か、ナントカ原理主義といったものに傾倒した連中の犯行だろうと想像していたからである。

「借金ですよ。丸山は去年、不動産投資に失敗して巨額の借金があった。利息を払うために、裏の金融筋にも手を出して、かなりヤバイ状態だったようです」

「じゃあ、その裏の金融筋が丸山を雇ったってことかい」と貝原。

「いや、それは違う」

新田は鋭い眼光で虚空を射た。「借金はすべて返済されているので」

「その金はどこから？」

問うた狩屋に、新田はひょいと肩をすくめてみせた。

「問題はそこです。それを突き止めれば、この事件のからくりが透けて見えてくる。犯行組織は、丸山を金で買収した可能性が高い」

その時、再び電話が鳴り出し、貝原が出た。

「官房長官にお電話です。城山先生から」

「カリヤン、いまどこだ？　どえらいことになったぞ」

渡された受話器の向こうで城山のがなり声がした。「そこにテレビはあるか。ＮＨＫのニュースを見てみろ。官房長官としての腕の見せ所だぞ」

意味がわからない。

「ちょ、ちょっと待ってください」

慌てた狩屋が聞こうとしたが、気の早い城山はとっとと電話を切ってしまった。

「貝原、テレビをつけてくれ。NHKだ」

おなじみのニュースキャスターの顔が映し出された。

同じように画面を覗《のぞ》き込んだ泰山が顔をしかめたのは、キャスターの横に知った顔を見つけたからである。政治評論家の小中寿太郎だ。

「それでは、ついいましがた行われました鶴田経済産業大臣の会見の模様を、もう一度ご覧ください」

画面が切り替わり、どこかのホテルの記者会見場が映し出された。

「ガードナーとの経済閣僚会議後の記者会見だな」

と狩屋。ガードナーは、アメリカ合衆国の財務長官である。

「あれ、なんだか鶴田先生の様子、おかしくないですか」

まっさきに指摘したのは、貝原であった。鶴田洋輔は泰山の盟友である。武藤内閣での経済産業大臣職は、長年にわたる信頼関係の証《あかし》だ。

「まさか――」

泰山がいった時、鶴田が話し始めた。

「あのー、本日……ガーデナーさんと、さきほど、会見しまして……」

鶴田の目は完全に据わっている。

「ガーデナー?」

狩屋が両手で頭を抱えた。「それじゃあ庭師じゃん」

鶴田は話している。

「日本とアメリカがですね、まあなんというか今後とも……協力していくというような感じで」

「か、感じでってなんだよ、鶴さん！」

狩屋がなおも叫んだ時、「酒だ！」、と泰山がいった。

真田と貝原、そして狩屋がはっと顔をあげ、泰山を見る。

「鶴さん、酒呑《の》んじまったんだ」

「完全なる酔っぱらいだ」

貝原が感想を述べた。「呑んでなきゃ、いい人なのになぁ」

「なんてこった！」

泰山は手のひらで顔を覆った。

「鶴さん、頼むよ。なんとか切り抜けてくれ！」

「ま、その……。日本の新たな経済協力の、えー、枠組み？　みたいなものが――」

「みたいなもの！　万事休す！」

真田が天を仰ぐ。その横では、映像に耐えきれなくなった貝原が、両手で耳を塞《ふさ》いでいる。

画面が切り替わり、再びキャスターのまじめくさった顔が現れた。

「先ほど行われた会見の模様を録画でご覧いただきました。あ、いま会見場となったホテルとつながったようです」

また画面が切り替わった。大勢の記者に囲まれ、十本はくだらないマイクやレコーダーを突きつけられた鶴田の姿が大映しになる。

泰山は嫌な予感がした。

「どえらい騒ぎだぞ、こいつは」

思わず口にする。

二重三重に取り囲んだ記者たちから怒号にも似た質問が叩《たた》き付けられている。押し合いへし合いしながらＳＰに支えられるようにして歩いている鶴田の表情は真っ赤を通り越して青ざめていた。

――会見前にかなりの酒を呑まれたという話がありますが、どうなんでしょうか。

誰かが聞いた。

「それはその……か、風邪気味だったので、の、呑んでません」

鶴田が呻《うめ》くようにいった。

「おい、会見場には誰が行ってる」

画面を凝視したまま、泰山が聞いた。

「田部井《たべい》が詰めてるはずですが」

鋭い舌打ちを泰山は洩《も》らした。官房副長官の田部井道孝《みちたか》は若くて経験が乏しい上に、機転の利かない男であった。派閥の力関係から登用してやって欲しいといわれ、ポストを与えた男である。

「田部井に電話して、これ以上鶴さんに話をさせるなと伝えろ、カリヤン！　いますぐだ！　早く！　ブンヤを追っ払うんだ――」

だが、そんな泰山の思惑を余所《よそ》に質問は続いている。

――さきほど、ワインを呑んでらっしゃいましたよね。私、見てましたけど。

記者の厳しい追及に、鶴田はもうあっぷあっぷだ。

「ワインは口にはしましたけど――」

鶴田はいった。「あのー、呑んではいませんから。うがいしただけです」

泰山がのけぞった。

「意味がわからん。ワインでうがいするか」

狩屋は両目をかっと見開いたまま瞬《まばた》きすら忘れている。貝原は口を開けたままいまにも泣き出しそうだ。真田は死地に赴《おもむ》く軍人のように表情を引き締め、ひとり翔だけが、「笑えるな、このオッサン」と、面白がっている。

が、その時――。

「ちょっと待てよ……」

泰山は立ち上がると、食い入るようにテレビ画面に見入り始めた。

「泰さん、いまさらおそいですよ。もうどうにもなるものじゃありません」

狩屋は、うちひしがれた声を泰山にかける。

「そうじゃない、カリヤン」

かすれた声を、泰山は出した。

「なにか気がつかないか」

「なにかとは?」

狩屋だけでなく、その部屋にいる人間全員がテレビ画面を凝視する。

「カリヤン、鶴さんの家族がいまどこでなにをしているか調べろ。いますぐだ!」

狩屋はぽかんとした。狩屋だけでない、翔も貝原も、そして真田も、わけがわからないという顔で泰山を見ている。

「どういうことなんだ、オヤジ」

「わからないのか!」

泰山は再びテレビ画面を指さした。「この男は鶴さんじゃない!」

「はあ?」翔は口を大きく開けたまま、しばし閉めるのを忘れた。

「同じだ、俺たちと」

泰山はいった。「入れ替わってるんだよ。じゃなきゃ、こんな無茶苦茶なことを、いうはずがない。鶴さんもまた、誰かと入れ替わってるんだ。カリヤン、急げ! 国家存亡の危機だ」

# 第三章　極秘捜査

## 1

薄暗い店内はタバコの煙と喧噪《けんそう》が渦巻いていた。

渋谷の道玄坂《どうげんざか》に近いビルの地下だ。

カウンターが一本、テーブル席が五つほどある店内に、百人を超える客がひしめいている。そのほとんどが学生で、中二階に備え付けられたブースではＤＪが長い髪を振り乱してわめき散らしていた。

「なんだよ、てめえ。気を付けろ」

入り口から店内に分け入ろうとした泰山の肘《ひじ》が、男に当たった。見ればいかにも遊んでいそうなちゃらけた男で、右手をタイトなワンピースを着た女の腰に回している。

「てめえ、なんとかいえよ！」

「ほんとうにここでいいのか」

男のことなど無視して、泰山は、背後にいる新田を振り返った。

新田は黙って店内を見回した。

「おい、ふざけんなよ、てめえ」

男の腕が伸び、泰山の腕を摑《つか》もうとしたその時、

「イテテッ！」

あっという間にその腕が捻《ひね》りあげられたかと思うと、男の体は床に転がされた。近くにあったグラスが割れ、「この野郎！」、起き上がろうとした男の顔面に、新田のエナメル靴が炸裂《さくれつ》する。

男が床で呻いた。

「あんたたち、京成大学だな」

怯《おび》えきった女子学生に、泰山は聞いた。「鶴田ワタル、いるか」

頷《うなず》く。

「どこにいる」

女子学生の視線が店内の奥に向けられた。

京成大学フォーシーズンズは、有名なお遊びサークルだった。鶴田洋輔経済産業大臣のひとり息子、鶴田航《わたる》はこのサークルの中心メンバーのひとりで、春秋はテニスにゴルフ、夏はスキューバ、冬はスキーと節操なく遊び歩いているバカ学生である。

市谷から渋谷の店に来るまでの間に、新田は公安の情報網を駆使して、鶴田の息子やその交

友関係に関することを詳細に調べあげていた。

「探してるんだ、お嬢ちゃん。連れてきてくれ」

新田がドスのきいた声でいうと、逃げるようにして芋洗い状態の立食パーティを繰り広げている店の奥へと消える。

すぐに会場の奥から、五、六人の男が現れた。

「どうした、井村《いむら》」

リーダー格らしい男が、床から立ち上がりながら鼻を押さえている男に声をかけた。男の喉《のど》から言葉にならない声が洩れ、新田を指さす。

がっしりした体格の男だった。茶髪にした髪を肩まで垂らし、ホストかと見まがうタキシードをラフに着こなしている。ノータックの細身のパンツにジョッパーブーツという、見る奴が見ればちょい技ありのファッションだが、泰山には親のスネをかじっているだけのボンクラにしか見えない。

その学生の背後には、同じような背格好の男達が数人いて、すでに喧嘩腰《けんかごし》で泰山たちを睨《にら》み付けていた。

さっきの女が背後から叫んだ。

「桂川《かつらがわ》さん、こいつらがワタルのこと出せって」

桂川と呼ばれた男は、値踏みするように泰山と、その横に並ぶ新田を交互に見た。リクルートスーツとヤクザ風の奇妙な二人組である。騒ぎに気づいた学生たちが話を止め、やり取りに息をひそめている。店内に流れていたBGMが、止まった。

「ワタルになんの用なの？」

桂川は聞いた。気取った女言葉だ。

「お前には関係ない。鶴田ワタルと話をさせてくれないか」泰山がいった。

「そうはいかないんだよ。俺たちはれっきとしたサークル活動してるんだよね――おい、聞いてんのかよ、あんた。待てよ」

桂川の話など全く無視してずかずかと踏み込んでいった新田の肩に手をかける。

いまや完全に動きを止めた学生たちをざっと眺めた新田は、瞬時に、その場に鶴田の息子がいないことを見て取ったらしく、泰山に首を横に振ってみせた。

「ふざけたことすんなよ」

桂川の攻撃は素早かった。意表をつく速さで腕が動き、拳《こぶし》が新田の顔面をとらえた――かに見えた。

「新田――！」

思わず泰山が叫んだ時、桂川の体が揺れた。繰り出した拳が虚空を突いたかと思うと、新田の足払いが炸裂する。

床に叩《たた》きつけられた桂川にヒールをめり込ませた新田は、飛びかかってきた学生ふたりも続けて床に這《は》いつくばらせた。

あっという間の出来事だ。

加勢したものか迷っている男子学生に、新田は鋭い眼光を投げる。

「鶴田ワタルを探してる。どこ行った」

返事はない。飛びかかってきた学生の腹に、新田は躊躇《ちゅうちょ》なく拳をめり込ませた。前のめりになって崩れた男を蹴飛《けと》ばし、さらにその横の男に声をかける。

「どこ行った。答えろ」

「あ、あの——さっき、外へ……」

怯《おび》えきった学生が答えた。

「携帯出せ」

「は？」

「携帯出せっつってんだ！」

新田の恫喝《どうかつ》に、学生は震える手で尻《しり》ポケットから携帯を出す。

「鶴田ワタルに電話しろ。この場でだ」

震える指先がボタンを押し、淀《よど》んだ静けさに沈んでいる店内に呼び出し音がくぐもり始めた。

身動きする者はひとりもいない。

「あ、もしもし？」

学生の問うような目が新田に向けられる。

「どこにいるか聞いてくれ。迎えに行くからって」

「あのさ、いまどこにいるんだ？」

学生は聞いた。新田を見ながらこたえる。「せ、センター街……」

「センター街のどこ」

「センター街のどこ？……スタバの、前？」

「動くなっていっとけ」

すでに踵《きびす》を返しながら、新田は命じた。「もし行って誰もいなかったら、お前、覚悟しとけよ。竹本三郎《たけもとさぶろう》君よ」

あまりのことに、学生の目から表情が抜け落ちた。驚いたことに新田の頭の中には、遊びサークル全員の顔と名前がすでにインプットされているらしい。おそるべき公安刑事である。

「行きますよ、先生」

ぶっきらぼうにいった新田は、さっさと店を出た。

## 2

道玄坂を駆け降り、若者たちでごった返す109前交差点をセンター街側へ渡った。

「なんて人ゴミだ」

泰山がいった。

「毎日こんなもんですよ」

ぐんぐん歩きながら、新田がいった。「政治家になったら、こんなところでうろつくこともできないでしょう。お気の毒なことで」

「べつに」

泰山は強がりをいった。「政治家には政治家の愉《たの》しみってものがあるんだよ、君」

「それは結構。愉しみがなくなったら、人間おしまいだ」

「君の愉しみはなんだね、新田君」

ふと興味が湧いて泰山は聞いた。新田は相変わらず、エナメルの靴底を派手に鳴らして歩いている。

「チェロを少々」

思わず噴き出した。ぎろりと新田に睨まれ、慌てて笑いをかみ殺す。

「だったらあなたの愉しみはなんです」

「それは君、一国の宰相にふさわしい――」

「銀座ブロンズクラブのあゆみですか。結構なご趣味で」

ぎくっとして泰山は、新田を見た。

「公安は、そんなつまらんことまで調べるのか。随分暇なんだな」泰山は嫌味で返す。

「そのつまらんことをしているのはあなたでしょう、先生。あゆみがどこかのスパイだったらどうするんです?」

新田はにこりともしないでいい、歩調を緩めた。地下鉄の出入り口の向こうにスターバックスの看板が見えている。

スクランブル交差点の信号が青に変わり、人の波が動いた。これから夜の街に繰りだそうという若者たちの間を、ふたりはかき分けるようにして泳ぐ。

「いた」

新田がいった。

新田が短くいった。「〝B〟の下です」

新田が短くいった。スターバックスのロゴの、〝B〟だ。見れば、そこに魂を抜かれたような目をした若い男がひとりで立っていた。経済産業大臣鶴田洋輔の息子、鶴田航だ。

新田が立ち止まった。

「ここから先は先生にまかせますよ。盟友なんでしょう。友達は困った時に助け合うもんだ」

「そうだな」

泰山がワタルのもとへゆっくりと歩いていくと、戸惑いを映した眼差《まなざ》しが泰山に向けられた。

どう話しかけたものか。

思案した泰山であったが、そこにいるのが見ず知らずの若者なのではなく、盟友の鶴田なのだと思った瞬間、

「鶴さん」という言葉は自然に出た。

ワタルの目が見開かれる。

「やっぱり、鶴さんなんだな」

泰山はいった。「俺だ、泰山だよ。武藤泰山だ」

「た、た、泰さん……？」

信じられないのは無理もない。「ほんとに、泰さんなのかい？」

「ああ、俺だ。俺もウチの息子と入れ替わっちまったんだ。あんたもだろう、鶴さん」

いま鶴田の唇がわなわなと震えたかと思うと、「泰さん！」とそういってしがみついてきた。

元来が政治家にしては線が細いというか、生真面目な男である。おいおいと泰山の肩で泣き出した鶴田を、道行く者たちが訝《いぶか》しげな眼差しで眺めていく。

それに構わず、盟友同士、抱き合った。

「おい、早く迎えに来てくれ。ゲイと間違えられそうだ」

新田が携帯に憎まれ口を叩いた時、黒塗りの車が静かに近づいてきて、交差点の端でハザードを点滅し始めた。

「行こう、鶴さん。詳しいことはあとで聞くよ。——どうした？」

突如、公安刑事が鋭い眼差しを雑踏に向けたのに気づいて、泰山は聞いた。その視線を追う。

三十メートルほど先の雑踏に、ひとりの男が立っている。

きっちりとスーツを着込んだ、場違いな雰囲気の男だった。新田と泰山に見つめられ、気圧《けお》されたようにはっとした男は、踵《きびす》を返してビルの合間へと走り込む。

「あの男——」

新田が呟《つぶや》いた。「さっきの店を出た時、外にいたな」

「ほんとうか」

泰山は、新田の観察力と記憶力に舌を巻いた。

「何者だ」

「わかりません。ただ、あれはカタギですね」

「カタギ？」

「永田町辺りをうろついている人種に近い匂いを感じたんで。刑事の直感で、根拠はありませんが」

いわれてみると、見覚えがあるような気もする。

「どこで見たんだっけな……」

ひとしきり考えたが、思い出せない。

「とりあえず、戻りましょう、先生。話はその後だ」

三人を乗せた車は、渋谷の雑踏を離れると、再び市谷に向かって走り出した。

3

「ワタルか？」

「パパ……？」

鶴田とその息子ワタルとの再会に、「うっ」、と狩屋が目を潤《うる》ませた。元来が涙もろい男である。

「もらい泣きしてる場合か、カリヤン」

泰山が眉《まゆ》をあげた。「俺に続いて鶴さんまで……。テロリストどもの目的はなんだ。はやくそれを探らないと、悪党どもに国政を乗っ取られるやもしれん」

防衛省の一室である。

「ところで鶴田大臣。最近、歯医者などに行きませんでしたか」

そう聞いた真田に、鶴田は「なんでそれを」と驚いた顔になった。

「やっぱり、鶴さんもか」と泰山。

「実は、少し前から奥歯が痛くて……それがなにか」

「ワタル君もか」

鶴田と入れ替わった息子が、頷《うなず》いた。

「いつですか」

質問したのは新田だ。

「俺が行ったのは、先週の水曜だけど」

ワタルが答えると、「私と、同じだ」と鶴田もいった。

「それで奥歯を治療したと？」新田が聞く。

「どういうことなんだい、泰さん」

鶴田が聞いた。

「その時細工されたんだよ」

泰山がいった。「特殊なチップを埋め込まれたんだ。しかしそれから一週間はなにもなかったということは……このタイムラグはなんだと思う、真田」

「アメリカ政府からの情報では、盗まれた技術が開発段階のため、チップが体内で安定するまでに多少の時間を要するそうです。おそらくそのためでしょう」

「それで、どちらの歯医者へ？」

猟犬のような目つきで、新田がメモを構えた。「青山《あおやま》にある近藤《こんどう》歯科という歯医者だ。難しい治療になるからそこに行ってくれといわれたんで」

「誰にいわれたんです」

「それまで通っていた神保町《じんぼうちょう》の歯医者だ」

その名前と住所を、新田はメモした。

「君は」とワタルに聞く。

「俺もだ。俺が通っていたのは、恵比寿《えびす》だけど。そこでも同じことをいわれてさ」

ふたりが通っていた歯科の名前、近藤歯科の場所と電話番号をメモした新田は、足早に部屋を出ていった。

「とりあえず、おふたりとも本省内で検査を受けていただきますので」

真田はいうと、技官の堂島を呼んで鶴田大臣親子を検査室へと案内させる。

「なんてこった」

そのふたりを見送った泰山が深々と嘆息した。「俺に続いて鶴さんまで子供と入れ替わっちまうとは……。いったい、武藤内閣はどうなる」

「支持率が問題です、先生」

貝原がいった。「それに、このままでは内閣が機能しません」

「よりによって、こいつらバカ息子ふたりが首相と経産相とはな！　世も末だ」

泰山は自棄《やけ》になっていった。

「狙われたんじゃないですかね」

と貝原がいった。「優秀な子供じゃあ、テロになりませんから」

翔をちらりと見た貝原は、嫌味たっぷりな顔つきになる。

「聞き捨てならねえな」

翔が貝原を睨《にら》み付けた。「オヤジ、こんな秘書、クビにしたらどうだ」

「その前に、できればお前をクビにしたいのに残念だ」

泰山はいい、「問題はこれからだ」、と話を戻して、翔の反論を封じた。

「スケジュールはどうなってる、カリヤン」

「なにせ政権の替わり端《ばな》で重要な政治日程が目白押しですけど、一番のキモはなんといってもサミットですよ、泰さん」

狩屋は、遠慮がちに泰山を見た。「そこで相談なんですが、このまま乗り切れるとは到底思えません。ここはひとつ、休養してはいかがですか」

「冗談じゃない」

泰山は突っぱねた。「私は首相だ。主要国首脳会議に参加せずして国家のリーダーといえるか。一期やったのにサミットも出ず、では話にならん。各国首脳との記念撮影は首相を目指す者の夢だからな」

「ま、それはそうかも知れませんけどね、泰さん」

狩屋は、困った顔のまま愛想笑いを浮かべた。「このまま翔ちゃんが代わりに出たって、泰さんはつまらんでしょう。それよか、今回は病気ということにして代役を立て、次回サミットで華々しくデビューということに──」

「だめだ」

言下に泰山は拒否した。「お前のいう次のサミットまで俺が首相をやっている可能性がどれだけある？　それでなくても〝選挙管理内閣〟と陰口を叩《たた》かれているんだからな」

「情けない話だなあ」翔が憎まれ口をきいた。

「黙れ。サミットに出ない首相なんて、チャーシュー抜きのチャーシュー麵《めん》みたいなもんだ」

泰山は言い切った。

「たしかに、このまま解散総選挙になって勝てるか微妙ですからね」と現実派の貝原。

「微妙かよ」

翔が小馬鹿にしていった。「そんな弱気でどうするよ」

「お前のせいだろうが！　弱気にもなるわい」

泰山がかみついた。「おかげでこっちはいい笑いもんだ。漢字くらいちゃんと読め！　小学生からやり直してこい」

「なんべん同じことといってんだ、オヤジ」

翔は嫌な顔をした。「そんなこと、もうどうだっていいじゃん。クイズ番組見てみなよ。いまの国民はさ、みんな漢字なんか読めないって。こいつが書いたあんな難しい漢字が読めないからって笑える国民がどれだけいるっていうんだ。俺のこと笑う前に、お前漢字読めるのかっていってやれや」

「だめだこりゃ」

天井を仰いだ貝原に翔がむっとした顔を向けた時、「鶴さんの酔っぱらい会見もありますからね」、と狩屋が表情を曇らせた。

「支持率がどこまで持ちこたえられるか……」

「いっそ、テロられましたっていえばいいじゃん。俺、もうやだよ」

翔はいったが、

「それはいけません」

真田が怖い顔になって制した。「これは国家安全上の重要問題ですぞ。一国の首相の脳波がジャックされたことがわかったら、国政が混乱するだけでは収まりません。政情不安予測で株式や債券市場は暴落するでしょうし、国債の信用が下がれば、企業の資金調達リスクが勃発《ぼっぱつ》し、日本経済の根底が揺さぶられる事態になります。それがさらに政情不安に拍車をかけ、混乱が混乱を呼ぶ、負のスパイラルに陥ることは目に見えている」

「もしかして、それがテロリストたちの目的じゃないか」

真剣そのものの顔になって、泰山が呟《つぶや》いた。

「考えられます」と真田。

「どこのテロリストだよ」翔が聞いた。

「それは――」

真田の眉間《みけん》に深い皺《しわ》が刻まれた。「半島か、アルカイダか、はたまた新手の集団か」

「要するに、なんにもわかってねえってことか」

翔は両手を頭の後ろで組んで嘆息した。「だけどさ、なんで日本なんだよ。最初にアメリカとか標的にすりゃいいじゃん。俺、こういうのすげー、迷惑なんだけど」

「そういえば、以前、小耳に挟んだことですが」

狩屋がいった。「カーティス大統領は歯医者が嫌いなんです、翔ちゃん」

「そういう理由で？　マジ？」

翔が大げさにあきれた。「俺だって好きじゃねえよ、歯医者。仕方なく行ったんだ。俺のほうがカーティスよりもエライな」

「そんなことで張り合ってどうするんです、バカらしい」貝原が軽蔑《けいべつ》しきった声でひとりごちる。

「なんだよ、だったらお前歯医者、行ってんのか」

翔がつっかかった時、

「歯は大事にしたほうがいいぞ」

泰山がひどく生真面目な顔でいった。「入れ歯で女を抱くのはつらいからな」

「なんの話だよ！」

「あの、本題に戻りませんか、みなさん」

狩屋が遠慮がちに割って入った。

「真田君もいっているように、テロが発生したことは公表するわけにはいきません。かといって、いま解散総選挙に踏み切ったとしてもたしかに勝算は低い。とすれば、結局のところ、このテロの全貌《ぜんぼう》を秘密裏に捜査し、解決するしか手はありません」

「で、そのためにどうすればいいんだ、カリヤン」

考えることを放棄して、泰山が聞いた。

「翔ちゃんには私がついてフォローします。ですから、泰さんはこのまま引き続き、翔ちゃんを続けてください。真田はアメリカ政府と連絡を密にして、とりあえずこの脳波ジャックの状態を解除する方法を考えてくれ。貝原は、漢字にふりがなをふる。これでカンペキです」

怪しげな沈黙が訪れた。

「ほんとにそれでいいんでしょうか」

貝原の疑問は、「さすがは、カリヤンだ」、という泰山の称賛に打ち消された。その時、

「あ、そうだ。そういや、俺の就活はどうなったよ、オヤジ」

ふいに翔が思い出した。「もちろん、うまいことやってくれたんだろうな」

ぎくっとした泰山は、「あ、当たり前じゃないか」、とかろうじて胸を張ってみせる。

「どんな反応だった」

「俺の鋭い受け答えに面接官もたじたじになるほどだ。株をあげてやったぞ、翔。十円の株が百円ぐらいにはなっただろうよ。ありがたく思え」

「その逆じゃなきゃいいけどな」

翔は疑わしげにいった。「まあいいや、それとさ、オヤジ、俺の代わりやるんなら、学校もちゃんと行ってくれ。出席日数、ぎりぎりなんだ。サボるなよ」

「いままでサボってたのは誰なんだ!」

泰山が青筋を立てた時、折良く新田が戻ってきた。

# 第四章　キャンパスライフ

## 1

「あなたたち、それは一体なんの真似？」

少し遅れて食卓についた綾は、目の前に並んで朝食をとっている夫と息子を見て聞いた。

ふたりが入れ替わった事の次第については泰山と翔、それに狩屋までが一緒になって説明したものの、現実主義者の綾を説得するまでには至っていない。挙げ句、いい大人の「ごっこ遊び」と断じられる始末だ。

「真似とはなんだ」

スープをすすりながら、泰山がうんざりしていった。どうやっても妻が信じないので、もういい加減、頭にきているのだ。

「そのかぶりもののことよ。決まってるでしょ」

「おい、翔」

自分で説明するのが面倒なものだから、泰山は息子に話を振る。

「なんだよ、自分で説明すりゃあいいじゃねえか」

そう大儀そうにいいつつも、翔は始めた。

「近藤歯科という歯医者は存在してませんでした」

昨夜、防衛省の一室に戻ってきた新田の報告に、鶴田とワタルは目をまん丸にした。

「そんなはずはない。私はたしかに——」

「そのビルの家主に確認したところ、鶴田先生がいらしたフロアは先月末から空室になっていたそうです。ところが先週、ある医療機器メーカーを名乗る男から、一ヶ月だけイベントで使いたいから貸してくれないかという申し入れがあって貸したと」

「医療機器メーカー？」

真田が聞いた。「どこだ」

新田は、名刺のコピーを手帳から取り出してひろげた。二枚ある。

「東和《とうわ》メディカルシステムとなっていますが、こんな会社は実在していません」

「その家主は実在していない会社なんかに物件を貸したのか」

あきれた口調の真田に、「現金の前払いだったそうで。五百万円です。金さえもらってしまえば、相手が実体があろうがなかろうが関係ないという家主は、どこにでもいますよ。ところで——」

新田は、胸ポケットから取り出したものを鶴田とワタルの前に並べた。写真だ。

「この中に、あなた方の治療をした医者はいますか」

一緒に覗《のぞ》き込んだ泰山が思わず顔をあげたのは、そこに知った顔があったからである。

「この医者だ。間違いない」

ワタルが指を差した時、「マジっすか」、と翔が素《す》っ頓狂《とんきょう》な声をあげた。

「丸山じゃねえか」

泰山と翔にチップを埋め込んだ丸山歯科の丸山院長である。死に黒子《ぼくろ》の浮かんだでっぷりした丸顔は、それまでの温厚な印象が一転、いまとなっては稀代《きたい》の悪人に見える。

「我々に近藤歯科に行けといった者も仲間なんじゃないのかね」鶴田が聞いた。

「それについてはすでに調べがついています」

敏腕刑事の新田は、思いつきで放たれる程度の疑問にはすでに答えを出している。

「鶴田先生とワタルさんが通っていた歯医者に、内閣の事務官と名乗る者から連絡があって、政府関係者の歯科治療は青山の近藤歯科が引き継ぐことになっていると通達されたということでした。次回の診療日時のアポをそちらで代行して欲しいと依頼があったと」

「随分手の込んだことをするじゃないか」

怒りを滲《にじ》ませた泰山に、

「これは入念に計画された犯行ですよ」

新田は断じた。「そして、この犯行は現在進行形だと考えてください。これで終わったわけじゃない」

「なんとかならんのか」

泰山のその言葉は、新田にではなく、防衛大臣の真田に向けられたものだ。「テロリストたちの目的がわからないまでも、これ以上、テロリストたちに我々の頭の中を覗かれて国家機密を盗まれるわけにはいかん」

「もちろん、すでに手は打っております」

真田は胸を張っていうと、デスクのインターホンの受話器をとった。「堂島、例の物を持ってきてくれ」

まもなく、部屋のドアが開いたかと思うと、白い布をかぶせたワゴンを押して堂島が入ってきた。

「説明してくれ、堂島」

「はっ。これはわが防衛省の科学技術チームが開発した最先端の電波妨害装置です。どうぞ！」

得意満面の堂島は、まるでクイズ番組の商品でも紹介するかのようにさっと布をはぎ取る。

全員が凍り付いた。

「は？　なんだこれ、ヘルメットじゃねえか」

翔が声をあげた。「しかも、そば屋の出前がかぶるような奴だ」

いぶし銀のジェット型ヘルメットである。「それになんだこの、角みたいなのは」

「センサーですよ。高機能を満載したハイテク機器です」

「だせー」

堂島がむっとするのもかまわず、翔はいった。「まさか、こんなみっともないもん、俺にかぶれっていうんじゃないだろうな」

翔が疑わしげに聞いた時、

「サイズは合うかな」

と泰山。

「オヤジ、それでいいのか」

翔があきれたが、泰山はヘルメットをかぶって狩屋を振り返った。

「どうだ。似合うか、カリヤン」

「いけてますよ、泰さん。今度の選挙ポスター、それでいったらどうです」

「地球防衛軍か！」翔が叫んだ。

「なんか、マグマ大使の一家みたいですわね」

優雅に紅茶を口に運びながら、綾が嫌味をいった。

「お前もかぶってみるか」と泰山。

「遠慮しておきますわ。で、一体それはなんですの？」

「防衛省が開発したハイテクヘルメットでな。これをかぶっていれば、国家の重要機密のことを考えても相手に傍受されることはない」

「じゃあ、それをかぶっている間だけは、あなたはあなたで、翔は翔ってこと？　お遊びはおしまい？」

「残念ながら、そこまでの機能はないらしい。だから依然として翔が俺で、俺が翔だ」

「外に出る時にはどうするの？　まさか、それかぶって国会や授業にお出になるおつもり？」

「冗談じゃねえや、そんなだっせえもんかぶってるところ見られたら死んじまうぜ。敵に知られちゃマズイことは、考えないようにするしかないってさ」

不機嫌に朝飯をかっくらいながら翔がいった。

「あら、あなたはいいじゃない。どうせたいしたことは考えてないんだろうし。テロリストに知られてまずいことはなんにもないでしょう」

「なに考えてようと関係ないね」

翔はこたえた。「どこの誰かわかんない奴に、タダで俺の頭ん中覗かれるのがイヤなんだ」

「知恵の程度が知れるからな」

すかさず泰山がいうと、「そらオヤジのことだろ」、とやり返す。「いま頃テロリストの連中もあきれてるだろうさ」

その時ドアがノックされ、顔を出した狩屋が、ぷっ、と噴き出す。

「なんだよ、狩屋のオヤジ。いきなり笑うな」

翔がむっとしていった。「昨日は褒めてたじゃねえか」

「いやあ、ごめんごめん、翔ちゃん。改めてみるとなんだかマグマ大使の家族みたいだと思ってさ」

「あら、狩屋さんも？　私もそう思ったの。気が合うわねえ」綾は表情を綻《ほころ》ばせた。

「古い人間ですから」

「誰が古いのよ」

綾は眉《まゆ》をひそめた。「でも〝家族〟っていうのはヘンよね。私には角は生えてませんし」

「そうか？」泰山が口を滑らせた。

「そういえばあなた、私との約束、お忘れじゃないでしょうね？」

「さて、俺も一緒に行くとするか」

泰山は聞こえないふりをして立ち上がった。

「あなた！」綾が角を生やす。

「そういうと思って泰さん、傍聴券、用意しときましたから」

狩屋は抜かりない。

「一億円はどうなったの！」

「今日も忙しくなりそうだな、カリヤン」

泰山は平然と無視してげっぷした。「どうもこのヘルメットをかぶっていると音が聞こえにくくていかん」

「いいヘルメットですね、泰さん」

にやにやして合わせる狩屋とは良いコンビだ。

「おい、なんでオヤジが国会に来るんだよ」

その時、いかにも迷惑そうに翔がいった。「鬱陶《うっとう》しいぜ。監視するつもりか」

「授業参観だと思え」

そういった泰山は、怖い顔になった綾にさっさと背を向けた。「行くぞ、カリヤン」

## 2

「まったく、冷や冷やさせる。見ないではいられないが、見たら確実に心臓に悪いな」

午前中の審議を見守った泰山は、胃の辺りをさすりながらいった。「少なくとも漢字は読めていたのが、せめてもの救いだ」

「そらそうですよ、ふりがなふってますから」と隣で一緒になりゆきを見守っていた貝原。

代表質問では、自由国民党の党首、村上明弘《むらかみあきひろ》にねちねちと責められた。危ない局面もなくはなかったが、どうにかこうにか無難にかわしたというところか。それにしても先のことが思いやられる。

「飛車角落ちですからね」

泰山に続いて鶴田までがテロの犠牲になったことで、答弁のやりくりは火の車だ。

「〝と金〟だろうと勝てればそれでいいけどな」

泰山は昔気質《かたぎ》の政治家らしいことを口走ると、さてと立ち上がったところで、ふと動きを止めた。

傍聴席の入り口辺りに男がひとりいて、こちらを見ている。その男と目が合ったからだった。

「先生、どちらへ」

「ついてこい、貝原！」

泰山は猛然と駆けた。ドアの向こうへ消えた男を追いかけて傍聴席から飛び出す。慌てて走っていく後ろ姿が通路を曲がって見えなくなるところだ。

「逃がすか！」

若い体は都合が良かった。いつもの自分なら考えられないほどの速さで走り、曲がったところにある階段を一気に駆け下りていく。だが、男の逃げ足もなかなかのもので、追いつくどころかみるみる引き離され、やがて国会議事堂見学の修学旅行生たちの群れの向こうに紛れて見えなくなった。

「くそっ、逃げられたか」

「どうしました、先生」

ぜいぜい息をしながら、貝原が追いかけてきた。

「渋谷で怪しげな男を見たといったろう。あいつだ。まさかこんなところまで来て俺を見張っていたとはな」

「さっきの男がですか」

貝原は額に浮かんだ汗をハンカチで拭《ぬぐ》いながら意外そうに聞いた。「あれは違うんじゃないですか」

「なんでそういえる」

「だって、あの男なら、以前に見たことがありますよ」

「なんだと」

泰山は驚いて貝原を見た。「どこで見た」

「国会でも何度か見ましたし、議員会館とかでも。誰かの秘書だったと思います」

「思い出せ、貝原。誰の秘書だ」

貝原の首を絞めんばかりに、泰山はいった。

「うろ覚えですけど、たしか蔵本先生じゃなかったかなあ……」

「なにっ、蔵本だと……」

憲民党党首の蔵本だ。「どういうことだ……」

「直接行って確かめてみてはいかがです、先生」

「いや、そういうことは俺がやらないほうがいい。俺よりも適任がいるからな。いますぐ新田君に連絡してくれ」

泰山はいった。「そして伝えるんだ。敵のしっぽを摑《つか》んだとな」

## 3

「男の名前は、真鍋義人《まなべよしと》。蔵本が雇っている私設秘書でした」

さすが新田というべきか、約束の時間に公邸に来たと思ったら、霞《かすみ》が関界隈《せきかいわい》で隠し撮りしたらしい真鍋の写真を泰山に見せた。いつものことながら、驚くばかりの手際である。

「私設秘書？　具体的にどんな仕事をしているんだ」

公邸で防御ヘルメット姿になった泰山は聞いた。

「特になにも。蔵本の遠縁に当たる男で、関東大学空手部出身。教員免許を取得して教師になるはずが留年したためご破算になり、蔵本に拾われた」

「だから、あんなに逃げ足が速かったのか」

泰山は合点した。「奴の狙いは」

「それはわかりません。ただ、なんの理由もないのにあなたの後を尾《つ》けているはずはないですから、秘密を知っている可能性がある」

「この秘密を知っているのは、関係者以外は犯人だけだ、新田君」

泰山は重々しくいった。

「先生、だんだんわかってきましたよ」

その時、貝原がいった。「なぜ、先生が翔ちゃんと入れ替わったか。さらに鶴田先生まで。

しかし、これがすべて蔵本の陰謀だと考えればナットクがいきます」

「蔵本の？」

泰山は唸《うな》った。なるほど蔵本ならやりかねない、という気がする。目的のためなら手段を選ばない非情な男として知られ、闇の勢力とのつながりがまことしやかに噂されている御仁《ごじん》だ。

「どうなんだ、新田君。あんたなら、蔵本のことを調べているんじゃないのかね」

「調べてはいますがね、ウチの捜査線上にひっかかるような話はいまのところないですな。きれいなもんです」

新田のこたえは意外だった。

「蔵本は元警察官僚です」

貝原は鋭く指摘した。「事実をもみ消したのかも知れません」

「奴ならやりかねない」

泰山はもっともだと頷《うなず》きながらいった。「新田刑事、すぐに真鍋を逮捕したまえ」

「まだ早いですよ、先生」

新田は慎重な一面を覗《のぞ》かせた。「俺の見たところ、この事件は組織犯罪だ。仮に蔵本党首が黒幕であればその背後には強力な組織網があるはずです。真鍋などパシリに過ぎない。いま逮捕してもトカゲのしっぽ切りになってしまう」

新田は続けた。「真鍋は公安がマークしました。午前十時十七分以降、奴の行動はすべて把握されます。世田谷《せたがや》区内の奴の自室にはいま専門部隊が侵入して家宅捜索が行われており、すべての書類とパソコンなどの情報が一切の痕跡《こんせき》を残すことなくコピーされます。あと三十分もあれば、奴がなにを考え、どんな生活をして銀行にいくら預金があり、ネクタイや靴の数からシャツの好み、どんな女と付き合っていて、どんな性癖があるかまで、すべて丸裸になる」

新田はサディスティックな笑いを浮かべた。

「あのな、新田君よ」

おほんとひとつ咳払《せきばら》いした泰山は疑わしげに聞く。「君たち、そういうことを我々政治家に対してもやっているんじゃないだろうね」

「なにか調べられてまずいことでも？」涼しい顔で新田は聞いた。

「そりゃあ、あるに決まってるでしょう、ね、先生」

「黙れ、貝原」

にやついた貝原に、泰山はいった。「この泰山、身も心も一点の曇りもないわい」

「せいぜい女遊びぐらいですからね」

いつもひと言多い貝原に剣呑《けんのん》な視線を投げた泰山は、「あるとすれば、支持率ぐらいだな」と本音を洩《も》らした。

「すべては蔵本の思惑通りか、くそっ」

すでに蔵本を事件の黒幕と断定しているような口調で吐き捨てた泰山だが、「いや、ちょっと待ってください、先生。考えようによっては、これは憲民党をぶっつぶす最大のチャンスじゃないでしょうか」、という貝原の意外な発言に振り向いた。

「どういうことだ、貝原」

「だって、このテロを仕掛けたのが蔵本だと断定できれば、奴は確実に逮捕されるじゃないですか。そうなったら憲民党は完膚《かんぷ》なきまでに世論に叩《たた》かれ、一巻の終わりです。そのタイミングで解散総選挙に踏み切れば、民政党の圧勝は目に見えています。盤石《ばんじゃく》の態勢で、無事第二次武藤内閣が誕生するってわけです」

「なるほど！」

泰山は瞠目《どうもく》して膝《ひざ》を打った。

「それだけじゃありません、先生」

貝原は続ける。「蔵本逮捕の暁《あかつき》には、先生の誤読問題も鶴田先生の酔っぱらい会見も、すべて蔵本の陰謀だったことが世の中に知れ渡るわけですから、国民はみんな〝なーんだそうだったのか〟ってことになって、名誉回復は間違いありません。国家の敵を身を挺《てい》して検挙したんですから、先生の株もうなぎ登りで、ノーベル平和賞をくれるかも知れません」

「新田君、聞いたか」

急にご機嫌になった泰山は、傍らの公安刑事の背中をどんと叩いた。「そんなわけだから、ひとつ頼むぞ」

「俺はべつに民政党のために働いてるわけじゃないんですがね」新田はぶすっとした顔でいう。

「そんなことはどうでもいい」

泰山は強引にいった。「君の任務は、一刻も早くこのテロの黒幕を、つまりは蔵本を逮捕することだ。うまくいったら公安向けの予算を倍にしてやる。期待してるからな」

急に英気が漲《みなぎ》ってきた気分の泰山は、「ようやくトンネルの出口が見えてきたぞ」、と拳《こぶし》を握りしめた。「正義は我にあり、だ」

「そうと決まれば、先生、行きましょう」

貝原が立ち上がった。

「行くって、どこへだ」

「学校ですよ。代わりに授業出るって約束したじゃないですか」

泰山は顔をしかめた。

「お前、代わりに出ておけ、貝原」

「いいんですか、先生。キャンパスへ行けば、若い女子学生がいっぱいいるんだけどなぁ……」

泰山の性格を知悉《ちしつ》している貝原は、説得する術《すべ》を心得ている。案の定、ぴくりと泰山の耳が動いたかと思うと、

「まったく、しょうがないなあ、翔の奴は」

と口とは裏腹に、まんざらではなさそうな顔で立ち上がった。

「じゃあ、なにかあったら連絡してください、新田刑事。よろしくね」

貝原は人差し指を立てていうと、泰山の背中を押して公邸を出た。

# 4

翔の通っている京成大学の正門前に黒塗りの車を横付けした泰山は、貝原とともにどっこらしょっと降り立った。

「貝原、地図を寄越《よこ》せ」

「はい先生、こちらです」

校舎の配置図を受け取った泰山は、たちまち顔をしかめた。

「なんだこのわけのわからん地図は。お前が描いたのか」

「なわけないでしょう。翔ちゃんですよ」気を悪くした貝原はこたえる。

「上も下もあったもんじゃない。頭の悪い奴が地図を描いたらこうなるの典型だな。いらん、こんなもの」

さっさと丸めて捨てる。

折良く入り口脇にあった案内板で、最初の授業が行われる西校舎の場所を確認し、貝原とともに歩き出した。正門前からすぐのところにある校舎の地下をくぐって中庭に抜ける。この日、翔が出席する予定だった授業が行われるのは、左手奥にある古びた校舎内だ。

「五一二番教室、五一二番……どこだ」

中に入ったところできょろきょろした泰山に、「あっ、先生、あそこです!」、と貝原が指さす。見れば学生たちがぞろぞろと中へ入っていく扉があった。五百人ぐらいは入れそうな階段教室だ。

「行くぞ、貝原」

「は？　私もですか」

貝原は迷惑そうな顔をした。泰山が授業を受けている間、学食か近くの喫茶店で時間を潰《つぶ》そうと思っていたらしい。

「俺をひとりで出させるつもりか。付き合え」

そういうと、さっさと泰山は教室の中に入っていき、教壇に近いど真ん中の席に陣取る。

「ところでこれはなんの授業だ、貝原」

貝原は翔から受け取ったカリキュラム一覧表を出した。

「えっと……おっ、現代政治学ですよ、先生。我々の得意分野です」

「ほう。翔のやつ、なかなかまともな授業を取ってるじゃないか」

泰山が珍しく感心した時、キャンパス内のベルが授業開始を告げた。

「なんて教授だ」

「書いてないですね、これには」

貝原がこたえた時、がやがやと騒がしかった教室がしんとなった。背後のドアから、担当教授が入ってきたからである。

「こんな大事な授業を受け持つんだ、きっと立派な先生なんだろうなあ」

泰山がいった時、ひとりの男が泰山の近くを通り過ぎ、教壇に上っていく。

「せ、先生！」

その姿を一瞥《いちべつ》した貝原が口をあんぐりと開けた。驚いたのは泰山も同じだ。

「なんで小中がこんなところに――！」

教壇に置いてある椅子にかけ、トレードマークのパイプを銜《くわ》えてふんぞり返ったのは、政治評論家の小中寿太郎であった。

「どういうことだ、貝原」

信じられないという表情で泰山が呟《つぶや》く。

「政治評論家としては落ち目だから、バイトしてるんじゃないですか」

貝原がテキトーな推測を口にした時、小中は、慣れた調子で前置きもなく話し始めた。

「まあ最近の民政党はひどいもんやね。漢字も読めへんムノー泰山、あ、もとい武藤泰山に、経産大臣の酔っぱらい会見や。鶴田だけに、会見もツルってな。あっはは！」

いきなりのオヤジギャグである。あまりのつまらなさに教室は一気に真冬になったかのように凍り付いたが、もとより小中はそんなことを気にするような男ではなかった。

「そもそもやねえ、一般レベルから見て笑われるような学力の人間がリーダーやってる先進国なんかないよ、あんた」

のっけから毒をまき散らす。「アメリカ大統領にしてもイギリス首相にしても、もっというとドイツもフランスも、見識のあるインテリ揃いやろ。それに比べて武藤にしても、前首相の田辺にしても、さらに前の安西にしてもやな、みんな正直アホばっかやで。あの連中は自分の力で政治家になったんやない。親が政治家やったから政治家になったんや。きっと親が豆腐屋なら豆腐屋になったたし、魚屋やってたらいまごろゴムのエプロンして軽トラで築地《つきじ》に買い出ししてるで。武藤なんか、よう似合ってるで――」

ぴしぴしと、泰山の青筋の立つ音が聞こえそうであった。

「帰るぞ、貝原。不愉快だ」

「ダメですよ、先生」

立ち上がりかけた泰山を、貝原が押しとどめた。「授業の最後に出席取るらしいんで、それまではいないと」

「くそっ」

憤然とした泰山は席に体を埋《うず》め、腕組みをして檀上《だんじょう》を睨《にら》み付けた。小中の話は続く。

「政界と財界という区別があるけどな、財界に比べて政界人のレベルが低すぎるんや。いまの日本は、政界と財界のこのギャップが最大の問題や思うよ。それを埋め合わせるために官僚が力を持ち、どんだけアホでも、金か政党の支持さえあれば政治家になれる体制が整ってる。おかげでなんとか政権運営できてる武藤なんか最たるもんやで」

ぐるるっ、という音がして貝原はきょろきょろと周囲を見回した。教室のどこかにライオンでも飼っているのかと思ったら、隣の武藤の唸《うな》り声なのであった。

「難しい政策作りを官僚にやらせたのは、政治屋っちゅう家業を自分のアホ息子に継がせるために戦後政治家が作ったある種のビジネスモデルやな。ところが最近の政治家ときたら、その恩恵にどっぷりつかってるのが自分っちゅうことも気づかずに脱官僚なんて聞こえのええことばかりいってるやろ。だいたいやな、武藤なんてのも若い頃から親のスネかじってちゃらちゃら遊んでたような人間やで。そんな人間に世の中を律する法案が作れるわけないやろ。アホちゃうか」

小中はますます調子にのってまくしたてる。

「随分と好き勝手なこといってますねえ、先生」

貝原の感想は、またしても「ぐるるる」、という泰山の唸り声にかき消された。いまにも飛びかからんばかりである。

「マスコミもアホやで。官僚が天下りでいくら退職金をもらったとかなんとか騒ぎ立ててるやろ。そやけどな、みんな考えてみ。そうやって荒稼ぎしてるのは東大をトップクラスで出たような優秀な人間ばっかりや。民間企業に行けば確実に役員になれる実力があるのに、あえて霞が関に骨を埋《うず》めたんやで。それぐらいの駄賃がなきゃ、みんなアホらしくて官僚なんかになるかい。そらあいつらもやな、発想が縦割りで、頭が良すぎてアホでもやらんようなことをするけどな、平均すれば遥《はる》かに優秀な連中なんや。いま日本が世界に誇れるブレインは官僚なんやで。そいつらに退職金で一億払ったって、漢字も読めへん政治家が矛盾だらけの法律作るよりええやろ。武藤は、そこんところまるでわかってへん。ホンマ、底抜けのアホやで」

小中寿太郎は、官僚出身の変わり種評論家であった。

官僚時代、政治家にいじめられたことを長く根に持っている小中は、民政党が人気取りで始めた脱官僚宣言を徹底的に批判している。

「小中の野郎……」

泰山の頭からもうもうと湯気が立った。

小中の話は、最近の民政党が繰り広げている脱官僚主義を完膚なきまでにコケにした後は、本丸である武藤内閣への攻撃へと転じていく。

「そもそもやなあ、武藤内閣なんちゅうんは、解散総選挙にらみのガラクタみたいな内閣やで。参議院では憲民党に第一党を押さえられて、いわば死に体内閣やね。あの武藤なんてのはな、いまや国民からは総スカン食ってるっちゅうに、ぐずぐずいうて解散する度胸もない腰抜けや。いま選挙やったら、民政党はボロ負け間違いなしやね。これも長年、第一党にあぐらをかいて二世議員がはびこるような世襲政治まがいのことをくりかえしてきたツケや思ったほうがええで」

ギシギシという音がして、貝原はふたたびきょろきょろと周囲を見回した。どこか床が腐っているのかと思ったら、それは泰山の歯ぎしりの音なのであった。

調子づいた小中は、マイクを持ったまま、ますますふんぞり返り、いまにも後ろに倒れそうだ。

本人がそこにいるとは知らずひとしきり武藤内閣の悪口を言い放った小中の話は、次第に泰山への個人攻撃になっていった。

「ここだけの話やけどな、あの武藤泰山っていうのはとんでもない女たらしでな。顔も悪いが頭も悪い。手癖も悪いし性格も悪い――。漢字もろくに読めへん首相が次の総選挙で勝てるわけないやん。惨敗や。もし勝ったら、素っ裸で皇居一周するよ、あんた」

「せ、先生、大丈夫ですか……」

怒りに青ざめた泰山は、あまりのいわれように唇をぷるぷると震わせていた。

「おのれ……小中め。許せん！」

「あっ、先生、だめですよ」

貝原が止めるのが遅れた。

「ちょっとよろしいでしょうか」

挙手をした泰山は、その時ゆっくりと立ち上がった。なにをいうかと思いきや、「先生、もし次の総選挙で民政党が勝ったら、ほんとうに素っ裸で皇居一周されるんですか」、そう聞いた。

その目には明らかな敵意が浮かんでいる。

「なんや君。質問するんなら、もっとマシなこと聞いたらどうやねん」

小中は小馬鹿にしたように泰山を見下ろしている。「ああ、したるよ。もっとも勝てるわけないけどな。くだらんこと聞きなさんな」

「おい、貝原。『週刊潮流』に後で電話しろ」

着席した泰山がいった。

「へ？『週刊潮流』にですか？」

「この話をリークしてやれ。民政党が勝ったら、小中寿太郎が裸で皇居一周すると約束したと書かせるんだ。おもしろいことになる」

「なるほど」

貝原も意地悪くほくそ笑んだ。「この事件が解決すれば憲民党の崩壊は確実ですからね」

「いまのうちにいわせるだけいわせておこうじゃないか」

またいい気になって話し始めている小中を、泰山はすがめ見た。「いまに見てろよ。吠《ほ》え面《づら》かかせてやるからな」

5

「帰るぞ、貝原」

終業のベルが鳴る直前、ようやく回ってきた出席票に「武藤翔」の名前を書いた泰山はいった。

「それが先生、もうひとつ面倒なことが」

翔からの〝やって欲しい事リスト〟を覗《のぞ》き込んでいた貝原は、「ほな、また来週や」、という小中のセリフとともに騒がしくなった教室を戸惑いの表情で見回した。

「誰か真面目そうな学生からノートのコピーを入手してきてくれと書いてあります。えーと、なになに……」

貝原は続きを読んだ。「ただし、孫コピーまでは可……読み取れるかどうか要確認……」

「孫コピーってなんだ」

泰山が聞いた。

「誰かのノートのコピーが子供で、そのコピーのコピーが孫です」

「便利な世の中になったもんだな」

泰山はさも気に食わなそうにいった。「俺の時にはそんなもんなかったぞ」

「お気の毒に。それでよく単位、取れましたね、先生」

「黙れ」

泰山がむっとした時、「この前、大丈夫だった、翔?」、と傍らから声がかかった。

小柄なショートヘアの女子学生だ。どこかで見た顔だと思ったが思い出せない。

「ああ、どうも」

笑顔を浮かべた泰山は、「誰だっけ、貝原」、と小声で聞いた。

「——知るわけないじゃないですか」

小声で返事がある。もっともである。が、そこで貝原が機転を利かせて横から口を挟んだ。

「失礼、私、こういうものですが」

と名刺を差し出す。

「公設秘書、さん……?」

受け取った女子学生が、戸惑うような眼差《まなざ》しを貝原に向けた。

「先日、この翔君がちょっと危ない目に遭ったというので、本日は付き添いで参りました。失礼ですが、お名前は？」

「南真衣です」

真衣は、くりっとした目を上目遣いにして貝原を見た。

「翔君とはどのような関係でしょうか」

「友達です。語学のクラスが一緒なので」

「なるほど」

貝原はしかつめらしく頷《うなず》いた。「それで、翔君からの伝言ですが、ノートを貸してくれ、と」

泰山が肘《ひじ》でこづいた時には遅かった。

「伝言？　ここにいるのに？」

真衣は、隣の泰山を指さす。

「あ、いや、そうでしたそうでした。世の中には、近くにいても遠い存在というものはあるものでして。政治家と秘書がまさにそうです。なはは」

貝原は笑って誤魔化し、「そんなわけで貸していただけますか、お嬢さん」、と図々《ずうずう》しくいった。

「公設秘書さんって、おもしろい方ですね。私の好みかも」

「あ、そうですか」

前髪をはらった貝原に、「からかわれてるんだ、バカ」、と泰山は蔑《さげす》んだ。

「じゃあ、これどうぞ」

バッグから出したノートを泰山に渡した真衣は、「ところで、翔。今夜、また私の店でパーティやるんだけど、来てくれない。あなたが来ると、みんな喜ぶから」、そう誘った。

「君の店？」

それで思い出した。六本木の店で見た時と、いまとでは感じが違う。あらためて眺めた真衣は、童顔で小柄だ。しっかりものには違いないだろうが、とても学生起業家には見えない。

泰山がこたえる前に、「場所はどこですか」、と聞いたのは貝原だ。どうやら、真衣のことが気に入ったらしく、すでに行く気満々である。

「六本木アルテミス。十九時スタート。じゃ、待ってるからね、翔。それに、公設秘書さんも」

「貝原です」と貝原。

「貝原さんも」

にっこりと笑って去っていく真衣を、貝原はうっとりした目で見送るのだった。

6

「なんだ、貝原。ほんとうにお前も来るのか」

その夜、六本木交差点近くでクルマを降りた泰山は、迷惑そうに貝原を振り返った。

「だって、私も誘われたじゃないですか」

「真に受けるヤツがあるか。ああいうのを社交辞令っていうんだ」

泰山は決めつけた。「お前も政治家の秘書ならそのぐらい覚えておけ。そもそもお前みたいなオヤジを女子大生が本気で誘うわけないだろうが」

「私はまだ三十二ですが」貝原は傷ついた顔でいった。

「立派なオヤジだ」

「じゃあ、先生はどうなんです。もうすぐ還暦じゃないですか」

階段を下りかけた泰山は、足を止めると、「おい、貝原。この俺が還暦に見えるか?」そういってニヤリとした。

「いまの俺は二十代の若者なんだ。しかも俺の若い頃に似てなかなかの男前ときている。そしてこの扉の向こうには、女子大生たちがたくさん俺のことを待っているんだ。行くぞ!」

「し、しかし、先生。このパーティで資金集めはできませんよ」

二段飛びで階段を駆け下りていく泰山に、貝原が声をかけた。

「お前というヤツは、つくづく情けないなあ、貝原。世の中金ばかりじゃないだろう」

「とても、武藤泰山の言葉とは思えません」嘆かわしいとばかりに貝原はいう。

「じゃあ、お前の耳が悪いんだ。耳が悪くなきゃ、頭が悪いな。行くぞ」

いうが早いか、泰山はとっとと扉の向こうに消えようとしている。

「あ、先生。ちょっと待ってくださいよ」

階段を駆け下りた貝原は、姿の見えなくなった泰山を追って地下の重厚な扉を押した。

間接照明を駆使した店内には、若い男女ばかり百名ほども詰めかけているだろうか。

「来てくれたの、翔。ありがとう」

入り口できょろきょろしている泰山をめざとく見付けて、真衣が近づいてきた。

「こちらこそ、お招きにあずかりまして、光栄です」

「なに気取ってんの。堅苦しい挨拶《あいさつ》はやめて。なに呑《の》む？　ワイン？　ビール？」

「ワインの銘柄は？」

「二〇〇二年のブルゴーニュを中心に、いくつか揃えたの」

「ほう」

泰山の目尻《めじり》が下がった。「当たり年ですね。すばらしい」

「試してみる？　荒木、持ってきて」

背後に控えている黒服の男に命じる時、真衣の声は刹那《せつな》、女王様のようになる。泰山の背後では、そんな真衣を、目を輝かせた貝原が熱く見つめていた。

恭《うやうや》しく運ばれてきたボトルから、目の前でワイングラスに注がれる。手渡された泰山は、ひと口それを含んだところで、グラスの赤ワインをしげしげと眺めた。泰山はいっぱしのワイン通なのであった。

「どう、翔？」

「まあ、なんというか……」

首をかしげた泰山に代わり、「さすが、当たり年のワインはうまい！」、と貝原。

それを聞いた真衣が、満足そうに笑った。

「うれしいことをいってくれますね、公設秘書さん」

「貝原です」

「そう、貝原さんでした。どうぞ、楽しんでってください」

「ありがとうございます！」

貝原が浮かれた時、「なんか違うな」、と泰山は呟《つぶや》いた。

貝原の満面の笑みが怪訝《けげん》なものに変わっていく。

「違うってなにがです」

「中身だよ。ブルゴーニュの赤はピノ・ノワールと決まってる。だが、このぶどうは、どう考えてもカベルネだ」

泰山は、少量のワインを口に含んだ。

「やっぱり、そうだな。ボルドーかカリフォルニア辺りの安物ワインという味だ」

「先生！　ひどくないですか。ノート、貸してもらえなくなっちゃいますよ！」

貝原が小声でたしなめた時、

「なかなかやるわね、翔」

真衣がいった。いま、その表情から、それまで振りまいていた愛嬌《あいきょう》が消えている。「あなたが、そんなワイン通だとは思わなかったよ。そうなの、中身はカリフォルニアの安ワイン」あっけらかんとして認める。

「なんですって！　さっきブルゴーニュって」貝原は口をあんぐりと開けた。

「あ、それは瓶の話だから。中身は別」

「さ、詐欺だ……」

愕然《がくぜん》として貝原がうなだれた。

「じゃあ、私はホンモノのブルゴーニュをもらおうか」

傷ついた貝原にかまわず泰山がいった時、

「真衣のビジネスの邪魔しちゃダメよ、武藤君」

振り返った泰山は言葉を呑んだ。胸元も露《あら》わなカクテルドレスを着た美しい女が立っていたからだ。前に一度、会っている。名前はたしか——。

「失礼、どちら様でしょうか」貝原が聞いた。

「だれ、このオジサン？」

「オジサン……」

傷ついた貝原に、泰山はにやけた笑いを浮かべた。

「こいつは、俺のオヤジの公設秘書でさ、貝原っての」

「あ、そう。この前ごめんね、武藤君」

貝原のことなどまるで無視して女はいった。「君とは少しすれ違いがあったと思うのよね。なんか、私の友達が、つまらないことしちゃったみたいだし」

「つまらないこと……？」

「ほら、この店の外でケンカになっちゃったって話、真衣から聞いたんだ」

翔と入れ替わった夜のことである。

「で、君の名前は？」

また聞いた貝原に、うるさそうに女はこたえる。

「エリカよ。村野エリカ」

「じゃあ、仲直りの印に乾杯しようじゃないか、エリカ。荒木君、このご婦人にもひとつブルゴーニュをくれたまえ」

その口ぶりにエリカは笑った。

「なんのごっこ遊びしてるの、武藤君。オヤジごっこ？」

「まあ、そんなところかな。向こうで話そう」

エリカとグラスを打ち鳴らした泰山は、さりげなく腰に手を回して、テーブルへエスコートする。

「せ、先生！　あの、私は……」

蚊帳《かや》の外におかれそうになった貝原が情けない声を出した。

「お前はカリフォルニア産のブルゴーニュでも呑んでろ。暇なら次の演説の原稿でも書いておけ。ふりがな、忘れるなよ」

人目につきにくい片隅のテーブルを選んだ。すかさずワインボトルとチーズ、フルーツの皿が運ばれてきたのは真衣の気配りだろう。

「すごくきれいだよ、エリカ。乾杯しよう」

泰山はいい、もちろん本物のブルゴーニュのグラスをかかげた。

「ありがとう。あなたも、なかなかいいよ」

エリカは、アルマーニでまとめた泰山をあらためて眺めた。

「この前のことは忘れて――」

泰山はいった。「もう一度、お互いに自己紹介しないか。ぼくは君に興味がある」

オヤジがいえば鳥肌ものだが、同じセリフでも二十四歳の若い男の口から出るとやけに自然に聞こえるから不思議だった。

「いいよ。私もあなたに興味、あるし」

脈あり。泰山は内心、にんまりした。

「学校ではなにを勉強してるんだい」

「キャバクラでオヤジがするような質問ね。やっぱりオヤジごっこ?」

「まあ、そんなところだ。キャバクラで働いたことあるのか、エリカ」

あるいは、働いているのか、と聞くべきか。

「じゃあこたえて。昼間は――じゃなかった、学校ではなにを勉強してるの」

「ほんとに聞きたいの、武藤君？」

エリカは聞いた。

「ああ、聞きたいね」

「じゃあ教えてあげる。私は、あなたと同じ大学で、しかもあなたと同じ政治学科の学生なのよ。さらにいうと語学もあなたと同じクラス。取ってる授業の半分ぐらいは重なってる。もっとも教室であなたを見かけたことはほとんどないけどね。だからあなたが知らないのは無理もないかも知れない。この前話さなかった、このこと？」

「奇遇だね」細かいことは無視して、泰山はいった。

「そういう反応なの？」

エリカの驚いた顔は美しかった。間接照明の中で長い髪をそっと搔《か》き上げるその仕草は輝くばかりだ。

「君の趣味は？」

「今度はお見合いみたいな質問よね？」

くすりと笑ってエリカはこたえた。

「お見合い、したことあるのか？」

「あるわけないでしょ。――私の趣味は、そうねえ、政治かな」

「結構なご趣味で」

泰山は重々しくいう。

「じゃあ、あなたの趣味はなんなの、武藤君」

「もちろん、政治です」

泰山は背筋を伸ばしていった。「政治家志望なんで。ぼくたちは気が合ってるねえ」

すると、

「政治家志望だなんて、この前はそんなこといってなかったじゃない」

そういってエリカはあきれた。「一般企業に就職するっていわなかった？」

「それは誰がいったのかな？」

「あなたよ、武藤君」

「だったら、そういったのは、もうひとりの俺だな。頭の悪いほう。実はふたりいるんだ」

「今日は頭のいいほうがここにいるわけ？」

「その通り。漢字もちゃんと読めます」

泰山は胸を張った。

「じゃあ、お父さんとは違うのね」

「オヤジも、ふたりいるんだよ」

少しむっとして泰山はいった。「ここのところ、頭の悪いほうがおでましで」

「変わってるのね、武藤君ちは」

「褒めてくれてありがとう」

「べつに褒めたわけじゃ……」

「ありがとう。ぼくは、君のことをもっと知りたいな、エリカ」

泰山は脇に垂らしていたエリカの手を取って自分の膝《ひざ》に乗せた。ほとんどキャバクラと勘違いしている。「君のすべてを知りたい」

その時、

「なにカッコつけてんだよ」

ふいに野太い声がした。

振り向いた泰山の目と鼻の先に、ニヤついた狐のような顔が浮かんでいる。短くした髪を金髪に染め、おおかた日焼けサロンにでも通い詰めた顔は、薄暗い店内でもそうとわかるほど黒かった。男の背後には仲間がふたりいて、泰山を睨《にら》み付けるようにしている。

見覚えのある連中だ。翔と入れ替わった夜、この店でケンカになった、あの男たちである。たしか、演歌歌手、橋田洋一郎の息子だという——。

「ああ、橋田とかいうチンピラか」

泰山は、笑い飛ばした。「お前には用はない。消えろ」

「でかい口、たたくじゃねえか」

橋田の顔からニヤついた笑いが剝《は》がれ落ち、目の底に狂気じみた赤い炎がともった。

「やめなよ、橋田君」

「エリカは黙ってな」

「ちょ、ちょっと待った！」

その時、異常事態に気づいた貝原が駆け寄ってきた。「なにしてるんだ、君たちは。離れなさい」

橋田の前に立ちはだかった貝原だったが、

「うわっ！」

足払いをくらい、あっという間に床にのびた。

「あんたたち、店の中でやったら、出入り禁止にするよ」

騒ぎを聞きつけてやってきた真衣が、両手を腰にあてていう。

「こ、この人たちを止めてください、真衣さん」

床から情けない声を出した貝原だったが、

「あ、それ、無理だから」

真衣は素っ気ない。「一度、とことんやるしかないのよ」

「その通りだ、真衣。だけど、まだ役者が揃ってねえだろ」

そういうなり、ひとりの男が、泰山の前に立った。「遅くなってすまん、翔」

背は低いががっしりした体格の男がいった。翔の友人、マキハラだ。

新たな助《すけ》っ人《と》の登場に、橋田らが明らかに動揺したのがわかった。合気道二段のマキハラの腕が立つのはよくわかっているからだ。

「ま、今日のところは許してやるか」

強がりをいって橋田が踵《きびす》を返そうとしたその時、

「口だけで大したことないのね、橋田君って」

エリカのひと言にスイッチを入れられたかのように、背中を向けていた橋田の体がくるっと回って戻ってきた。

「外に出ろや、武藤」

「じゃあ、行きますか」

泰山はいった。「おい、貝原。お前も手伝え」

「は、私もですか」

貝原はいまにも泣きそうな顔だ。

「たまにはお前も世の中のためになれ。ゴミ掃除だ。行くぞ」

泰山はマキハラと連れだって店の外に出た。仕方なく貝原がそれを追いかけ、真衣、そしてエリカのふたりも後に続く。

裏道に出た。

「あのさ、みなさん。やっぱりこういうことはやめませんか——暴力反対、あっ！」

愛想笑いを浮かべた貝原の顔面に、橋田のパンチがめり込んだ。べちっという音とともに、貝原の体が背後に飛び、ビルに挟まれた路地に並んだポリバケツを派手に転がす。

それが合図だった。橋田の背後に控えていたふたりが猛然と泰山に向かってくる。

タックルされ、そのままビルの壁面に押し付けられた。

「てめえ！」

振り上げられた拳《こぶし》が泰山の顔面めがけて飛んでくる。刹那《せつな》、目を閉じた泰山は、バシッという音で薄目を開けた。

夜の闇から伸びてきた腕が一本、泰山の顔面に当たる寸前で拳を受け止めたところだった。マキハラの腕ではない。マキハラはいま、泰山の視界の端で橋田に強烈なボディブローを放っていたからである。

「新田君！」

いつの間に現れたか、公安刑事は、余裕の表情で泰山と相手の間に割って入った。

「先生、あんまり羽目を外してもらっては困りますね」

新田はいい、自分が受け止めた拳をぎりぎりと絞り上げる。

「イテテッ！」

男の表情がみるみる歪《ゆが》んだ。その顔面で拳を炸裂《さくれつ》させて派手に背後に吹き飛ばした新田は、傍らにいたもうひとりの男の顔面にトレードマークのエナメル靴を見舞った。

三人の男が路地に転がるまで、あっという間だ。

「おい、貝原。大丈夫か」

ゴミ箱の間からよたよたと立ち上がった貝原に手を貸した泰山は、「それにしても、どうしてここに？」、と新田に聞いた。

「公安でマークしていた真鍋がこの店に向かったという情報があったもので。先生についている刑事からも先生がこちらにいらっしゃるという情報が入ってきまして。もしやと思い」

真鍋は、蔵本の秘書だ。

「俺についてる刑事？」

泰山は左右を見回したが、それらしい影はどこにもない。どこから尾行していたかは知らないが、気配すら感じさせないのはさすが公安である。

「これから店内にお戻りになるんですか」

新田は、この一部始終を硬い表情を浮かべて見守っている真衣とエリカのふたりを振り返りながら聞いた。

「ああ。パーティだからな。君も来たらどうかね」泰山は、誘った。

「いえ、私は結構です」新田は遠慮した。

「随分、カッコいいじゃないか」

「刑事はストイックじゃないと務まりません。本来政治家もそうなんじゃないですか」

ぐさっとくるひと言を残し、新田はまた六本木の夜の底へと去っていく。

「ほら、いつまで寝てるの。立ちなさいよ、負け犬三人組」

真衣は容赦なくそんなことをいい、薄汚れたアスファルトで呻《うめ》いている三人が起き上がるのに手を貸すと、表通りまでタクシーを止めにいった。

「わかったろ。もう二度と俺たちにちょっかい出そうだなんて思うなよ」

マキハラにいわれ、逃げるようにして、真衣の後を追いかけていく。

「大丈夫か、翔」

そのマキハラは聞いた。「さっきのオヤジはなんだ。えらく腕の立つオヤジだったけど」

「ああ、あれはボディガードさ」

泰山はテキトーにこたえた。「最近なにかと物騒になったんでな。それより、呑《の》み直すぞ。行こう」

歩き出した泰山の後を、「せ、先生……」、情けない声を出しつつ貝原が追いかけた。

戻った店内を見回した。

「誰を探してるの？」エリカが聞く。

「いや、知ってる男がひとりこの店に来ているはずなんだ」

泰山はこたえた。

「知り合い？　大学の友達とか？」

「いや。秘書だ。蔵本って知ってるか」

泰山は聞いた。「憲民党党首の」

「ええ、もちろん。政治は趣味ですから」

「その蔵本の秘書だ」

「なんでその秘書が、このパーティに？」

「それは、謎だな」

泰山はこたえた。泰山を尾行していたとは思えない。もしそうなら新田がそういったはずだ。もちろん、マークしていた相手と偶然同じ店で出くわすなど、あり得ない話である。

つまり、それなりの必然が——真鍋がこの店に来る理由があったはずだ。それがわからない。

ふと考え込んだ泰山に、「まあ、いいじゃない。謎は謎のままの方が楽しいかもよ」、そういってエリカはワイングラスをかかげる。

「乾杯しましょう」

「なんだお前ら。いつの間に仲良くなったんだよ」

マキハラはちょっと驚いた顔をしたが、気を利かせてか、顔見知りの女友達のいるテーブルへ離れていった。

「おい、貝原。お前もどっかへ行け」

隣にいた貝原に、泰山は耳打ちした。

「ひどいじゃないですか、先生」

「俺はこれからこの女を落とす。バカ息子と入れ替わったんだ、このぐらい御利益がないとな！　いいか、女房には内緒だぞ」

「わかってますけど、先生」

「黙れ。しっしっ」

泰山に追い払われ、しぶしぶ、席を離れて店内を彷徨《さまよ》い始める。

「やっと静かになった。で、どんな話だったかな」

エリカとグラスを軽く合わせて、泰山は聞いた。

「私のすべてが知りたいって話よ」

エリカは覚えていた。

「そうだった。ぜひ、知りたいね」

「だったら、このパーティ抜け出して私のマンションに来ない？」

思いがけないエリカからの提案だった。

「どこにあるの？」

「赤坂《あかさか》。ワインもあるわよ、あなたの口に合うかどうかわからないけど。来る？」

「もちろん」

泰山はエリカの手を取って立ち上がると、連れだって店の外へ出た。

7

店の前で乗り込んだタクシーは、外苑《がいえん》東通りを青山方面に向かった。後部座席の隣にいるエリカからは、ほのかなパフュームが薫っている。女子大生らしい、少し遊び心を感じるシトラス系。薄手のカクテルドレスの胸元は、薄暗い車内でも白く浮きたつばかりだ。

「青山通りの手前の信号を右折してくれる？」

エリカがいった。道は流れている。運転手が無言でハンドルを右に切り、住宅街を縫うようにして進み始めた。

「ここで、止めて」

エリカがいい、泰山が支払ってタクシーを捨てた。

「ほう。いいマンションに住んでるんだな」

低層の高級マンションだ。エントランスの壁面に塡《は》まっているマンション名から、大手不動産会社が運営している高級マンションだとわかる。

「ここに、ひとりで？」

「ええ、そうよ」

――たまに男が泊まりに来る以外は、だろうなと、泰山は勝手に決めつけた。で、今夜は俺が、その男の役目というわけだ、と。世の中悪いことばかりじゃない。優雅に歩き出したエリカの後ろ姿を、まるで貴婦人に連れられた飼い犬のように泰山は追った。

「こっちよ」

エレベーターで二階に上がると、内廊下が二手に分かれていた。その右手の最奥のドアの前で立ち止まったエリカは、ハンドバッグから取り出した鍵《かぎ》でドアを開け、泰山を中へ招き入れる。豪華な、大理石の玄関ホールだった。家の中はひっそりとして、ふたりの吐息が聞こえるほど静かだ。

その静寂が泰山の欲望を燃え上がらせ、どくどくと全身の血が滾《たぎ》るのを感じた。

長く途絶え、忘れかけていた回春の疼《うず》きというヤツだ。

若いっていいなあ。しみじみと歓《よろこ》びを嚙《か》みしめた泰山の横で、エリカは無造作にパンプスを脱ぎ捨てる。

玄関のホールからまっすぐ奥へ続く廊下の突き当たりが、リビングになっていた。ひとり住まいにしては広く、豪華なマンションである。場所柄、一億円は下らないはずだ。

「いい家だね」

「ありがとう。投資用マンションなんだけど、値段が下がったから、不動産市況が回復するまで私が住んでいいことになってるんだ」

エリカはエルメスのハンドバッグをソファに投げると、にっこりと泰山を振り向いた。

「お好みはブルゴーニュだっけ？」

「忘れた」

泰山はエリカに近寄ると、両手をその腰に添え、囁《ささや》いた。「ワインより、君のインナーの銘柄が知りたい。いますぐ」

「残念ね。下着は着けてないのよ」

「あ、鼻血が……」

泰山が慌ててポケットからハンカチを取り出した隙に、エリカはその腕をするりと逃れた。

「冗談よ、バカね」

「人が悪いぞ」

泰山は、近くにあったティッシュを丸めて鼻に突っ込みながらいった。「冗談かどうか、確かめてやるよ、エリカ」

再び、エリカに迫ろうとしたその時——。

「オヤジ流の口説き文句だな、泰山」

そのひと言がエリカの口から洩《も》れ、華奢《きやしや》な肩に手を伸ばしかけた泰山がはっと凍りついた。

「いまなんていった？」まじまじとエリカを眺める。

「オヤジだなっていったんだよ」

その口調はいままでのエリカのそれではなかった。

「だ、誰だ、お前は！」

エリカの目に、いままでとはまるで違う表情が浮かび上がっている。まるで泰山の慌てぶりをおもしろがっているかのようだ。

「お前、泰山なんだろ」

エリカは聞いた。「息子の体と入れ替わった武藤泰山だ。違うか」

「ど、どうして、それを……」

視界の片隅で人影が動いたのはその時だった。

それを見た泰山は、息を吞《の》んだ。

あの男だった。蔵本の秘書だという、真鍋義人である。いま真鍋は、泰山にじっと視線を注いだまま、ゆっくりと泰山の背後へ回り込んでくる。がっしりした屈強な男だ。いかに翔の若い体とはいえ、組み合えば勝ち目はない。

くそっ。罠《わな》だったのか。

内心舌打ちしたが、もはやすでに遅かった。

「それにしても、なんでエリカ、君がこの男と……仲間か」

泰山が聞いた。

「仲間というか、私のボディガードとでもいったらいいかな」エリカの答えは、少々意外だった。

「最近のテロリストはVIP並みだな。ボディガードまでつけているのか」

精一杯の虚勢を張って、泰山は嫌味をいった。

「それはちょいとばかり違うな、泰山」

泰山。エリカは泰山のことをそう呼んだ。泰山と名前で呼ぶ人間はそう多くはない。古くからの政治家仲間ぐらいのものである。

いったい何者なんだ、この女――。

泰山の頭に疑問が浮かんだ時、

「俺が誰かわかるか」

エリカが聞いた。

「なにっ?」

泰山は、エリカを凝視した。

「いつぞや、牡蠣《かき》天おごってやったろう。ほら、新富町《しんとみちょう》の路地にある加々美屋《かがみや》でさ。俺が新政党を旗揚げする前のことだ。その恩を忘れたか」

「恩だと？」

泰山はあきれた。「あそこの牡蠣天はせいぜい八百円だろ！」

そう口にした瞬間、はっと口を噤《つぐ》んだ。加々美屋は、老舗《しにせ》のそば屋だが、そこを馴染《なじ》みにしている政治家は、泰山の知る限りひとりしかいない。

さらに——さらにだ。政界広しといえども、泰山の知る限り、牡蠣天をおごったぐらいで偉そうな口をきく男もまた、ひとりしか存在しないのであった。

「ま、まさかそのせこさは——」

泰山は両目を見開いて、改めてエリカの美しい顔をまじまじと見た。「く、蔵本！　貴様か！」

エリカから不敵な嗤《わら》いが洩れた。

それはたしかに、見覚えのある嗤いだった。代表質問で、重箱の隅を楊枝《ようじ》でほじくるようなつまらん質問をいまにも発しようとする時、蔵本が浮かべる表情である。

「やっとわかったか、泰山！」

エリカ、いや、蔵本はいった。

「どういうつもりだ！」

泰山は吠《ほ》えた。「これは国家に対するテロだぞ、蔵本。ただで済むと思うな」

「なに早とちりしてるんだ、泰山」

蔵本はふうっと大きなため息をつくと、ふいに嗤いをしぼませ、肩を落とした。「実はな、俺も被害者なんだ」

「お前も？」

改めて蔵本を見た泰山は、「もしかして、最近、歯医者にかかったか」、と聞いた。

「ああ。お前と同じだよ。渋谷の丸山歯科。エリカもだ。それは俺なりに調べた」

蔵本の自宅は、泰山と同じ松濤《しょうとう》にある。あの辺りに住んでいる政治家は少なくないから、馴染みの歯医者が重なっていてもおかしくはない。

「ご同慶の至りだな」

泰山は自嘲《じちょう》し、嘆息した。「それで？　エリカって誰だ。お前の愛人か」

こんな美しく若い女を愛人として囲っているのなら、かなり羨《うらや》ましい話である。

「お前と一緒にするな。エリカは娘だよ。別れた妻とのな。だから名字が違うんだ」

「すると、いま国会で底意地の悪い質問をしているのは――」

驚いて泰山は聞いた。

「あっちがエリカだ」

「気の毒に」

泰山はいった。「根性の曲がったオヤジの醜悪な体と入れ替わるなんて。それがテロの尊い犠牲といわずして、なんだ。ただ、お前の方はいい思いをしてそうだがな。ちょっとおさわりしていいか」

胸に伸ばした泰山の手を、蔵本はぴしゃりと叩《たた》いた。「軽々しくさわるな。――おい、真鍋」

傍らに控えていた秘書を、蔵本は呼んだ。

「そろそろ、客人がここに来る頃だろう。見てこい」

「客人？　誰だ」泰山は聞いた。

「公安の刑事たちさ。踏み込まれてドアを壊されたんじゃかなわんからな」

さすが警察官僚あがりの蔵本だけあって、その辺りの読みは鋭い。

その言葉通り、真鍋が玄関に向かうなり、どやどやと足音がして、血相を変えた新田が飛び込んできた。

「全員、動くな！――先生、怪我はありませんか？」

携帯許可を得たらしく、拳銃《けんじゅう》を手にしている。新田の背後には、泰山も見知らぬ男達がふたり続いていた。そのひとりは真鍋を羽交い絞めにしたままだ。

「いいんだ、新田君。ご苦労さん。その男を放してやってくれ」

泰山はいった。「こちらは、憲民党の蔵本志郎だ」

「どういうことです、先生」新田が警戒した目をしたまま、聞いた。

「どうやら、我々と同じように脳波を入れ替えられたらしい。新田君、事態は我々が思っていた以上に複雑だ」

# 8

「俺はてっきり、政権交代を狙うお前の仕業だと思っていたぞ、蔵本」

泰山がいった。

「なわけないだろう」

吐き捨てた蔵本は、脳波が入れ替わった経緯について語り始める。

「丸山歯科に行ったのは、先々週の水曜日のことだ。親知らずを抜いたほうがいいといわれてね。同じ頃、別の歯科に行っていたエリカも、その歯科の紹介状をもらって丸山歯科に来院したらしい」

泰山と翔が入れ替わった頃にはすでに、蔵本もまた〝子供化〟、つまり子供と入れ替わっていたことになる。

「なぜ、丸山歯科が怪しいとわかった」泰山は聞いた。

「昔のツテで、ちょっとな……」

極秘情報のはずだが、蔵本は知っていた。さすが元警察官僚の親玉だっただけのことはある。蔵本の情報収集網は警察内部にくまなく張り巡らされ、公安に匹敵するといわれる。民政党と袂《たもと》を分かって結成した新党を短期間に野党第一党に成長させたのも、陰の情報を操る蔵本の力によるところが大きい。

「どうして、俺のことがわかった」

泰山は聞いた。

「お前の息子が相当のバカだって話はエリカから聞いていたんでな。これはもしやと思ったわけだ。それに引き替え、俺の娘は優秀なんでな、お前のような心配はしなくて済む」

「そらよかったな。いっそ、このままずっとお前の代わりをやってもらったほうがいいんじゃないか。お前も娘のナイスバディを拝めてそのほうがうれしいだろ」

泰山は嫌味をいった。

「娘の体なんて見て喜ぶ親がいたら、そいつは変態だな。まあ、俺が娘をやっている限り、余計な虫がつかなくて済む程度のことさ」

蔵本はいった。「それより、胸が重たくてな。肩が凝ってかなわんよ」

そういって蔵本が肩を回してみせるとカクテルドレスの胸が揺れ、泰山の視線を釘付《くぎづ》けにした。

「く、蔵本、お前の脳波と俺の脳波を交換するっていうのはどうだ」

「お前は猿とでも交換してろ」

蔵本は侮蔑《ぶべつ》の視線とともに一蹴《いっしゅう》し、「それより、泰山。この事件についてどこまで情報を摑《つか》んでる。お互いに情報を共有して、ここはひとつ共同戦線といかないか」、と話を元に戻す。

「よかろう。秘密会議だ」

エリカのマンションを出たふたりは、新田を伴って防衛省地下の会議室へと場所を変えた。

会議室には、閣議を終えた翔と狩屋もすでに来ていた。

「なんで、エリカがここにいるんだよ、オヤジ。どういうこった」

入室してきた蔵本と泰山を見て、素《す》っ頓狂《とんきょう》な声をあげたのは翔だ。

「こいつはエリカっていう娘じゃない。蔵本志郎だ」

泰山の説明に、翔は目を丸くした。

「はあ？　俺にくだらねえ質問をよこしやがった、あのクソオヤジか」

「その質問をしていたのが、エリカさんなんだそうです」

すでに事情を説明された貝原がいった。「随分、君とは学力が違うようで」

「嫌な女だ」

そういいつつ翔は、狩屋とともにカクテルドレスのエリカをまじまじと眺めた。

「それにしても、あのゴキブリみたいな蔵本とは似ても似つかないなあ。泰さん、どう思います」と狩屋。

「正直、ちょっとうらやましいぞ」と泰山。

「誰がゴキブリだ。俺がゴキブリなら、お前はシロアリかなんかだろう」

元民政党議員ということもあって、蔵本も狩屋とは元来、親しい。その口ぶりに、「あ、たしかに蔵本だな」、と狩屋は納得した。「それにしても、女装が趣味だったのか……」

「違うだろ。これが女装に見えるか、カリヤン」

蔵本がむっとしていった。「頭だけじゃなく目も悪くなったらしいな」

　その時、

「それで、どうだったカリヤン、本日の首尾は」、と泰山が聞いた。

「漢字は読めました。な、翔ちゃん」と狩屋。デキの悪い小学生と家庭教師のような会話である。

「まさか子供の学力が世論を左右するとはな。いまや憲民党の支持率は右肩上がりの一本道よ」

　蔵本が皮肉な笑いを浮かべ、余裕をかました。

「そんなものあっという間に逆転ですよ、ねえ、先生」

　こと支持率のことになるとムキになる貝原がいった。

「おもしろいじゃないか。次の選挙が楽しみだな、泰山。早く解散しろ」

「慌てなくても、そうしてやるさ。その時までにお前のセコさを悟られないように、気を付けるんだな、牡蠣《かき》天」

「それはともかく、このままではおふたりとも選挙を戦うことはできないでしょう」

　脱線しかかった話し合いを本線に引き戻した真田は、アメリカ政府からの極秘情報を蔵本にも提供した。

「CIAから最先端技術が盗まれたという話は、私も入手していた」

　すべてを聞き終えた蔵本はいった。「問題は、その技術を盗んだテロリストだ。君らの推測は？」

「目下、情報収集に全力を挙げていますが、新たな情報はありません」

「やっぱり、アルカイダの仕業じゃないですかね」

貝原がいった。「日本だけじゃなく、主要国全体の首脳が子供化している可能性もありますよ。もしそうなら、目に見えなくても9・11並みのテロですよ、これは」

「他の国から、同様の連絡はないのか」泰山が聞いた。

「ありません。実際に、同様のテロが起きている可能性はあるでしょうが、それを明かす国があるとも思えません。国家防衛上の最高機密の扱いでしょうから」

「それにしても、腑《ふ》に落ちないなあ」

狩屋が首を傾《かし》げた。「泰さんや鶴さんが狙われるのはわかるとして、蔵本までターゲットにしたのはなんでだろう」

「それは、ウチが次の与党になると思ったからだろう」蔵本は胸を張った。

「それはないと思いますよ、蔵本先生」

闘争心露《あら》わに貝原がいった。「支持率では民政党が上回っているんですから、その段階でテロリストが憲民党なんか狙うはずはありません」

「なんかとはなんだ、なんかとは」蔵本がむっとした。

「お前がかかげたマニフェストの中に、テロリストの逆鱗《げきりん》に触れるなにかが含まれていたとか」

泰山の指摘に、蔵本は腕組みをして考えた。

「そんなものがあるとは思えんな」首を横に振る。

「みなさん、もう少し柔軟な発想になったほうがいいんじゃないですか」

新田の指摘に全員が振り向いた。「イスラム原理主義だけがテロの容疑者とは限りません。いま犯人像を特定するのは、得策とは思えませんね」

派手ななりの公安刑事は、この時ばかりは敏腕刑事を彷彿《ほうふつ》とさせる鋭い眼差《まなざ》しになる。新田は続けた。

「犯人には、犯行に及ぶだけの動機がなければならない。その動機が、宗教上の理由によるものか、国家的な主義信条によるものなのか、あるいはそれ以外のものなのかは、この犯罪を解決することでしか解明できません」

至極《しごく》真っ当な意見に、しばしの沈黙が落ちた。

「なにを呑気《のんき》なことをいってるんだ、公安は」

それを破ったのは、激しやすい蔵本である。「現職の総理大臣や閣僚、それに野党第一党の党首がテロに遭っているというのに、そんな悠長なことをいっていていいのか。容疑者がいるのなら、いますぐ全員逮捕して、拷問してでも真相を吐かせるのがお前らの仕事だろう」

「生憎《あいにく》、公安は、秘密警察ではありませんので」

新田は、軽蔑《けいべつ》しきった口調でいった。「それと、先ほどうちに入ってきた情報ですが、憲民党の議員が六本木の高級売春クラブの顧客だったことがわかったそうです」

「嘘だろ。誰だ」蔵本が、はっとして聞いた。

「浜畑健三郎《はまはたけんざぶろう》」

蔵本の顔から感情が抜け落ちた。瞬《まばた》きすら忘れ、言葉を発するのだが、唇だけがひくひくと動いているだけだ。

「は、浜畑が……」

浜畑は蔵本と並ぶ、憲民党の顔である。若手議員として、テレビや雑誌に引っ張りだこのイケメン議員としても知られている男であった。

新田は続けた。

「先ほどその売春クラブが摘発され、押収した顧客名簿の中に浜畑議員の名前があったそうです」

「なんということだ！ 女に不自由しているのなら、俺に相談してくれたらよかったのに」

「あーあ、可哀想に」狩屋は涼しい顔だ。

「くそっ。こうしてはおれん。俺は先に失礼させてもらう」

立ち上がった蔵本は秘書を振り返った。「真鍋、行くぞ。党本部だ！」

「やれやれ。敵の不幸は蜜《みつ》の味だな」

どやどやと出て行った蔵本を見送り、泰山は余裕の表情だ。

「支持率云々《うんぬん》と自慢するからですよ」と貝原も容赦ない。

「これで次期選挙で民政党も安泰ってわけですね、泰さん」

狩屋がいった時、「そうですかね」、というひと言を、新田が口にした。

「なんだ、新田君。まだあるのか」

「これもさっき入った情報なんですが、民政党大物議員の愛人だったと名乗る女のインタヴューが、『週刊潮流』に実名で出るそうです」

「ほんとうか？」

泰山が泡を食った顔になった。「誰の愛人だ？」

「まさか、泰さん――」

狩屋が、おそるおそる、聞いた。「美香《みか》じゃないですか。この前、口止め料けちったでしょう」

「払ったぞ、百万円。しまった、少なかったか――！」

泰山が頭を抱えた時、「銀座のルビーという店にいる、菜々美って子だそうで」、と新田。

その瞬間、奇声をあげたのは、泰山ではなく狩屋のほうだった。

「ど、どうした、狩屋のオヤジ」

わけがわからない翔に、「菜々美っていうのは、狩屋官房長官の女だったんですよ」と、貝原が耳打ちした。

「ちょっとぽちゃっとしてて色白の、三十路《みそじ》の女です。他に馴染《なじ》みができたんで乗り換えたんです」

「狩屋のオヤジも隅に置けないなあ」翔がにやにやしながらいった。

「呑気《のんき》なことといってる場合じゃないですよ、翔ちゃん！」

狩屋はムンクの叫びそっくりの顔で泰山を振り向いた。「ど、どうしよう、泰さん」

「それを考えるのが官房長官の仕事じゃないか、カリヤン」

考えるのを放棄して泰山がいった。

「そ、そんな——！」

狩屋は頭を抱えた。

# 第五章　スキャンダル

## 1

「そうか泰さん――！」

頭を抱えていた狩屋ははっと顔をあげた。防衛省を出て、重苦しい雰囲気を抱えたままの一行は、首相公邸へと場所を替えたところだ。「もしかして、これもテロじゃ……」

「――なわけねえだろ」

あきれて翔がいった。「こんなくだらねえテロがあってたまるか」

「だよね。すみません、泰さん」

いま、しょんぼりと肩を落とした盟友に、「まあ、誰にでも過ちはあるさ」、と泰山は自分のことはさておいていった。

「だが、どうするつもりだ」

泰山は聞いた。「もみ消そうにも、『週刊潮流』ではちょっと無理だぞ。あそこは鼻薬《はなぐすり》が効かないからな。お前もわかっていると思うが」

「たしかに……」

深く嘆息して、狩屋はいった。「認めるしかないですよね。事実だし」

しばし考えた泰山も、「そうだな」と諦《あきら》めた口調でいった。「ヘタな嘘をついたところで、墓穴を掘るだけで、むしろ逆効果だ」

「しかし、この手のスキャンダルとなると支持率が……。どうします、先生」貝原が、深刻な顔で聞いた。

返事はない。盟友のスキャンダルに、泰山自身、どう対処していいか判じかねている。だが
その時、

「更迭してくれませんか、泰さん」

意を決して、狩屋がいった。「潔く身を引きます」

「カリヤン……」

「更迭してください」

狩屋は嘆願した。「政権の足を引っ張るわけにはいかない、泰さん」

「早まるな、カリヤン」

泰山は叱りつけるようにいった。「お前がいなくてどうやって政権を運営できるというんだ。お前を起用したのは、単に盟友という理由からじゃない。一政治家としてのお前の力量が抜きん出ているからだ。茂木派や林田派が一目置いて、政権の舵取《かじと》りに協力しているのはお前が調

整に奔走してくれているからじゃないか。お前は、俺の政権に必要な男なんだ。いや、民政党に、いや日本に必要な政治家なんだ。俺の気持がわかるか、カリヤン！」

「泰さん――」

目を真っ赤にして、狩屋は唇を震わせた。「その気持ちだけでうれしいですよ。だけどね、愛人問題を抱えた官房長官では世論が許さないでしょう。マスコミもうるさいだろうし。イヤだなあ」

「これ以上ないバッシングの材料ですからねえ」

貝原のコメントはあくまで客観的だ。「最近、大きなニュースもないし。きっと飛びついてきますよ」

「しかしだな、貝原。売春クラブよりはマシじゃないか」

「どっちもどっちですよ」

軽蔑した口調になった貝原はいった。「せめて記事の内容だけでも、先にわかればいいんですが」

その時、

「わかりますよ」

思いがけないひと言を口にしたのは、新田であった。

「ど、どうやって？」

「公安ですでに見本を入手しています」

「ここに流してくれ、新田君」

間もなく流れてきた三枚のファックスを見た泰山たちは、そこに躍る見出しを覗《のぞ》き見た。

〝銀座の売れっ子巨乳ママが狩屋センセイとの関係を赤裸々告白！〟

一枚目の見出しから顔をあげた泰山が聞いた。

「そんなに巨乳だったかな、菜々美は」

「天然物じゃありません。整形で膨らませてるんですよ」

なんだそうか、といいつつ肝心の記事ページのファックスを見た瞬間、全員仰天した。

〝狩屋さんは、アタシのあそこにバナナを入れて……〟

「へ、ヘンタイだったのか」翔がおののいた。

「だ、だって、あそこでバナナが食べられるっていうから、ほんとうかなと思って」狩屋が弁明する。

「食えるわけねえだろ！」

泰山があきれた横で、貝原が真剣な顔でいった。

「更迭をしないとなると、絶対、支持率が急落しますね」

「こんなことぐらいでいちいち辞めさせてたら、政治家なんかいなくなっちまうだろ」

「本音と建て前は違いますから」

貝原は、いつになく厳しい口調で泰山にいった。「ただ、救いは憲民党もまたスキャンダルを抱えているということです」

「痛み分けか」と泰山。

「まさか。閣僚と一議員とでは重みがまるで違います」

貝原は否定した。「愛人問題を抱える官房長官を起用したとなれば任命責任を問われるでしょう。これは国家の問題なんです。浜畑のような一議員のスキャンダルとは次元が違います」

貝原の指摘は鋭い。

「どうすればいいと思う」

そう泰山に問われ、貝原はしばし考えた。

「スキャンダル対応は、繊細な問題ですからね。ただ単に責任を取って辞職すればいいというものではありません。的確に世論を読む必要がある。その世論形成にはマスコミ報道が大きく影響しますから、つまりはマスコミ対策から始めないといけない」

「あいつら、うるせえからなあ」

長年の政治家生活で嫌な経験をたくさんしてきた泰山は、うんざりした口調でいった。

「それについては、もうひとつ問題があります」

貝原が指摘した。「そのマスコミ対策をするのは、先生じゃなくて、この翔ちゃんだということです」

「えっ？　オ、オレが？」

ぎくりとして翔が聞いた。

「お前以外に誰がいる」

泰山はきっぱりといって貝原を振り返った。「大至急、想定問答集を作ってくれ、貝原。翔、お前はなにを聞かれても、そいつを繰り返すんだ。いいな」

「ちぇっ、オレは操り人形か」

吐き捨てた翔を、「人形のどこが悪い」と泰山は睨《にら》み付けた。

「ピノキオだって最後には人間になる。お前もしっかりやれば人間になれるぞ」

「なんか勘違いしてるようだけどな、オヤジ。オレは最初から人間なんだ」

その時、「二十三時のニュースが始まりますよ」、と貝原がテレビのスイッチを入れた。

「おうおう、派手にやってるなあ」

画面に映し出されたのは赤坂にある憲民党本部前の光景だった。大勢の記者団にもみくちゃにされ、テープでくくりつけられて束になったマイクを突きつけられた蔵本、つまりエリカは青ざめている。

「党と致しましては――」

立ち止まったエリカはいった。「厳粛に、警察の捜査を待ちたいと、かように考えております」

――浜畑議員が売春クラブを利用していたことはご存知だったんですか？

「いえ。まさに青天の霹靂《へきれき》で、誠に遺憾《いかん》であります」

――浜畑さんは憲民党の国会対策委員長ですが、逮捕された場合の対応は？

「警察も事実関係を捜査中ですし、現時点で対応云々《うんぬん》を決めるわけには参りません」

エリカの受け答えは慎重だ。

――党としての処分はどうお考えですか？

「ですから、それもまだ捜査中ですので、その結果を待ってから――」

――議員を辞職すべきだとの声が出てますが？

「それは浜畑議員が判断されることだと思っておりますので」

辛抱強くエリカは答えている。

「記者の質問なんざ振り切って、早く車に乗り込みゃあいいんだ」

本来なら野党の失態に大喜びするところだろうが、この時ばかりは泰山も少し気の毒そうな顔でいった。

「なかなかしっかりした娘さんですね」

じろりと翔のことを見ながら貝原は褒めた。「誰かと違って」

「悪かったな」

翔は貝原をひと睨みしていった。「それにしても、こいつらハイエナみたいな連中だな。さっきから処分はどうこうって。どうしたいんだ、いったい」

「要するに、議員を辞職させて責任を取らせろと、そういうことをいいたいんですよ」

貝原がいった。「憲民党の失態だとか、モラルの失墜だとか、国会議員の品格云々とか、そういう論調の記事が目に見えるようだ」

「人ごとじゃないよ、貝原」

狩屋が肩を落としていった。「明日は我が身だ」

その時、貝原の携帯が鳴り出した。

「明日じゃなくて、今日ですよ、狩屋先生」

短い通話を終えた貝原がいった。「この件について話が聞きたいと、官邸に記者が二十人ばかり来ているそうです」

「もう来たのか！」

泰山が中腰になって叫んだ。「どうする、カリヤン」

「どうするも、こうするも」

狩屋は大儀そうに立ち上がった。その表情には、どこか従容《しょうよう》として死地に赴く男の雰囲気が漂っている。

「私、行ってきます、泰さん」

「行ってどうするつもりだ」

「事実を話すだけですよ」

もはやこれまで。そう悟ったか、狩屋はむしろさっぱりした口調でいい、笑顔を作った。

「男、狩屋孝司。自分で蒔《ま》いた種は自分で刈り取らせていただきます」

狩屋は一歩下がって、直立不動の姿勢をとった。「ご迷惑をおかけしました」

「カリヤン……」

啞然《あぜん》とする泰山に深々と頭《こうべ》を垂れた狩屋は、回れ右をするとまるでロボットのようなぎこちない歩き方で、首相公邸の部屋から姿を消した。

2

ワイドショーは政界に降って湧いたスキャンダルの話題で持ちきりだった。

公邸のテレビには昨夜首相官邸前でインタヴューに応じた狩屋が映っている。そこで女性問題について認めた狩屋に対して、いま世間ではバッシング一辺倒だ。

「カリヤンも隅に置けないわねえ、あなた」

食卓の向こうから綾にじろりと睨まれた泰山は、身に覚えがあるだけにばつが悪そうにごほんとひとつ咳払《せきばら》いをした。

「あ、汚《き》ったねえなあ、オヤジ。オレのメットに飯粒がついたじゃねえか」

「知るか、そんなもん」

泰山はいった。「カリヤンはいま針のむしろなんだぞ」

「飯粒とどういう関係があるってんだ」

翔がいった時、

「あなたは自分の非を認めるんですか」

という、ひときわ甲高い声が聞こえた。マイクを向けているのは、ワイドショーで人気の芸能レポーターだ。

「あんなのまで取材に来てるのか。政治のことなんかまるで無関心のくせに」

泰山が眉《まゆ》をひそめた。

「このひとたちは、政治じゃなくて、スキャンダルに興味があるのよ」

綾がいった。「で、あなたどうされるおつもり？　結局、カリヤンを辞めさせるの？」

「冗談じゃない」

泰山はいった。「この状況で、さらにカリヤンまでいなくなってみろ。武藤内閣に明日はない。カリヤンは最後の砦《とりで》なんだ。わかってるだろうな、翔。心してこの政局を乗り切れ」

「なにが心してだ、身から出た錆《さび》じゃねえか」

面倒くさそうに翔はいった。「それよか、今日の会社、オレの第一志望だからな。オヤジのほうこそ、コケるなよ、面接」

「この泰山にまかせておけば――」

「失敗ばっかじゃねえか」

翔はいった。「銀行からは連絡が来ないし、他の会社の面接はすっぽかす。オレの将来がどうなってもいいのか」

「なあ、翔。ひとつ聞きたいんだが」

その時、ふいに真顔になった泰山は聞いた。「お前、ほんとうに会社員になんか、なりたいと思っているのか」

「ああ、思ってる」

翔は真剣な表情でいった。

「俺の地盤はどうなる」

「知るか、そんなもん」

翔はこたえた。「地盤があるから立候補するってもんじゃねえだろ。だいたい、そういう考えだから、二代目だの世襲だのっていわれるんだ。踊りの家元じゃああるまいし、そもそも政治家が親の後を継ぐこと自体、ヘンだろ。それでなんとも思わない辺りが、オヤジの限界なんだよ」

それは、政治家としてこの何日かを過ごした翔の率直な感想でもあった。

「漢字も読めない奴が随分と偉くなったもんだな」

泰山が皮肉った時、テレビの画面が切り替わった。画面を埋めたのは、小中寿太郎のにやついた笑いだ。

「官房長官ともあろうものが、情けない話やなあ」

開口一番、小中は吐き捨てるようにいった。「こんなのが日本の国政を動かしてるなんて信じられヘンで。漢字の読めへん首相に酔っぱらい大臣だけかと思ったら、今度はバナナ官房長官や。あり得へんわ、ほんま」

「くっそー、小中の野郎。自分の女遊びは棚にあげて……」

その時、ドアがノックされ、意外なことに狩屋本人が顔を出した。

「カリヤン！　大丈夫か、お前。まあ入れ。一緒に飯、食うか」

「ありがとうございます。でもね、泰さん、そんな気分じゃないんで遠慮しておきます」

「じゃあ、茶ぐらい呑《の》んでけ」

寝不足とストレスで憔悴《しょうすい》しきった狩屋に、泰山は椅子を勧めた。

「いろいろあるさ。元気を出せ」

「私は元気ですよ」

狩屋は無理に笑顔を作っていった。カラ元気のやせ我慢だ。それがわかるだけに痛々しく、泰山は表情を曇らせた。

「泣きたい時は泣いてくれ」

泰山はいった。「俺ら、仲間だろ。仲間の前で強がってどうする」

「泣きたいのはやまやまですよ、泰さん」

狩屋はいった。「でもね、自分で蒔《ま》いた種なんです。悪いのは私なんですよ。泰さんの気持ちはうれしいんですけど、私は一国の官房長官なんです。官房長官は泣きません」

「お前という奴は……」

うっすらと涙を浮かべた泰山の喉《のど》が、込み上げてくる涙を呑み込むかのようにごくりと動いた。「なんてあっぱれなんだ」

「あわれ、の間違いなんじゃないか」

その時、翔が茶々を入れ泰山に睨《にら》まれた。

「いいんですよ、泰さん。事実ですから」

狩屋は淋《さび》しそうにいった。「私のことなんかどうでもいいんですよ。それより、いまは泰さんや鶴さんの問題を解決するのが先決ですよ。蔵本はどうでもいいですが」

「まったくだ」

泰山はいい、「いまはお前だけが頼りなんだ、カリヤン。頼むぞ」

「わかってますって。行きましょう、翔ちゃん。今朝は九時半から党三役の打ち合わせがありますよ」

「しゃあないな」

飯を口の中に掻《か》き込んで翔は立ち上がった。「出撃だ、狩屋のオヤジ。今日もフォローよろしく！」

指を立ててカッコをつけた翔に、泰山は不安のあまりため息をついた。

「しっかりやってくれよ、翔」

「そういうオヤジこそ、今日は頼むぜ」

上着の袖《そで》に腕を通しながら、翔はいった。「ヘマすんなよ」

「それはこっちのセリフだわい」

泰山はいうと、翔と狩屋のふたりが部屋を出て行くのを見送って自分も立ち上がった。

「さて、俺も行ってくるとするか」

「あら、もう行くの、早いわね」

と綾。「ところで、あなたなにか忘れてないかしら」

「なにかとは？」

ぎくりとして泰山は立ち止まり、なに食わぬ顔を装って聞いた。

「お金よ。まさか忘れたわけじゃないでしょうね。いったいいつ、くれるの？」

「もちろん、覚えてますよ」

泰山は渋い顔でいった。「ただ、いまはご覧の通り、取り込み中なんで、もう少し待ってくれ」

「もう少しって、どれぐらい？」

「もう少しは、もう少しさ」

泰山は曖昧《あいまい》にいいつつ、時計を見た。インターホンが鳴り、貝原の到着を告げたのはその時だ。

「誤魔化そうとしても無駄よ、あなた」

「払うといったら払う！」

面倒を振り払うように、泰山はいった。いったい、妻とはいつからこんながめつくなるものなのだろう。「泰山に二言はない。じゃあな」

綾がなにかいう前に、こそこそとその場を逃げ出した泰山は、貝原の待つ玄関へと急いだ。

ここにいるぐらいなら、面接でもしていたほうがよっぽどマシだ。

# 3

「で、貝原。今日の会社はどこだ」

動き出した車の中で、泰山は聞いた。

「アグリシステムっていう会社ですね」

貝原は、あらかじめ翔から渡された資料ファイルの社名欄を泰山に見せた。覗《のぞ》き込んだ泰山は、すぐに顔をあげ、「なんの会社だ」、と聞いた。

「資料によると、農業のようですね」

「なに？　農業？」

啞然《あぜん》とした顔になる。「翔のやつ、農家でもやろうっていうのか」

「無農薬の食品をつくって売ってる会社だそうです」

挟まっていたパンフレットには、契約農家が作付けする様々な野菜畑と収穫の風景が掲載されている。

「ほう」

感心したように泰山はいった。「翔のやつ、随分とまともな会社を選んだもんだな」

「とても先生の息子とは思えません」

また口を滑らせ、泰山にじろりと睨まれた貝原は、ひとつ咳払《せきばら》いをして話を変えた。

「おっ、珍しく志望動機が書いてありますよ。読みます。――先日のことです。友達からいい和食の店があるから行ってみようと誘われて出かけたところ、いままで食べたことのない野菜を食べました。それは緑色をした、十五センチぐらいの、細長い葉っぱの両側がぎざぎざになったものでした。食べると透き通るような甘さで、ひとこと『うまい!』。それで私はカウンターの内側にいる主人に、いったいこれはなんという野菜ですか、と尋ねました。すると、そのこたえは、――ほうれん草でした」

「ほう」

霞が関の官庁街を泰山と貝原を乗せたクルマは滑るように走っていく。その後部座席で、期待するでもなく聞いていた泰山は、思わず話に引き込まれた。貝原は続けた。

「本物のほうれん草とはこういう物なのだと、その主人は教えてくれました。それまで私は、丸い葉っぱの、嚙《か》むとどこか苦い味のするほうれん草しか知りませんでした。いったい、どうしてこんなおいしい、本来のほうれん草が食卓から消えてしまったのか。それが私が御社に興味を抱いたきっかけでした。調べていくうち、わかってきたのは農家が置かれている悲惨な状況です。低価格を競い合うようにして叩《たた》き売られる野菜。農薬を使い、見た目ばかり美しく、安ければ安いほど売れるという発想で作られた野菜が、値段が高くて買い手が少ないという理由で、昔ながらの手法で作られた野菜をスーパーの棚から追い出してしまったのです」

貝原は顔をあげた。「なかなかおもしろいですね。もしかしたらバカじゃないかも知れない」

「お前はいつもひと言多いな、貝原」

舌打ちして泰山はいった。「続けてくれ」

「調べてみると、ほうれん草だけではなく、トマトも大根も、そしてにんじんも、いま私たちが日常生活で目にしている野菜はどれも、その野菜本来の味からかけ離れてしまっていることがわかりました。多くのひとたちは、ただ値段が安いという理由だけで、ほうれん草の味のしないほうれん草を食べ、にんじんの味がしないにんじんを食べさせられているのです。いまの日本は不景気で、給料も下がり、人々の生活は苦しくなる一方かも知れません。生活費をできるだけ切り詰めたいと思っている人は少なくないとは思います。しかし、そんな中でも日本人として、人間として守らなければならない一線というのはあると思います。それが食です。本物は高いから買わないというのなら、それは構いません。しかし、知らないから買わない、知らないから買えない社会になっては、日本の食文化はほんとうにだめになってしまうと思います。私は、御社に入り、本物の野菜の味、米の味、生産者のこだわり、忘れ去られようとしている日本の食文化を、世の中に広めていきたいと思います」

読み上げた貝原は、静かに顔をあげた。「先生……。これ、なかなかいいですよ」

「お前の代わりに、演説の原稿、書かせるか」泰山はため息混じりにいった。

「いや、演説原稿なら、秘書業界広しといえども、この貝原に肩を並べる者はいませんよ」

「冗談だ」

泰山はいい、貝原の手から翔がワープロで作成した志望動機にもう一度目を通した。そして、ふっと肩を揺すって笑い、「あいつ、いつの間に」、と遠い目になる。

「入れてやりたいな、この会社へ」

顔をあげて、泰山はいった。「そして、翔がつくったほうれん草を食べさせてもらおうじゃないか」

「そうですね」

力強く貝原はいった。「やりましょう、先生」

「面接は何時からだ」

「余裕を見て出てきましたから、まだ一時間ほどあります」

「わかった。おい、貝原、お前それまでに面接で俺がやる演説の原稿、書いとけ」

「えっ、先生。それはご自分でお考えになるのでは」

「演説原稿はお前の仕事だろう」

「たしかに演説は。ですけど、今日のは三分間スピーチとかですよ」

「演説を英語でいってみろ」

「スピー……あ」貝原は口を開けた。

「三分スピーチなんだから、三分ぐらいで書けるだろう。ついでに五分のも頼む。ふりがなはいらん」

「そ、そんなっ」

貝原の抗議には耳を貸さず、泰山はいつになく満足そうな表情を浮かべて目を閉じる。

諦《あきら》め顔で嘆息した貝原は、カバンからノートとエンピツを出し、はて就職面接のスピーチとはどうあるべきかと、流れ行く車窓に視線を向けた。

## 4

クルマが首相官邸の敷地に入ると、翔と狩屋のふたりを大勢の記者が待ち構えているのが見えた。

「すげえ数だな、狩屋のオヤジ。しかも、みんな手ぐすね引いて待ち構えているって感じだぜ。生きて中に入れるかな」

「クルマから降りたら、ノーコメントで通してください。後のことは私に任せて、翔ちゃんがすることは、無事に官邸内にたどり着くことですよ」

「だ、大丈夫なのかよ、ひとりで」

「な、なんとかします」

そうはいったものの狩屋は顔面蒼白《そうはく》だ。「じゃあ、行きましょうか」

車寄せで止まって後部座席のドアが開けられた瞬間、「先に行ってるから」、そう狩屋に言い残して外に出ようとする。

しかし、その翔の行く手に、コメントを取ろうとする記者たちが殺到した。たちまち、二重三重の人垣ができ、もみ合いになった。

「どいてどいて――！」

割って入ろうとするSPに、「お前こそ、どけ！」、と記者のひとりが容赦ない肘鉄《ひじてつ》を食らわせ、人垣からはじき飛ばす。「オレたちゃこれで食ってるんだ！」

罵声《ばせい》を浴びせた記者を排除しようとSPが腕を摑《つか》んだが、最前線のひとりが倒れても、サメの歯のように背後から記者が詰めるだけのことで、そんなものは焼け石に水なのであった。レコーダーを握りしめた記者が津波の如く押し寄せ、その間もテレビカメラは回り続ける。

「総理、総理――！」

「コメントお願いします！」

「説明責任を果たしてください！」

「バナナ官房長官と呼ばれていますが？」

「任命責任についてお考えは？」

機銃掃射のように発せられる質問に、それでもいわれた通りノーコメントで押し通そうとした翔だったが、その時、誰かが発したひと言に、記者を押しのけようとした動きをぴたりと止めた。

「逃げるんですか？」

見ると、目の前に怖い顔をした女性記者が立っている。どこかで見たことがあると思ったら、今朝テレビで見た芸能レポーターだ。女性の敵でも目の当たりにしているような殺気漂う形相である。

「逃げる？　なんで逃げる必要がある」

翔は聞いた。

「じゃあ、質問にこたえてください」

「あんたは誰だ」翔は聞いた。

「レポーターの村井《むらい》美雪《みゆき》です」

名乗った女は、さっそく質問を続けた。「女性スキャンダルを起こすような人物を官房長官に任命された総理の責任はどうお考えですか」

「責任？」

翔は聞いた。「どういう責任だ」

「総理！」

狩屋の声がした。記者ともみ合いながら、早く中に入れとばかり、手を振っている。しかし、それを無視した翔は、村井を振り向いた。

「生憎《あいにく》、官房長官の私生活には興味がないんでね」

たちまち、村井の眉間《みけん》に縦皺《じわ》が結ばれ、ヒステリックな声が飛び出した。

「知らなかったで済むんですか！　総理が選んだんですよ！　国民に対して謝罪すべきなんじゃないですか？」

「狩屋さんを指名したのは、官房長官に相応《ふさわ》しい力量があるからです」

きっぱりといった翔に、

「どこが相応しいんですか！」

レポーターは、怒りに顔を青ざめさせた。「愛人を囲っていたんですよ」

「その通りだ」

翔は毅然《きぜん》としていい、続けた。「それがどうしたかね」

「そ、総理――!」

その時声がして、必死の形相で狩屋が人垣を押しのけて割り込んできた。狩屋は村井に向き直ると、「わ、私の不徳の致すところで――」、といいかける。

「ちょっと待て」

官房長官の肩に手をかけ、翔は止めた。記者たちを睨《にら》み付け、

「お前ら、もうこんな馬鹿げたことはやめたらどうだ」

そういった。「いったいあんたたちの仕事はなんなんだ。人の私生活を暴《あば》いて、女とああしたこうしたと書き立てることか? それがいったいなんなんだ。意味ねーだろ。お前らマスコミがバカだから、国民もどんどん勘違いしてバカになるんだよ」

「そ、総理。お、おやめください!」

真っ青になって狩屋が止めにかかった。だが、一度口を開いてしまうと、胸に湧いた怒りや疑問は怒濤《どとう》の如く飛び出した。

「いったいお前ら、政治家としての狩屋孝司をどう評価してるんだ」

翔はいった。「狩屋は立派な政治家じゃねえか。立派な実績もあるし、民政党を取りまとめるのに、狩屋以上の適任はいないんだ。とにかく狩屋は、俺の内閣に絶対必要な男なんだ!」

泰山の受け売りではあるが、翔はきっぱりといった。

「翔ちゃん……じゃなかった、総理」

感極まった狩屋は思わず涙ぐんでいる。翔は続けた。

「いや俺や民政党だけじゃない。狩屋官房長官は、この日本にとって必要な男なんだよ。よく考えてみろ。官房長官としての狩屋になにか落ち度があったか？　政治家は結果がすべてじゃないか。俺は、狩屋がプライベートでなにをしてようがそんなことは問わない。あえていえばバナナだろうがリンゴだろうが、そんなことも知ったことかだ！　お前らも、くだらないことに紙面を割くぐらいなら、もっと実のある議論をしたらどうだ。政治家のスキャンダルなんぞで大新聞や公共放送まで大騒ぎしているのは、日本だけだぞ。お前ら、そんな仕事して恥ずかしいと思わないのか。目をさましやがれ！」

目の前の村井が、怒りのあまり卒倒しそうな顔で、翔を見ていた。

「じゃあお伺いしますけど、総理は、憲民党の浜畑議員のことはどうお考えなんですか」

村井がやっとのことで聞いた。野党第一党の人気議員のスキャンダルを、民政党としては喜んで攻撃材料にするに違いないとでも思っているのだ。

「浜畑？　ああ、あれか」

翔はふと、ある政治家のパーティに呼ばれた時、一度だけ浜畑とは会ったことがあるのを思い出した。当時まだ中学生で、親にいわれてきたものの、退屈していた翔に話しかけたりして、浜畑は気を遣ってくれた。

つまらないことは忘れても、そういう親切という奴は肝心な時に思い出すものらしい。

「あいつはいい奴だよ」

翔は真顔でいった。「誰にだって間違いはある。オトナになろうぜ、みんな」

啞然《あぜん》としている記者たちを搔《か》き分けると、翔はさっさと官邸の中へ入っていった。

## 5

いま泰山は、面接会場となっているホールのブースでふたりの面接官を相手にしていた。

質問役の男は、四十歳前後。神経質そうなメガネ面で、泰山が椅子にかけるなり、「じゃあ、志望理由から聞かせてもらえる？」とぶっきらぼうな調子で聞いた。

泰山は知らなかったが、いま若者に農業は人気があるらしく、会場は大勢の学生たちの熱気で溢《あふ》れていた。青いパーティションで区切られたブースが何十と並び、その背後に用意された待合いスペースも、名前を呼ばれるのを待っている学生たちで埋まり、ほとんど空席がない。

翔が準備した志望動機を述べた泰山に、男はメガネを少し上にズラして物珍しそうな顔をしてみせる。

「なかなか立派な動機だな」

男は無感動な口調でいった。「でもさ、べつにそれならウチの会社じゃなくてもいいんじゃないか。競合他社はどこを受けてるの？」

泰山は同業や、それに近い会社名を数社あげた。「たぶん聞かれますから覚えておいてください」、と貝原からいわれていたので助かった。

「御社も含め、いくつかの農業体験セミナーにも参加しました」

そう付け加える。実際のところ、翔はいくつかのセミナーに参加していた。「完全に無農薬にこだわった作付け指導をしていたのは御社だけでした」

「だけどさ、正直なところ、売れてないんだよ」

面接官はいった。「この不況でね、売れてないの。無農薬にこだわってみたところで、消費者が買うのは農薬まみれの外国産の野菜だったりするわけだ。あのセミナーはさ、ある意味PRに過ぎないから。そういうご時世なんだよ。君の志望動機はごもっともだが、残念ながら当社の現状にはそぐわない」

翔が聞いたらさぞかしがっかりするだろう。だが、むしろ、この会社が舵《かじ》を切ろうとしている現実路線に、泰山自身が失望を感じないではいられなかった。

「それでいいんですか」

泰山は聞いた。

「それでいいとは？」

男は面倒くさそうに聞いた。「仕方がないだろ、会社の方針なんだから」

「無農薬野菜を食卓に届けるという高邁《こうまい》な思想はもう捨てたと、そういうことですか」

泰山は聞いた。返事はない。「情けない話ですね。それで外国産の野菜でも輸入して儲《もう》けようということですか」

「生憎、ウチは上場企業なんでね」面接官の対応は素っ気ない。

「だったら、上場なんかしなきゃいいでしょう。カッコつけて大企業になろうとするから、いってることとやってることが矛盾してくるんだ」

「なんだって？　君だって上場していない会社なら、入ろうとは思わなかったろ」

「入りますよ」

泰山は平然といった。「だれが上場企業だから入れてくれっていいました？　無農薬野菜を食卓に届けたいという会社の考えに共感したからここに来たんです。結局、あなた方の発想はあまりに固定的すぎませんか。高いから売れないとか、上場企業だから人が集まるとか。ほんとうにそうなのか。違うんじゃないですか」

いままで翔になりすましていた泰山だったが、思わぬ成り行きについつい本来の自分を出した。

「いったい、君はなにをいいたいんだよ」面接官は語気を荒げた。

「売れないからって農薬まみれのものを平気で売るような連中に、無農薬野菜なんか売る資格は最初からないってことですよ」

「なに」

しまったと思ったが、もう遅い。「わかった。君、もう帰っていいから」

「いわれなくても帰ります」

半分腰をあげたところで、泰山はいった。「だけど、あんまり学生を失望させないでください。期待して来たんだから。売れないから、安いからといって、金儲けのために外国産に走れば、日本の食文化は将来的にとんでもないことになる。あなた方がやっていることは、日本人の心を売っているのと同じなんだ。御社がやらなきゃいけないことは、本物の味を日本人に伝えることなんじゃないんですか。農薬を一切使わない、自然のままの食品を作って食卓に届けようとする行為には、重大な意義があるはずだ。目先の利益を得るために、一番大事なことを忘れてませんか——失礼します」

一礼して立ち去る泰山の後ろ姿を、面接官ふたりは唖然とした顔で見送っている。

「くそっ」

陰険な顔の男がいって面接シートに何事か書き込み、「ほら」、と隣にいる若手に差し出した。

「いいんですか。生意気な学生です」

「わかってる、そんなこと」

面接官は吐き捨てるようにいった。「だけど、ああいう奴を採用しないで、誰を採用するっていうんだ」

6

「せ、先生——」

面接会場の外で待機していたクルマに戻った時、貝原の表情は引きつっていた。

一目見て、「翔だな」、と直感した泰山は理由を聞く前に表情を曇らせた。

車載テレビにいま、官邸前でマスコミに囲まれた翔と狩屋のふたりが大写しになっている。

翔を取り囲む記者団の中にいて、喧嘩腰《けんかごし》の質問を発しているレポーターを見て、泰山は顔をしかめた。

「そういえば彼女、最近、離婚したってスポーツ新聞に書かれてましたよ」

貝原がいった。「旦那《だんな》の浮気が原因だそうです」

「それで怒ってるのか」

「まあ、そういうわけじゃないと思いますが」

貝原がこたえたのと、

――いったいあんたたちの仕事はなんなんだ。

そう翔が発言し始めたのは、ほぼ同時であった。

――お前らマスコミがバカだから、国民もどんどん勘違いしてバカになるんだよ。

「うわあ」

貝原は思わずのけぞった。「マズイですよ、先生。マズ過ぎる！」

「こ、これは幻聴だよな、貝原」

泰山が弱々しくいった。「そうだといってくれ」

――狩屋は立派な政治家じゃねえか。

思わず目を逸《そ》らした泰山の耳に、そのひと言が入ってきた。

——狩屋は、俺の内閣に絶対必要な男なんだ！

「翔……」

泰山は思わず呟《つぶや》いた。いま貝原も唖然とした顔で、テレビ画面を見つめ、そこから視線を離すことができない。

「これは、先生の受け売りですね」貝原がいった。

「たしかに」

いまや、真剣な顔になって泰山はいった。「しかし、そうは思っていても、俺にいえたかな」

——狩屋官房長官は、この日本にとって必要な男なんだよ。

泰山は、虚を衝《つ》かれた。

「馬鹿野郎、正直すぎるだろ……」

泰山は頰を硬くして、いまマスコミ相手に孤軍奮闘している翔を見つめる。「俺は——俺はいままで、マスコミや国民の目を気にしすぎていたかもしれないな。狩屋という男が大事なのはわかる。だが、それを狩屋にいうのと、テレビカメラや新聞記者の前でいうのとは大違いだ」

「本音と建て前ですね」

貝原がいった。「それを使い分けるのが政治家じゃないですか、先生」

「お前の原稿は建て前ばっかりだしな」

——バナナだろうがリンゴだろうが、そんなことも知ったことかだ！

感情的な口調で翔はいった。

——オトナになろうぜ、みんな。

スタジオにカメラが切り替わる。映し出された小中は、いかにも不満だといいたそうに鼻を膨らませている。なにか発言する前に、リモコンを手にした貝原が、車載テレビのスイッチを切った。

「かつて、フランスのミッテラン元大統領に女性問題が発覚したことがありました。覚えていらっしゃいますか、先生」

そんなこともあったな、と泰山は思い出した。貝原は続ける。「あの時、その事実を記者に突きつけられたミッテランは、〝エ・アロール〟——日本語に訳せば、〝それがなにか〟、と見事に切り返し、その話題はそれきりになったそうです」

「そもそも、フランスは政治家だろうがプライベートな問題には踏み込まない風潮があるからな。しかし、アメリカではそうはいかん」

「そうです。たとえば、DCマダム事件を思い出しますよ——」

「なんだっけ、それ」泰山は聞いた。

「アメリカで高級売春クラブが摘発されたんですが、当時ニューヨーク知事だったエリオット・スピッツァーがその顧客だったことがわかったんです。DCマダムというのは、その売春組織の元締めだった女の通称で——」

「身から出た錆《さび》とはいえ、あの時スピッツァーはちょっとばかし可哀想だったなあ」

ようやく思い出したらしい泰山はいった。「あれは結構、実績のある政治家だったのにな。たしか、巨大証券や保険会社の不正を暴いたんじゃなかったかな」

「そうですよ。ところが一旦《いったん》スキャンダルとなれば、そんな功績は無視してひたすらバッシングされる。そんな時『エコノミスト』だけは、こんなことで彼のあげた功績を塗りつぶしてしまっていいのかって擁護したんです。こんな馬鹿げたことで大騒ぎしている場合かと。いろんな言論があっていいと思いますけれど、私は、これこそマスコミのあるべき姿じゃないかと思います」

「お前、たまにはいいことというなあ、貝原」と泰山。

「先生は、めったにいいませんけどね」

「ヘタにいうと、墓穴を掘るだけだからな。いえないわけじゃない」

泰山は、説得力のない言い訳をした。

「代わりに、彼がいってくれたじゃないですか、先生の本音」

「やってくれたよ、まったく」

泰山はいったが、その表情は困惑しているわけでもなく、まして怒っているわけでもない。

貝原は、ふっと笑みをこぼした。

「先生、ほんとうは自分でそうおっしゃりたかったんじゃないですか。——オトナになれよって」

泰山はいい、しばし自問するかのような間を置く。「たしかにいま、日本中がどうも子供じみてるような気がする。政治家に女がいたらけしからんとなり、増税だといえばとんでもないとなる。一方で、各世帯に金をばらまくとか、高速道路を安くするとか——そんな目先の利益に飛びつく。それでいいのか？　いまのご時世、世論なんてものはどこにもない。あるのは要求だけだ。この日本に、日本の将来を真剣に考えて投票する人間が果たしてどれだけいる？」

「国民が国民なら政治家も政治家という気がしますけどね」

「まあな」

「ついでに、秘書もな」

皮肉で返した泰山だったが、その言葉とは裏腹に、表情は妙に神妙だ。貝原がなにか言い返そうとしたが、それをさえぎるようにどこかで携帯が鳴り始めた。泰山が、スーツの内ポケットからそれを引っ張り出す。

「例の件です」

真田は短く切り出した。「こちらへお越しいただけませんか」

「わかった」

泰山は短く答え、「市谷へ頼む」、と告げる。

そのまま泰山は黙りこくり、総理と秘書を乗せた黒塗りのクルマは、一路、真田の待つ防衛省へと向かった。

7

防衛省地下にあるその一室には、憔悴《しょうすい》しきった顔の翔と狩屋が先に来て待っていた。部屋には公安刑事の新田も、相変わらず、ヤクザさながらの派手な格好で脇に控えている。

「オヤジ、面接どうだった⁉」

泰山が入室してきたとたん、翔がすがるように聞いた。

「それがその……」

言葉につまった泰山に代わり、「ご愁傷様です」、と合掌《がっしょう》したのは貝原だ。

「嘘だろ？」

呆然《ぼうぜん》とした翔の目が泳いだ。「どうしてくれるんだよ、オヤジ！　なんでそんなことに」

「まあ、いろいろあってな」

「いろいろってなんだ」

納得できない顔で翔が聞いた。「また偉そうに演説しちまったんじゃねえだろうな。国会と面接の区別もつかねえのか。面接ひとつ突破できないで、一国の首相といえるのか」

「まあまあ、翔ちゃん」

狩屋が弱々しい声で割って入った。「泰さんだって、頑張ったんですから。そういうこともあるよ。ね、泰さん」

同意を求められ、泰山は何事かいいかけたが、どんな言い訳もいまの翔には通用しないと悟ったか、

「すまん」

と珍しく詫《わ》びた。それが逆に傷つけてしまったか、がっくりと翔の肩が落ちた。

「なんだよ、信用してたのに。俺は、オヤジの代わりに狩屋のオヤジを守ったんだぞ」

落胆した翔に誰も声をかけるものはなく、気まずい雰囲気が流れ始める。

「すまんな、翔」

泰山は詫びただけで、面接の詳細は口にしなかった。いえば翔が傷つくだけだと思ったからだ。その代わり、真田を振り向くと、

「それで、なにがわかった」

話を本題へと振り向ける。

「アメリカ政府から極秘裏に連絡がありまして、例の技術をCIA内から盗み出した容疑者が特定され、先ほど逮捕されたとのことです」

はっと、翔が顔をあげた。

「やったじゃん。それで元に戻れるのか」

真田の表情は厳しいままだ。

「いえ、盗み出した容疑者は利用されただけで、首謀者はまだはっきりと特定されたわけではありません」

「で、逮捕された犯人は誰なんだ。イスラム原理主義者とかか？」

「いえ」

真田は小さく首を振る。「逮捕されたのは、ＣＩＡの元情報分析局部長のロバート・アレン。先端技術開発に関わっていた現役の幹部です」

「ＣＩＡの現役の幹部が？」

泰山は少し驚いた口調でいった。「身内の犯行というわけか」

「動機は解明されたんですか」

冷静に質問を発したのは、新田であった。

「詳しいことはわからないが、何者かに買収された可能性が高い」

「買収？　情報機関の幹部が、金のために身の危険を冒してまで情報を盗み出したということですか」

新田はいかにも腑《ふ》に落ちないという顔でいった。もっともである。

「金額にもよるさ」

真田は続けた。「一千万ドル。日本円にして十億円近い金が容疑者の銀行口座に振り込まれていたらしい」

全員が息を呑《の》んだ。

「テロリストって、そんなに金持ちなのかよ」翔が聞いた。

「そういえば、アルカイダのウサマ・ビンラディンの実家はアラブの富豪だと聞いたことがありますよ、翔ちゃん」

狩屋がいった。「たしか、総資産は、日本円で五千億円ぐらいあるとか」

「すげえ。うちより金持ちだぞ、オヤジ」

翔が目を丸くした時、

「そりゃあ、日本の小金持ちとはスケールが違うでしょうよ」

貝原がまた口を滑らせた。

「誰が小金持ちだと？」と泰山がじろりと睨《にら》む。

「しかし、どうも今回の資金の出し手は、イスラム原理主義者ではないようです」

真田がまた新たな情報を口にした。

「イスラム原理主義じゃない？　じゃあなんだ。どこかのならず者国家か？」

俄《にわか》に表情を険《けわ》しくした真田は、いいえ、と首を横に振った。

「たしかに、いままでテロといえば我々の頭に浮かぶのは、イスラム原理主義とか国家の軍事作戦とか、そういうものしかありませんでした。ところが、今回はそのどちらでもない——企業です」

「なに？　企業？」

あっけにとられた顔で泰山は聞いた。「どんな企業なんだ」

「製薬会社ということだけわかっています」

こたえた真田は、アメリカ側から伝えられた情報を話した。「情報を盗み出したロバート・

アレン自身は、自分に巨額の報酬を支払う匿名《とくめい》の相手が誰なのか、まったく知らされていなかったのです。アレンと匿名の犯人側とは二十回以上も接触していますが、アレンはそのうちのひとりに盗聴器を仕掛けて相手の素性を確かめようとしました。その盗聴器はすぐに見つかって外されたものの、短時間ながら録音された中に、ある薬品の治験状況についての会話が残されていました。いまCIAがその録音媒体を入手して捜査しているところです」

「すると、その薬品がどこの製薬会社のものかわかれば、黒幕が特定できるというわけか」

泰山はいって、首を傾げた。「それにしてもなぜ製薬会社が？」

8

「そんなの、その製薬会社にとって、利益になるからに決まってるじゃないの」

翌日、朝食の席で真田から聞かされた事実を口にした泰山に、綾がいった。首相公邸の食卓である。

「どういうことだ」泰山がヘルメットをかぶった頭をあげて聞いた。

「あなたと翔の脳波を入れ替えたとして――」

まだ心のどこかで信じられないでいる綾は、疑わしげな眼差《まなざ》しを泰山に向けた。「さらに、鶴さんや蔵本さんたちの脳波も入れ替えたわけでしょ。その企業にとって、そうするだけのメリットがあるってことよ」

「メリットってどんなメリットだよ、おふくろ」

飯をかき込みながら、翔が聞いた。

「そんなことわからないわよ」

綾はいった。「だけど、ここまでやるんだから、その製薬会社には、相当巨額の利益が転がり込むに違いないわね。大儲《おおもう》けできるからやるのよ」

「俺にはいまひとつピンとこないぞ」

泰山は否定的にいった。「だいたいだな、なんで俺らの脳波を入れ替えることが製薬会社の利益に結びつくっていうんだよ」

「そんなこと私にいわれてもわからないわ。あなた、ご自分で考えなさい」

綾がいった時、どたどたと階段を駆け上がってくる足音とともに、貝原がノックもしないで駆け込んできた。

「せ、先生。新聞をご覧になりましたか」

食卓テーブルに折りたたんである新聞を、泰山は一瞥《いちべつ》した。

「見たくもない」

泰山は吐き捨てた。公邸では、全国紙や経済紙など四紙をとっているが、どの新聞も見たところバナナ官房長官と武藤首相の「暴言」が一面トップだ。憂鬱《ゆううつ》で読む気にもなれない。

「ほとぼりが冷めるまで待つかな」

「そんな呑気《のんき》なこといってる場合じゃないですよ、先生。共和党ですよ、共和党」

貝原は意外なことをいった。

「共和党がどうした」

「支持率を伸ばしてます」

「なに？」

貝原が差し出した新聞を、泰山は箸《はし》を持ったまま覗《のぞ》き込んだ。

「や、ほんとうだ」

「でしょう。伸ばしてるどころか、憲民党なんか逆転されて、ウチも急追されてますよ。いま解散総選挙になったら、共和党が確実に議席を伸ばしてきますよ。テレビや新聞は民政党バッシング一辺倒ですし、憲民党も失速してます。もしかすると、この機に一気に、共和党に逆転されるかも知れません」

「まずいな」

泰山はいった。「いま、解散総選挙の切り札を切ったらどうなる、貝原」

「良くて辛勝。このままいけば、共和党に第一党を奪われるかも知れません」

「なんてこった。踏んだり蹴《け》ったりだな、まったく」

泰山が毒づいた時、それまで話を聞いていた綾がいった。

「ねえあなた。もしかして、それなんじゃないの？」

その言葉に、泰山と貝原がはっと顔をあげる。

「どういうことだ」泰山が聞いた。

「つまり、与党の民政党と野党第一党の憲民党の支持率を低下させて、第三政党の共和党が支持率を上げる。それがテロリストの目的じゃないかってこと」

「共和党が支持率を伸ばしたところで、テロリストになんの得があるっていうんだ」

泰山が反論しかけた時、

「いや、ちょっと待ってください、先生」

貝原はカバンから小型のノートパソコンを取り出し、その場でインターネットに接続した。検索して開いたのは、共和党のウェブサイトだ。

「貝原、なにか心当たりがあるのか」

「せ、先生、もしかして、これじゃないですか」

貝原は、ノートパソコンの画面を泰山に向けた。

「なんだこれ。奴らの腐ったマニフェストじゃねえか」と泰山。

翔も覗き込んで聞いた。「いったい、これのどこが問題なんだよ」

「このマニフェスト、考えてみれば、アメリカの製薬会社にとって実に都合のいい一文が入っているんです。これ――」

公約のひとつを、貝原は指さした。

――医薬品許認可の大幅緩和。

「あ——」

声をあげた泰山は、しばしそれから目を逸《そ》らすことができなかった。

「ど、どういうことだ、オヤジ」

翔に聞かれ、泰山は右眉《まゆ》をあげて小馬鹿にしたようにいった。

「わからんのか、翔。説明してやってくれ、貝原」

「オヤジもわかってないんだろ」

「黙れ」

相変わらずの親子喧嘩《げんか》を困ったものだという顔で眺めていた貝原がいった。

「我が国の医薬品は、鎖国状態といわれるほど閉鎖的でして。欧米ではとっくに時代遅れになっているような薬品がいまだ使われているような状況なんです。というのも新薬の承認に問題がありまして」

「新薬の承認？」

翔が知ったかぶりをした。「ああ、保健所がやってるよね」

「なにいってんですか、許認可は厚生労働省ですよ」

貝原は説明した。「日本では、新しい薬を勝手に販売してはいけないことになっているんです。新薬を開発したら、まず厚生労働省にデータとともに申請し、売っていいですかとお伺いをたてなきゃいけない」

「どうして？」

「いい加減な薬を売れば、薬害が出る可能性があるからですよ」

貝原はいった。「政府がきちんと監視して、ほんとうに安全で効き目のある薬だけが世の中に流れるように仕組みを作っているんです」

「なるほど。いい仕組みじゃん」

翔の反応は単純である。「薬害を防ぐためには必要なんじゃないの」

「まあたしかにそれもあるでしょうけど、厚生労働省の役人の本音は違いますよ」

貝原は続けた。「彼らが一番恐れているのは薬害が発生することじゃない。薬害訴訟裁判に負け、認可した自分の経歴に傷が付くことなんです。だから、少しでも危ないと思ったら、決して認可しない方向へ持って行く。その結果、薬害から国民を守るためのルールが、逆の弊害を生み出すようになってきたんです」

「弊害？」翔が聞いた。

「たとえば予防接種を例にとってみましょう」

さすが以前演説原稿にまとめただけあって、貝原は事情に詳しかった。「たとえば、最近日本で承認された米ワイス社の肺炎球菌ワクチンがアメリカで承認されたのは実に十年も前。我が国での承認は、世界で九十八番目という遅さです」

「つまり、その間、せっかく新しいワクチンがありながら、古いワクチンを打ち続けていたってこと？」翔は聞いた。

「そう。欧米では使われていながら、こういう事情で日本では未《いま》だ使われていない。これをタイム・ラグならぬ、ドラッグ・ラグっていうんですけど、欧米で使われている医薬品のうち、二割が日本では未承認のままなんです。しかも、その中には抗がん剤のように、患者の生死に関わるものが多く含まれているのも問題でして。役人の保身のために、大勢の患者の命が犠牲になっているといっても過言ではありません」

「そこまでしても、自分が可愛いか。すげえ話だな」

さすがに、あきれ顔で翔がいった。

「薬害訴訟で国の敗訴が続いたことがありましてね。羹《あつもの》に懲りて膾《なます》を吹くような話です。ただ、保身だけじゃなくて、国内薬品メーカーへの配慮があるのではないかとか、巷《ちまた》ではいろいろ噂されているわけでして」

「そこまでわかってるんなら、民政党が新薬の承認を緩和したっていいじゃないか」

「それがまあ、いろいろと事情が……」

貝原はたちまち、歯切れが悪くなる。

「製薬会社には随分と世話になっているしなあ」そういったのは泰山だ。

「なんだそれ。だったら、結局のところ民政党も官僚も同じ穴の狸じゃねえか」

翔がいった。

「狸じゃなくて、ムジナだ」

泰山は訂正し、「俺たちだって生きていかねばならん」、ともっともらしいことをいった。

「人が死んでも自分が偉ぶっていたいなんて、ロクでもねえぜ、オヤジ。それでも政治家か」

「それが政治家ですよ」と貝原。

「そんな了見ならテロの標的にされても仕方がないな」

翔はいった。「自業自得って奴だ。だが、それにオレまで巻き込まれると話は別だ。続けてくれ。それで？」

瞳《ひとみ》の奥に怒りの炎を燃え上がらせて、翔は聞いた。

「新薬承認については、民政党だけでなく憲民党も慎重な構えを見せているんです」

貝原がいった。

「つまり、どっちの党の政策も敵の製薬会社にとっては都合が悪いってことか」

「その通り」

貝原は頷《うなず》いた。「しかし、共和党が選挙で勝利して政権をとれば、日本の新薬承認は一気に加速するでしょう。いままで閉ざされていた日本の薬品市場が開放されれば、先進的な欧米の薬品会社にとって、千載一遇《せんざいいちぐう》のビジネスチャンスになる。巨額の利益を生むはずです」

「それが、敵の目的ってことか」

「おそらく」

厳《おごそ》かに呟《つぶや》いた貝原に、翔はしばらく押し黙ったように言葉を発しなかった。

「許せねえ」

やがてその口から、そんな言葉が洩《も》れてきた。「どいつもこいつも、考えていることは自分の利益ばっかりじゃねえか。それでいいのか」

「世の中っていうのはそういうもんですよ、翔ちゃん」

貝原がいった。「綺麗事《きれいごと》ばかりじゃやっていけない」

「なにが綺麗事だ」

翔は吐き捨てた。「政治家が、国民のことを考えなくなったら、政治家じゃねえ。薄汚い政治屋だ。そんな奴らに綺麗事云々《うんぬん》なんていう資格があんのかよ」

椅子を鳴らして立ち上がった翔は、ヘルメットを脱いで上着の袖《そで》に腕を通した。

「行くぞ、貝原」

「どこへ行くんです」

貝原が目を丸くした。

「国会に決まってるだろ。オレの台本、できてんだろうな。腐ったセリフ、いわせんなよ」

「ふりがなはふっておきましたから」

「おお」

貝原が差し出した台本を一瞥《いちべつ》した翔は、それを丸めて背広のポケットにねじ込んだ。

「じゃあな、オヤジ。いつまでも腐った政治屋やってんじゃねえぞ」

秘書を従えて出て行く翔の後ろ姿を唖然《あぜん》とした顔で見送りながら、泰山は深々と吐息をついた。

「いきがりやがって。また失言するなよ」

「あら、翔は失言なんてしてないじゃない」

それまで黙ってやり取りを聞いていた綾は、背筋をピンと伸ばし、紅茶のカップを口元で傾けながらいった。

「オトナになろうぜ、みんな――だぞ」

泰山はいつになくしんみりした口調でいい、寂しげな笑みを浮かべた。

「あなただって、ほんとうは失言だとは思ってないんでしょう」

「まあな」

しばしの沈黙の後、泰山はこたえた。綾はその泰山ににっこりと微笑み、「いまの翔を見てるとね、随分昔、私が好きだった政治家を思い出すわ」といった。

「お前が好きだった政治家？」泰山は聞いた。

「そうよ。その人は真正直で、曲がったことが嫌いで、ほんとうに自分の力でこの日本を変えてやろうと思ってた。世の中の矛盾をいっぱい感じて、そんな中で苦しんでいる国民を救おうと、ひとりで立ち上がろうとしていた」

「そんな立派な政治家がいたかな」

「ええ」

綾は、泰山をまっすぐに見て頷いた。「もし、このテロがなくても、その人なら、きっと新薬承認を真っ先に進めたでしょうね。進んだ新薬があるのに、訴訟を恐れて承認しないなんて、婉曲的《えんきょくてき》な人殺しと同じよ。その政治家は、そんな保守的な官僚なんてぶっとばしたと思う。名前も顔も同じなのに、いまその政治家は国益といいつつ、党利党略を優先する政治屋になってしまった。でも、きっとまだ忘れていないはず。そうよね、あなた。武藤泰山は国民を守るための政治家だったんじゃないの？　私は、そんなあなたが好きだったのよ」

泰山はぐっと言葉を呑《の》み込んだまま、こたえなかった。

# 第六章　我らが民王《たみおう》

## 1

　質問に立っている共和党の冬島は、脂ぎった額を照明にてからせていた。銀縁の老眼鏡が反射してその向こう側にあるはずの瞳は見えない。今朝の新聞を右手に握りしめ、薄笑いを浮かべた表情は嫌味たっぷりだ。

「総理、総理は先日任命したばかりの江見前大臣に続いて、このたび狩屋官房長官にも、まことに国会議員にあるまじき事実がマスコミで報道されておる、ということをどう認識されていらっしゃるのか、ここで今一度お伺いいたしたいと思います」

「狩屋のオヤジ、あいつバカじゃねえのか。また、前の奴と同じ質問してやがるぜ。聞いてなかったんじゃねえのか」

　翔は聞こえないように愚痴をこぼした。

「予算委員会の質問者に党首を立ててきたんですよ、翔ちゃん」

狩屋が小声で注意を促した。「ここぞとばかりつけ込んでくるつもりです、気を付けてください」

朝から始まった衆議院予算委員会での答弁は、昼を挟んですでに八時間を過ぎようとしていた。しかも、各党から出された質問のほとんどが、狩屋のスキャンダルがらみだ。唯一憲民党だけが、高速道路の建設問題についてもっともらしい質問を向けてきたが、それは身内に買春疑惑の議員を抱え、指摘すればやぶ蛇になるからに他ならない。

立っていった翔は、貝原の書いた想定問答集からあらかじめ用意された文句を選んで口にした。

「えー、それにつきましては狩屋官房長官の個人的な問題というニンシキでございます」

くそっ、貝原の野郎、認識にまでふりがなをふりやがった――。壁際に控えている秘書を睨《にら》み付けた時、

「個人的な問題？　そんなことではおさまらないのではないですか？」

小馬鹿にしたような、冬島の応答である。「少なくとも世間ではそう思っていませんよ、総理。それはこの新聞を見れば明らかじゃないですか」

手に握りしめた新聞をぶんぶん振り回す。「ならば、総理にお伺いしますが、巷でバナナ官房長官といえば、誰のことかご存知ですか」

こんなくだらねえ質問しに、わざわざ出てきやがったか。

ぎらぎらした眼差《まなざ》しで野党党首を睨み付けた翔は、一瞥した貝原の想定原稿を手の中で丸め

てポケットに入れた。

「バナナという名前の官房長官はいない、とニンシキしております」

貝原のひきつった顔が目に見えるようだ。

案の定、対峙《たいじ》している冬島の表情がたちまち険しくなった。

「狩屋官房長官のことを、いま世の中ではそういうんですよ！」

唾《つば》を飛ばして、冬島は続ける。「こんなみっともない状況にありながら、知らぬ存ぜぬで国民が納得しますか。すでに総理のお気持ちは、民意とかけ離れたところにあるのではないでしょうか」

「総理――」

マイクの前に進んでひと言、「そうは思いません」。

冬島は、あきれたといわんばかりの表情を作ってみせる。「それ、答弁になってませんよ。国民に対して、もう少し具体的に説明をされるべきなんじゃないんですか」

「狩屋官房長官のプライベートな問題をここで話すつもりはありません」

翔はきっぱりといった。

「そ、総理。私の原稿――」

背後から腰をかがめて近づいてきた貝原が小声でいうのが聞こえたが、無視した。

「これだけ問題にされている事態を説明もなく、突っぱねるなど、まさに民意を踏みにじる愚挙としかいいようがない！　総理はその辺りのところを、どうお考えなのか、伺いたいと思います」

共和党の議員だけではなく、他の野党の議員からも一斉に拍手が湧き上がった。

「しょ、翔ちゃん——！」

つと振り向くと、翔の斜め後ろでは狩屋が青ざめている。四面楚歌《しめんそか》だ。

「そ、総理——」

また貝原が後ろからいった。「原稿を——」

「黙れ、貝原」

背後を振り向いて低く一喝した。貝原の目がまん丸になる。

「しかしですね、このままでは失言が——」

「なにが民意だ！　ふざけるな！」

貝原の言葉がすべて終わらぬうちに、翔はマイクに向かって怒鳴っていた。

思いがけない反応に、冬島の顔がみるみる朱に染まっていく。

「問題発言だぞ！」

「謝れ！」

間髪を入れず飛ばされたヤジに向かって、「うるさいっ！」、と言い返した翔は、自分を見つめる面々を睨み返す。そして、

「ここは予算委員会だろうが」

翔はいった。「日本の国家予算を論じる場のはずだ。それなのに、さっきから黙って聞いて

いれば、バナナだなんだって、予算のことはそっちのけでくだらねえ質問ばっかじゃねえか。ふざけんな！　狩屋はすみませんって謝ってるだろう。人間だれにだって過ちってのはあるんだよ。もういい加減、許してやろうぜ」

翔の口調は、わからず屋の友達を諭しているかのようになった。「だいたいお前ら、なんのために国会議員やってんだよ。そんなくだらねえ質問をするためか。いいか、民意はな、バナナのことなんかどうでもいいんだよ。そんなことより、もっと国を良くしてくれ、景気をなんとかしてくれって、そう思ってるはずだ。それなのになんだ。くだらねえマスコミに便乗し、党首までのこのこ出てきてバナナだなんだと時間のムダ遣いだ。それで恥ずかしくないのか！　もう一度いう、ここは予算を話し合う場だろう。お前ら、国家予算よりバナナのほうが大事か？　そりゃ、違うだろ。顔を洗って出なおしてきやがれ！　他に質問は？」

「暴言だ！」

「取り消せ！」

委員会に怒号が渦巻いた。

「しょ、翔ちゃん――」

狩屋の呻《うめ》くような声がそれに入り混じる。「も、もうだめだ……」

「武藤内閣もこれで終わりだ！」

委員会が終わった後、貝原は頭を抱えた。

「なに大げさなことといってんだよ」

国会内の控え室にもどった翔は、軽くいなした。

「大げさなもんですか」

貝原が眉《まゆ》をつり上げる。「あんな発言したら、問題になるに決まってるじゃないですか。内閣不信任案が出るかも知れない。それだけでも国政は滞るし、結局、ウチの政権運営能力云々《うんぬん》みたいなことになっちゃうわけだから、さっきみたいな場面はテキトーに流しておけばいいんですよ」

「そんなの知るかよ」

翔はむっとしていった。「あんなこといわれて、のらりくらりと逃げてるほうがおかしいじゃねえか。いっぺん、がつんといってやんなきゃだめなんだよ」

「そういう問題じゃなくてですね――」

貝原がもどかしそうに身をよじった時、

「おい、泰山」

太い声がかかった。

民政党のドン、城山和彦が近づいてくると翔の隣の椅子にどっかと腰を下ろす。いまその表情は怒りで真っ赤だ。

「いま聞いたんだが、どういうつもりだ」

閣僚ではない城山は、予算委員会には出席していない。だが、翔の発言については、真っ先にその耳に届いたに違いなかった。

「いやー、ちょっとむかついたんで」

翔がいうと、

「むかついたで済むか。お前の使命はタイミングを見計らって、解散総選挙に持ち込むことだろうが。そのために支持率はできるだけあげておくのが定石《じょうせき》だろうに、急落させてどうする」

「急落するかな、あんなことで」

「する」

「します！」

城山と貝原のふたりが同時に断言した。

「そうか。ならしょうがない」

「ふざけるな、泰山」

城山は嚙みつかんばかりだ。「いつもの粘り腰はどうした」

「だって、正しいことといって支持率が急落するんじゃしょうがないでしょう」

「あのな、よく聞け――」

翔の肩に腕を回した城山は、タバコ臭い息を吐いた。「いまさらこんなことをお前にいうのも釈迦《しゃか》に説法だが――正しいとか、正しくないとか、そんなことは政治には関係ない。大事なのは、目先の一票だ。政治家を職業とするものにとって、票が取れない政治は失政なんだ。――泰山、お前の気持ちはわかるが、いますぐ狩屋を更迭しろ」

聞いていた狩屋の喉《のど》から、すきま風のような細い悲鳴がこぼれ出た。

「このままでは政局は乗り切れん」

城山はきっぱりと言い放った。「泣いて馬謖《ばしょく》を斬れ、泰山」

「なあ、貝原」

翔はいつになく真剣な面差《おもざ》しで、貝原を振り返った。

「泣いて馬刺しを切れ、ってどういう意味だ？」

「馬刺しじゃなくて、馬謖です。規律を守るために、それを破ったものは可愛い部下も処分するってことですよ」

「なるほど」

ようやく納得した翔が考え込んだ時、

「翔ちゃん――じゃなかった、泰さん」

狩屋が訴えた。「やっぱり私を更迭してください。こんなことで、みんなに迷惑はかけたくないんですよ。総理、ご決断を！」

いつのまにか、ほかの議員たちもこのやり取りに気づいて遠巻きに見守っていた。自らの更迭を嘆願する狩屋の表情は、三日三晩荒野を彷徨《さまよ》った旅人のように荒《すさ》んでいる。

「わかった」

やがて、翔はいった。「だけど、その時には俺も辞める」

狩屋の表情に、無数の罅《ひび》が入ったように見えた。言葉は出てこない。

「ほ、本気か泰山」

城山がぎょろ目を剝《む》き出しにして驚いた。「なんでお前まで辞める必要がある。それじゃあ、野党の思うツボだろう。民政党の議席を左寄せにするつもりか」

国会の慣例で、与党議員の議席は演壇から見て右側と決まっている。それを左寄せにするとは、つまり野《や》に下るという意味だ。

「それだけじゃないぞ。肝心のサミットはどうする、サミットは」

城山は、頰を震わせた。主要国首脳会議は目前に迫っている。八年ぶりとなる国内開催で、いまその準備はすでに佳境だ。「もしお前が辞めたとしても、これから総裁選を公示していたのでは時間的に間に合わん。ホスト国の首相がすでに退任決定済みとあっては、日本のメンツは丸つぶれだ。それでは、民政党に対する国民の信任をつなぎとめておくことすら難しい。そのまま総選挙ともなれば、結果は火を見るよりも明らかだ」

「じゃあ、どうすればいいんですか」

翔は聞いた。

「それはお前が決めることだろうが！　そんなこと、俺に聞いてどうする」

「まあ、そりゃそうだな」

ひたすら軽い反応に、城山は、こりゃだめだ、とため息をついた。

「すみません。私の責任です」

狩屋が詫《わ》びた。

「いまさら仕方がない」

苦い顔をした城山は、「いまや、最大の脅威は共和党という情勢だからな」

さすが派閥の領袖《りょうしゅう》だけあって、城山は世の中の趨勢《すうせい》には敏感だ。

「それと余談だが、この予算委員会の最中に、浜畑が警察の任意事情聴取を受けたらしい。聞いているか」

翔は頷《うなず》いた。先ほど予算委員会の最中に、メモが回ってきたからだ。

「さっき警視庁記者クラブに詰めてた記者がいたんで聞いたんだが、妙なことをいってるらしいな、浜畑の奴」

「妙なことってなんです」

狩屋が聞いた。

「俺は浜畑じゃないって、そんなことをいってるんだと」

翔は、思わず狩屋と顔を見合わせた。「さっさと認めりゃ印象もいいのに。これで奴も憲民党も終わりだ」

そういうと、城山は複雑な笑いとともに去っていった。

## 2

「蔵本の携帯番号教えてくれ、狩屋のオヤジ」

城山の背中を見送った翔は聞いた。

「どうするんです、翔ちゃん」

「電話するに決まってるだろ」

「あ、そうか。ちょっと待ってくださいよ」

携帯を引っ張り出して読み上げられた番号に、翔はかけた。つながらない。

「じゃあ、議員会館の固定電話にかけてみたらどうです？」

今度は、「はい」、という太く嗄《しゃが》れた声が出た。

「エリカか？」

翔は聞いた。

「なんだ、武藤君？」

声は同じなのに、言葉の調子はいきなり軽くなるのであった。

「なんだじゃねえよ。どうだ、調子は」

「最悪よ」

エリカはこたえた。「この前なんか、いいとこまで行ったのに肝心な時にダメになっちゃって。ふにゃちんなんだ」

「お前いったいなにやってんだ！　そういうキャラか」

「だって。どうせなら楽しみたいじゃない」エリカは悔しそうにいった。

「そんなことしてる場合か！」

翔はいうと、声をひそめる。「それよか、聞いたか、浜畑って野郎のこと」

「聞いたどころの騒ぎじゃないわよ」

エリカはうんざりした声を出した。「警察で容疑を否認しているっていうんで、いままで大騒ぎ。君がいおうとしていることもわかってる。おそらく、テロリストの仕業だと思うわ。調べたら、浜畑も一週間前に歯医者に行ってた。いまその歯医者はもぬけの殻だって。間違いないよね。警察の調べでは、浜畑が売春クラブに登録したのがその頃なんだって。武藤君と違って、見かけによらず私が優秀過ぎたもんだから、テロリストも焦ったんでしょう。だから、急《きゅう》遽《きょ》浜畑の脳波を何者かと交換して、そいつが好き放題やってるんだと思う。憲民党は大打撃よ」

「相変わらず嫌味な性格だな、エリカ。お前にはふにゃちんが似合ってるぜ」

翔がいい、米政府筋からの情報をエリカに伝えた。それに、共和党のマニフェストに関する貝原の考察も加える。

「共和党、か」

電話の向こうで一旦《いったん》押し黙ったエリカは、「それ、たしかなの」、そう聞いた。

「なにか心当たりがあるのか」

返事はなく、エリカは考え込んでいる。

「あのさ、電話で話せることじゃないんだ」

やがて、エリカはいった。「武藤君、いまどこにいるの」

「国会の控え室」

「私がそっちへ行ってもいいけど、ひと目に付きすぎるよね。いまから議員会館の私の部屋に来られない？　第一議員会館六〇五号室」

「わかった」

携帯のフラップを閉じて立ち上がった翔に、狩屋が聞いた。

「どこ行くんです、翔ちゃん」

「エリカと話してくる。今回の件で、なにか心当たりがあるらしい」

「待ってください。私も行きますよ。おい、貝原、君も来いよ」

慌てて立ち上がった狩屋は、貝原を促すと連れだって国会議事堂を出た。


「泰さんより趣味がいいですねえ」

議員会館の蔵本の部屋に入るなり、調度品を見回した狩屋がちょっと感心したようにいった。

「やり変えたんだ」

三人を迎え入れたエリカは、いった。「オヤジくさかったから」

「おっ、ソファ、コルビュジエじゃん。高かったろ」

勧められもしないのに三人掛けのソファに体を沈めた翔はクッションを確かめている。狩屋もそれを真似してしきりと感心してからいった。

「税金の無駄遣いですね」

「自腹に決まってるじゃない」とエリカ。

「じゃあ、政治献金の無駄遣いの間違いですね」今度は貝原が決めつけた。

「ところで私の話、聞く気があるの、あなたたち」エリカは、こわい顔になって腕組みした。

ひとつ咳払《せきばら》いした翔は真顔になり、「話ってなんだ」、とエリカに向き直る。

あきれ顔で、エリカは向かいの肘掛《ひじか》け椅子に体を沈めた。

「さっきの話なんだけど、黒幕が国際的な製薬会社だっていってたよね。私、それ聞いて、気になったことがあったのよ」

「ちょっと待て」

翔は手で制した。「ここで話したことは相手に筒抜けになるぞ」

「大丈夫。家具の入れ替えの時、業者に頼んで電磁波シールドで覆ってあるから。すべての電磁波漏洩《ろうえい》を完全に防ぐことができるんだ」

「あ、ほんとうだ」

携帯をポケットからひっぱりだした貝原がいった。「圏外になってますよ」

「だからさっき携帯が通じなかったのか」

ようやく翔は合点した。「やるな、エリカ」

「当たり前でしょ。やるとなったら徹底的にやらないと気が済まないタチなのよ」

厳《いか》つい顔の蔵本が女言葉を操る様は異様である。エリカは本題に入った。

「父の情報網にひっかかってきた話なんだけど、共和党の冬島党首に政治資金規正法違反の疑いが囁《ささや》かれているらしい。なんでも海外から送金された巨額の政治資金が共和党に流れ込んでいるっていう噂」

「海外から？」

「この事件の黒幕は海外の製薬会社なんでしょ。なんか気にならない？」

「もしかして、共和党の冬島自身が、このテロにも絡んでるんじゃないですか」狩屋がいった。

「可能性はあるな」

翔はいった。予算委員会で嫌味たっぷりに質問する冬島の顔が脳裏をよぎった。

「あの野郎まさか、俺たちが入れ替わってることを知ってたんじゃねえだろうな」

3

翔が予算委員会で忍耐を強《し》いられていた頃、泰山は、公用車の後部座席にいて就職面接の会場に向かっていた。

いつも一緒の貝原が予算委員会の支援に回ったために、ひとりで面接に向かう羽目になったのだが、それはそれで心細いものがある。

車は、首都高を新宿《しんじゅく》方面へと向かっていた。

「さて、今日の会社はどこかな」

事前に準備されていた資料を、泰山はファイルから引っ張り出して、「ほう」、とひとり驚きの声をあげた。

出てきたのは、大手の日ノ出《ひので》製薬に関する資料だ。

「なんだ、日ノ出、か」

泰山は呟《つぶや》き、ほっと安堵《あんど》の吐息を洩《も》らした。民政党にとっては、馴染《なじ》みの会社だったからだ。多額の政治献金をしてくれるお得意様みたいなものだ。

「野菜の次は薬品か。なにを考えているんだか」

あきれた泰山は、そこに挟まっている志望動機に目を通した。

――先日、友達に誘われて横浜《よこはま》にあるホスピスに行きました。不幸なことにいろんな病気にかかり、そこで人生の最期の時を迎えようとしている人たちの話し相手をしたり、みんなで歌を歌ったりして患者さんたちを励ますためです。

その時、ある患者さんがこんなことをいいました。

「あと、一年早く、日本にいい薬があったら、子供たちと別れなくてもいいのに」

末期の乳がんの患者さんでした。その人には十歳と八歳の子供がいて、その子たちは、私がいる間ひとときも離れず、ずっとお母さんに寄り添っていました。悲しい笑顔でした。お母さんを悲しませないために必死で泣きたいのを我慢しているのです。私はいままで、あんなに悲しい笑顔は見たことがありません。この子供たちのような不幸を、少しでもなくしたい。そのために私は、この母親の叶《かな》わなかった願いを叶えてやりたいと思いました。その母親が希望していたのはエアロミール――日ノ出製薬さんの新薬でした。この薬があれば、あの母親と同じように苦しんでいる大勢のひとたちが救えるのです。

新薬開発は、時間との戦いです。私は御社に入って、それを病気の母親のもとへ届けるお手伝いをしたいのです。それが私の志望動機です――。

印刷された文字が、涙で霞《かす》んだ。

「バカヤロー、翔のヤツ」

ひとり泰山は泣き笑いを浮かべる。「いいこと書いてるじゃねえか。いつのまにか、成長しやがって」

泰山は慌ててハンカチで目頭を押さえた。

「待ってろよ、翔」

泰山は後部座席でひとり誓った。「お前の夢、今度こそ、俺が叶えてやるからな」


面接会場に入った泰山は、案内係にいわれるままパイプ椅子の並んだフロアに通された。

学生の数が少ないのは三次面接だかららしい。すでに翔は二度の面接を勝ち抜いていたのだ。

「これはいよいよ、落ちるわけにはいかんな」

泰山にしては珍しく緊張して待っていると、十分ほどして「武藤君、いますか」、係員が呼びに来た。

待合のフロアを一旦出、廊下を進んだ突き当たりの部屋の前に行く。ドアが閉まっていた。

「どうぞ」

ドアを指し示し、それだけいって係員は黙っている。要するにそこからすでに、面接が始まっているということのようだ。

泰山は黙礼し、ひとつ小さな深呼吸をするとドアをノックした。すぐ、「どうぞ」、という返事が聞こえ、ドアノブを押した。

長テーブルについている面接官は三人だ。

その前に、空の椅子がひとつある。

「お名前は？」

真ん中に座っている四十歳くらいの男が質問役である。白っぽいスーツを着込んだ大柄な男で、広い額の下から、感情の読めない視線を泰山に向けてきている。泰山の胸に浮かんだのは、西遊記の猪八戒《ちょはっかい》がスーツを着ている様であった。

「武藤翔です。よろしくお願いします」

「おかけください」

猪八戒はいった。「最初に志望動機を聞かせてくれますか」

「先日、友達に誘われて横浜のホスピスに行きました――」

翔が書いていた志望動機を泰山は熱弁した。国会ですらかくも熱く語ったことはないほどの力の入れようで、一通り語り終えた泰山は、どうだといわんばかりに胸を張った。

だが、

「はい、ありがとう」

返ってきたのは、拍子抜けするほど無感動な反応である。それから手元の面接資料を見、「ああ、君は民政党の武藤総理のご子息なんだよね」、というひと言が出てきた。「だから、か」

意味が分からず、泰山は面接官を見た。

「いや、君みたいに成績が悪い学生がなんでウチの三次面接にまで残っているのかなと不思議に思ってたんだけど、それならわかるよ」

「あの、どういうことでしょうか」

自分が質問される立場なのはわかるが、聞かないではいられなかった。

「民政党とは、持ちつ持たれつっていうかね。うちは、献金で貢献し、民政党さんは新薬承認制度でうちみたいな薬品会社を守ってくれる」

「おっしゃることがわからないんですが」

聞いた泰山を、「君、頭悪いねえ」、と猪八戒はバカにした。

「君がいってるエアロミールと同じ効能の薬なんか、とっくに欧米の製薬会社が開発してるんだよ。ただ、それが日本に入ってくると、ウチらにとって損なんでね。承認を遅らせてもらってるわけだ」

泰山は、唖然として相手を見つめた。

「まあ、ウチとしても君は採用せざるをえないだろうから、説明してやるよ」

猪八戒は続けた。「新薬の開発には金がかかる。巨額の資金を投じたのに、それと同等かそれ以上の効果がある海外の薬品が認可されてしまったら、ウチは困るわけだ。だからそんなことにならないよう、国内製薬会社の保護を献金を添えてお願いしているというわけ」

「じゃあ、厚労省がもし海外の新薬を認可していたら、あの母親は死ななくて済んだということですか」

「助かるかどうかは、ケースバイケースだから」

さすがにまずいと思ったか、猪八戒はそう言葉を濁す。「ただ、国内の製薬会社が淘汰《とうた》されるようなことがあっては厚労省も困るわけだ。監督責任もあるわけだしさ。承認を見送る理由はいくらでもあるんでね。治験データが不十分だとか、副作用の報告があるとか。アメリカでは逆に新薬承認が早すぎて副作用が多発する弊害も出ているし、そういう事態を踏まえての判断だといえば、どうとでもなる。さじ加減ひとつさ」

「そのさじ加減ひとつで、尊い命が失われているんですよ」

泰山はいった。「御社の利益のために、大勢の愛する母親や妻や、娘が亡くなる。それでいいんですか」

「だったら、君、ウチなんか受けなきゃいいじゃないか」

猪八戒はむっとしていった。「他の製薬会社に行けばいい。彼らがウチと同じ考えのはずはないから。ただ、ウチはそう考えているというだけの話だ。ウチだって、生きて行かなきゃいけないんでね」

「まったく、黙って聞いてりゃ腐った会社だな」

泰山は思わず吐き捨てた。

「なんだって？」猪八戒の目に明確な怒りが浮かんだ。「会社も腐っていれば、面接官の性根《しょうね》も腐ってる」

泰山はいった。「お前らみたいな連中がいるから、世の中まで腐っていくんだよ」

「君はなにもわかっていないようだけどさ」猪八戒が嘲笑《ちょうしょう》した。「君のお父さんも我々の仲間なんだよ。我々は民政党のスポンサーなんだから。政官業が連携して日本の産業を盛り上げていくのは当然のことなんじゃないか？」

「寝惚《ねぼ》けたこといってんじゃない！」泰山は一喝した。「民政党が新薬承認制度を維持しているのは、それが国民のためだと信じている、いや信じていたからだ。副作用のない安心できる薬を使ってもらいたい、そう願っているからだ。お前らごとき腐敗した製薬会社を儲《もう》けさせるためにやってるんじゃない。武藤泰山を舐《な》めるなよ」

「へん、漢字も読めない首相になにがわかる」

猪八戒は侮蔑《ぶべつ》のひと言を声にした。

「生憎《あいにく》、漢字は読めなくてもな、なにが正しいかぐらいのことはわかるんだよ」

泰山はいった。「頭は悪くても、心まで腐ってはいない。お前らみたいな小賢《こざか》しい悪党と一緒にするんじゃない。お前らがやってることは、日本の真っ当な製薬会社に対する冒瀆《ぼうとく》であり、正義への挑戦だ。遠回しな殺人と同じことなんだよ。お前らの利益のために母親を失う子供の気持ち、少しでも考えてみたらどうだ。――失礼する。時間の無駄だったな」

席を立ったとたん、パイプ椅子が後ろにひっくり返ったが、そんなことは構いもせず、泰山はとっととその部屋を後にした。

またやっちまった。

会社を出ながら泰山は思った。だが、これでいい。あんな会社に入ったところで、翔の思うような仕事ができるはずはないからだ。

憤然と公用車の後部座席に収まった泰山は、テレビのスイッチを入れ、気になっていた予算委員会の中継を見た。

ちょうどいま、マイクの前にたった翔演じる自分が、たどたどしく準備原稿を読み上げているところであった。

「なんとか持ちこたえてくれ、翔」

泰山は心の中で祈った。「それにしても、世の中ってやつは、うまくいかないもんだなあ」

ひとしきり嘆息した泰山は渡されていたスケジュール表を見て顔をしかめた。

――午後から授業に出席。現代政治学、五一二番教室。

担当は小中寿太郎だ。

「また、あいつの話を聞くのか」

がっくりとうなだれた泰山を乗せ、クルマは一路、京成大学へとひた走った。

「まったく、前からアカン思うてたけどな、武藤内閣の体たらくにはあきれ果てるばかりやね」

小中寿太郎の弁舌は絶好調であった。「漢字読めへん首相に、スキャンダル官房長官や。官房長官がバナナなら、武藤泰山の頭はスイカ並みや。スイカ首相にバナナ官房長官やな、あっははは——」

聴講していた泰山は、怒って低い唸《うな》り声をあげた。

小中の野郎、いい気になりやがって。

授業が始まってからすでに一時間以上が過ぎていた。泰山にとっては地獄のような時間である。何度とっちめてやろうと思ったか知れないが、どうにか思い止まってきたのは、この授業が始まる前、真衣に釘《くぎ》を刺されたからだ。

「武藤君、この前みたいなことやめたほうがいいよ」

泰山を見つけるなり、隣にすわってきた真衣には、その時真剣な表情が宿っていた。「この授業落としたら留年なんだからね、武藤君」

「わ、わかってるって」

いま泰山の隣で、真衣は時折心配そうな視線を横顔に向けてくる。

# 4

「武藤君、だいじょうぶ？」

「あ、ああ。まあ、なんとかな」

こたえた泰山の表情がひきつっている。

「それだけやないで。ちょっとはマシかと思うてた憲民党も浜畑の買春疑惑や。まったく与党もアホなら野党の第一党もアホの極みや。こんなことしてたら日本は滅びるで」

小中は、パイプを銜《くわ》えて椅子にふんぞり返り、両脚を教卓の上に放り上げている。

「まずいのはそれだけやないで、諸君らも見たと思うけどな、武藤泰山のあの態度はなんなんや。官房長官を守ろうと思うてるか知らんけどな、自分の任命責任は棚にあげて、マスコミがバカやから国民もバカになるとかやな、なにいうてんねん。総理がバカやから、国民もバカになるの間違いやないかい」

シューッという音が泰山の脳天からし始めた。怒り心頭である。

「む、武藤君……！　我慢よ、我慢」真衣が宥《なだ》めた。

「わ、わかってる」

泰山の声はしかし、マグニチュード8の地震の最中に呟《つぶや》かれたように怒りで震えている。

「挙げ句、オトナになれやなんて。なにが悲しゅうて、小学生並みの学力しかない男にオトナになれっていわれなあかんのん？　怒りを通り越して情けないで」

小中の高笑いがマイクを通して教室中に響き渡った。

いわせておけばいい気になりやがって。

もう我慢がならなかった。

「ちょっと、よろしいでしょうか」

考える前に、泰山はすでに挙手をして立ち上がっていた。

「あ、武藤君――！」

隣で真衣が押しとどめようとしたが、すでに遅かった。

「なんや、また君かいな」

この前の授業でのやり取りを覚えていたらしく、小中がうんざり顔でいった。「またどうせつまらん質問するんやろ」

「話がつまらないと、どうしてもそれに引っ張られて質問もつまらなくなるんですよ」

怨念《おんねん》を込めて、翔は言い放った。

「なんや、喧嘩《けんか》売ってんのか、君」

小中はパイプを口から離し、じろりと翔を睨《にら》み付ける。

「いえね、あんまりおっしゃっていることがステロタイプなんで、本音ベースでのお話が聞きたいと思いまして」

「本音ベースやて？」

小中が教卓から足を降ろした。「なんのこっちゃ」

「小中先生は、狩屋官房長官に愛人がいるからけしからん、辞任せよというご意見のようですが、それと狩屋官房長官の政治的手腕とは別問題じゃないんでしょうか」

「なにいうてんねん」

小中は吐き捨てた。「愛人がいるような人間に、国政が務まるか?」

「務まっているし、現にいままで狩屋官房長官は、実績を残していると思います。愛人がいるからどうのとか、そんなことはプライベートな話でしょう。そんなことばかり評論家が非難し、新聞が書き立てる。一方で、政治家としての狩屋官房長官の実績はすべて無視だ。それでいいんですか」

「ええんちゃう?」

小中はいった。「世の中はそういうもんや。モラルなきものは去れ。これやで」

「じゃあ、小中さんも去ったらどうです」

「なんやて」

小中の目に、怒りの焔《ほむら》が灯《とも》った。「なにをいいたいのか、さっぱりわからんな」

「シリウスの杏奈《あんな》とは、最近どうです」

小中の顔色が変わった。

「な、なにいうてんねん、君」

「先生、あの子に生活費として毎月五十万円渡してるらしいじゃないですか。それでマンションも買ってやって、週に二回はそこでお泊まりとか。先生のモラルっていったいなんです? 所詮《しょせん》、その程度の人間が、他人の失敗につけこんで、偉そうにモラル、モラルと声高に叫ぶなんて矛盾してませんか」

誰かが拍手した。隣で真衣が頭を抱えているのがわかる。

「な、なんのことか、さっぱりわからんな、君。名誉毀損《めいよきそん》やで」

「事実がどうか、週刊誌に話しましょうか」

壇上の小中から警戒した視線が注がれた。「おもしろいやん、君の名前は？」

「武藤翔です」

「武藤？」

小中は胸ポケットからボールペンを出して、ふと首をかしげた。「なんやアホ首相と同じ名字か。親戚《しんせき》かいな」

半分冗談でいったに違いない。

「親戚ではなく――」

泰山は落ち着き払った声で告げた。「泰山は、私の父です」

小中の狼狽《ろうばい》ぶりはすさまじかった。ふんぞり返っていた上体ががばっと起きてくる。

「い、いったい、君はなにがいいたいんや」

「自分のことは棚にあげて、無責任な発言はやめてもらえませんかね。先生にはそんな資格はないってことですよ」

泰山は壇上の小中を睨み付けた。「ここは現代政治学のクラスでしょう。看板にふさわしい授業をしてもらえませんか。みんな、高い授業料払ってこんな話を聞きに来たわけじゃないんだ」

泰山は、平然と言い放った。

「まずいよ、武藤君」

授業終了後、青ざめた真衣がいった。「謝ってきたほうがいいかも知れない。このままだと、また留年しちゃうよ」

「なんで俺が謝る必要があるんだよ」

泰山はいった。「謝るのなら、あの野郎のほうだ」

「まったく、頑固なんだから。でも、ちょっと小気味よかったかな」

そういった真衣は、話題を変えた。「ところで、武藤君、折り入ってお願いがあるんだけど。一度、ホスピスを武藤総理に見てもらえないかな」

「ホスピス？」

「ほら、いつか武藤君も一緒に来てくれたじゃない」

そういうことか、と泰山は合点がいった。翔が書いていたホスピスに誘った友人というのは、真衣のことだったのだ。

「もっと世の中の人に、ああいう終末医療の実態を知ってもらいたいんだ。首相が来てくれたら、社会の注目度も高まると思う。どう？」

「わかった」

泰山はいった。「行かせてもらう――じゃなかった、きっと行くっていうと思うよ、オヤジは」

「じゃあ待ってるから」

真衣はいった。「私の予定は総理のスケジュールに合わせるよ」

「秘書の貝原から連絡させよう。それでいいか？」

真衣の顔が華やかに綻《ほころ》んだ。

かわいらしく、しっかりした娘だ。

公用車に戻った泰山は、ようやく満たされた気分で後部座席で静かに目を閉じた。

5

「あ、オヤジ、面接どうだった」

公邸に戻った泰山に、翔が真っ先に聞いた。

「まあ何というかだな……」

翔は疑わしげな眼差《まなざ》しを向ける。

「またしくじったんじゃねえだろうな」

「ああいうのは縁だぞ、翔」

泰山はもっともらしくいった。「いつも縁があるわけじゃない」

「そんなの思いっきり言い訳じゃねえか」

翔がいった。「縁がなかったらどうなるっていうんだ」

「その時はその時ということで。就職とは、所詮そういうもんだ」

「おい、それってただフッーに落ちたってことか、オヤジ」

翔は青ざめた。「どうしてくれるんだよ、オレの将来！」

「それより翔――」

泰山は強引に話題を変える。「予算委員会、無難にこなしたんだろうな」

「いや、まあなんというか……」

たちまち翔の歯切れが悪くなった。「あんまりくだらない質問ばっかりするんで、ちょいとばかし――」

「ちょいとばかしなんだ」

嫌な予感がして、泰山は聞いた。「まあその、お前ら国家予算よりバナナのほうが大事かって――」

泰山が天井を仰いだ時、狩屋が本題を切り出した。「泰さん、そんなことより、例の件なんですが」

「なにか進展があったのか、カリヤン」

エリカから聞いた話を狩屋が説明する。みるみる泰山の顔色が変わった。

「おのれ、共和党め。新田刑事に連絡は？」

「もちろん」

狩屋がいった。「調べてみるという返事でしたが、まだ連絡はありません」

「返事を待つことねえんじゃねえか、オヤジ」

短気な翔がいった。「刑事の力なんか借りなくてもさ、オレたちで解決してやろうじゃねえか。予算委員会で長々とくだらねえ質問しやがって。あんなクソオヤジ、ひとひねりしてやるぜ」

狩屋が慌てて止めた。

「翔ちゃん、あの冬島ってのはね、武闘派で鳴らした男なんですよ。いまでも屈強なボディガードとか連れて歩いてるの知らないんですか。冬島の選挙事務所なんか、看板書く人が間違って冬島組って書いてしまったっていう噂です」

「ほんとかよ」

翔はおそるおそるいった。「で、どうしたんだ、その看板」

「仕方がないので、裏に正しく書き直したそうです」

「くだらねえ」

翔は断じた。「オヤジ、ヤツの事務所へカチコむぞ。ガチンコ対決だ!」

「ま、待った。マジで怪我しますって、翔ちゃん」

狩屋が止める。「それより、こっそり忍び込んだらどうですかね」

狩屋の代替案はせこかった。

「ど、どこへです」

貝原は真顔で聞いた。「まさか、その組事務所へ？」

「じゃなくて、議員会館の冬島の部屋さ。どこかの製薬会社との関係がわかるかも知れない」

「そんなことをして、見つかったらどうするんです」貝原が聞いた。

「その時には部屋を間違えたということにしたらいい」

「なるほど」

と泰山が感心した。「さすがカリヤン」

「おい！　それでいいのかよ！」

翔は疑問を呈したが、泰山と狩屋はどうやら本気のようであった。

「いま冬島がどこでなにをやっているか、調べてくれ。秘書たちがどこにいるかもな。我々の動きを気取《けど》られるなよ」

泰山に命じられた貝原は、人脈を駆使してあちこちに電話をかけ始めた。党首ともなると、その動向を把握するのは簡単だ。情報はすぐに集まった。

「冬島は、今夜八時から赤坂の料亭で若手議員との懇親会に出席する予定だそうです。そこには第一秘書がアテンドし、残りの秘書らは飯田橋《いいだばし》にある個人事務所のほうで待機するとか。午後九時以降は、議員会館の部屋は誰もいなくなるようです」

「鍵《かぎ》はどうする」

泰山が聞いた。「議員会館の管理をしているのはどこだったかな」

「衆議院事務局管理課ですよ」

手続きに詳しい貝原が即答した。「そこがスペアキーを保管しているはずです」

「貝原、行って借りてこい」泰山が命じた。

「ど、どうやって」貝原はうろたえた。

「それはお前が考えろ」

「そんな――！」

「いいから、早く行け！」

泰山にいわれ、貝原は慌てて部屋を飛び出していった。

「ああ、気が急《せ》くな」

貝原の後ろ姿を見送った狩屋は、嘆息していった。「間に合いますかね、サミットに」

「その時はその時だ」

泰山は呟《つぶや》くようにいう。「だがな、首相としてサミットに出たいかと聞かれても、正直、いまの俺にそう断言するだけの自信はないんだ」

それは、大切にしている胸の内をそっと打ち明けるかのような言葉だった。

「地位や名誉にこだわるうち、政治家としてほんとうに大切なものを見失っていた。そんな気がする」

「オヤジにしては殊勝なこといってんじゃん。どういう風の吹き回しだよ」

翔が、憎まれ口をきいた。

「これはお前に教えられたことでもある、翔」

泰山はいった。「面接はイマイチだったけどな、お前の志望動機を読んで、正直、これはいまの俺にはない発想だと思った。お前はバカだが真実を見極める目だけはあるようだな」

「バカで悪かったな」翔はいったが、その表情は口ほどはふて腐れてはいない。

「それだけじゃない。無農薬野菜の話にせよ、病気で亡くなった母親のために働きたいと思う気持ちにせよ、そこには人の幸せのために自分になにができるか、という本質的な優しさがある。それは人間にとってもっとも尊い、かけがえのないものだ」

「オヤジ……」

翔は呆気《あっけ》にとられた表情で、父親を見つめた。

それは、生まれて初めて、父、泰山が翔を認めた瞬間に違いなかったからだ。

泰山はいま静かに、公邸のなにもない空間に視線を向け、遠くを見つめるように目を細めている。

「俺は自分が忘れちまっていたものがなんだったのか、わかったよ。昔の俺は、やっぱりいまのお前みたいに――」

自分の息子を、泰山は一瞥《いちべつ》した。「青臭くて、がむしゃらで、そして本気で世の中のためになろうといきがっていた。本音で生きて、みんなの声に耳を傾け、孤軍奮闘していた。それがいまはどうだ」

自嘲《じちょう》を浮かべ、泰山はしばし押し黙り、そして喉《のど》から絞り出すように続ける。「政界の論理にからめとられ、政治のための政治に終始する職業政治家に成り下がっちまった。いまの俺は、総理大臣かも知れないが、ほんとうの意味で、民の長といえるだろうか。いま俺に必要なのは、サミットで世界の首脳とまみえることではなく、ひとりの政治家としての立ち位置を見つめ直すことではないか。それに気づいたとたん、いままで自分が信じてきたものが単なる金メッキに過ぎないと悟ったんだ。いまの俺にとって、政治家としての地位も名誉も、はっきりいって無価値だ。すまんな、カリヤン、つまらんことをいって」

「いえ——」

驚いたことに、いま狩屋は、目にいっぱいの涙を浮かべて泰山を見ていた。「それでこそ、総理ですよ。それでこそ、私が見込んだ男、武藤泰山です。そういう人間が政治をやるべきだし、総理大臣を務めるべきだと、私は思います。いまからでも遅くはないじゃないですか。総理大臣である以前に、ほんとうの政治家になってください、泰さん。私はどこまでもついてきますよ」

「カリヤン！　さすが俺の盟友だ」

「泰さん！」

傍らにいた翔は、ひっしと抱き合うふたりから目を逸《そ》らして、舌打ちした。「気持ちわりー」、そう毒づいたが、聞こえないぐらいの小さな声でいう程度の気配りは忘れなかった。

## 6

午後十時前、同じ衆議院第一議員会館の一室を出た四人は、エレベーターで五階に下りるとまっすぐに共和党の冬島の部屋へ向かった。

夜遅いこともあって、廊下に人影はまばらだ。

スペアキーを使う前、貝原はドアをノックしてしばらく待った。

「誰もいません」

鍵を開けて忍び込もうとした時、「おい、泰山」、と後ろから声がかかった。

ぎくりとして振り返った泰山の表情は引きつっている。

「く、蔵本！」

エリカも一緒だ。

「なんでここに！」

「お前の息子から連絡をもらったんでな」

蔵本がこたえる。「大勢のほうがお前も心強いだろう」

「目立ち過ぎるじゃないか！」

反論しかけた泰山だが、ここで議論しても始まらないと瞬時に思ったらしい。

「まあいい。一緒に来い」、そういうとそっと室内に足を踏み入れる。

貝原が照明のスイッチを入れると、四十平米ほどの広さの部屋が現れた。公設秘書のための個室を抜け、奥にある冬島の部屋に入る。

貝原が机上の書類箱の中味を手にとり、血走った目で書類を読み始めた。蔵本とエリカはキャビネットのファイルを物色し、狩屋は公設秘書のデスクの抽斗《ひきだし》を開け始めている。

泰山と翔は、冬島のデスクの前に立った。

「お前、右の抽斗を見ろ。俺はこっち」

両袖《りょうそで》にそれぞれ三段ずつの抽斗がある。

「まかせとけ」

翔は一番上の抽斗を開けた。入っていたのは文房具だ。エンピツにボールペン、消しゴム。

二番目の抽斗には、溢《あふ》れんばかりの書類の束が押し込められていた。それを全部取り出して机の上でひろげる。調査会や委員会の資料、党内会議の議事録、陳情書、整理されていない名刺の束——。最後の抽斗には、ラベリングされたファイルが並んでいた。

「医療関係のファイルを探すんだ」

泰山が横から指図した。「手がかりが見つかるかも知れない」

全員押し黙って、黙々と書類に目を通し始める。

デスクを調べ終えた翔が、傍らにあるキャビネットに「新薬承認関係」と書かれたラベルが貼られたファイルを見つけたのは、かれこれ二十分も経過してからだ。

「見つけたぜ、オヤジ。——なんだこりゃ」

ファイルを開くや、翔は目をぱちくりさせた。

「CLABINE」「NELBINE」「PEGAS」……そんな単語が並んでいる。

「これはおそらく、未承認薬のリストだな。どう思う？」

泰山が覗《のぞ》き込んでいい、貝原に聞いた。

「ちょっといいですか」

翔の手からファイルを受け取った貝原は、そこにずらりと並んだ横文字の薬品リストを真剣に覗き込む。

「この薬の名前、どこかで見たことがあります、先生。たしか、がんの新薬だったんじゃないか。ここに、海外での承認年月が入っているでしょう。国内の承認待ちリストですね」

「マニフェスト関連か……」

呟いた泰山が、はっと体を硬くした。

唐突にドアが開けられ、サングラスの男がふたり、ゆっくりと部屋に入ってきたからだ。

冬島のボディガードたちだ。その背後に、冬島本人が立っていた。

「おやおや、これはみなさんお揃いで」

ゆっくりと自室に入ってきた冬島は、「なにをやっているのかな、私の部屋で」。そういうと、鋭い視線を翔に向けてくる。

秘書の部屋にいた狩屋がたちまち羽交い締めにされ、床に放り出された。

動いたのは泰山だ。中味は泰山でも、翔の体だけあって動きは俊敏である。しかし——そこはふだん喧嘩《けんか》慣れしていない悲しさで、あっという間にパンチを食らってひっくり返った。

「あ、オレの体!」

翔は思わず叫んだ。「てめえ、なにすんだ!」

飛びかかっていったものの、泰山の肉体では動きが鈍い。繰り出した拳《こぶし》を軽くかわされ、たたらを踏んだところを、翔の顔面を狙って男が腕を振り上げた。

「翔ちゃん――!」

狩屋が叫んだ時、男の腕が奇妙に捻《ねじ》れた。関節が外れる鈍い音とともに、あっという間に床に転がされる。顔面に食い込んだのは、エナメル靴だ。

「新田君!」泰山が叫んだ。

もうひとりの男が新田との間合いを詰めた。ボクシングのファイティング・ポーズを取った男は背を丸め、拳の間から新田の隙をうかがっている。

男の体が動いた。パンチを繰り出すと見せかけ、空を切って放たれたのは回し蹴《げ》りだ。予想外の攻撃だった。まともにくらっていたらやられていたに違いない。だが、それを瞬時に防御した新田は、崩したバランスを立て直す暇を男に与えず、拳を男の顔面に叩《たた》き込んだ。

意識を失った男の体が、ドサッという音とともに膝《ひざ》から崩れ落ちる。

「お、お前ら、こんなことして、ただで済むと思うなよ!」

恫喝《どうかつ》した冬島に、新田は、スーツの内ポケットに入れていた書類を出して、目の前でひろげた。

「家宅捜索令状です、冬島先生。私は警視庁公安課の新田と申します。動かないでください」

そのひと言を合図に、廊下で控えていたらしい捜査員たちが段ボール箱を持って室内になだれ込んできた。

「待て。なんの容疑だ」

冬島が怒鳴った。

「政治資金規正法違反です」

「公安がそんな容疑でガサ入れするのか」冬島が疑問を口にしたが、新田はこたえなかった。

「別件捜査ですね、先生」

小声で泰山につぶやいたのは貝原だ。「公安にとって口実はなんでもいい。証拠が出たところで容疑を切り替えるつもりですよ」

「これからこの事務所内部を家宅捜索しますので、先生には立ち会ってもらいます。始めてくれ」

新田の指示で捜査員たちが一斉に動き始め、キャビネットやデスクの書類を段ボール箱に詰め始めた。

「どうせなら、もっと早く来てほしかったな、新田刑事」

唇に滲《にじ》んだ血を手の甲で拭《ぬぐ》いながら、泰山が憎まれ口を叩く。

「令状は取ってありましたが、生憎《あいにく》、今日ガサ入れの予定ではなかったもので」

新田はこたえた。「先生のおかげで、急遽《きゅうきょ》予定変更です」

「こんなことをしても無駄だぞ」

その時、冬島が憎悪を剝《む》き出しにしていった。「なにも出てこなかったら、公安はとんだ赤っ恥だ」

だが新田は、表情ひとつ変えず黙ったままだ。

「おい、冬島」

泰山が声をかけた。「俺が誰かわかるか」

冬島の目がじっと泰山に――つまり翔に向けられた。

にやりとした笑いが浮かび、「さあな」、という言葉が洩《も》れ出てくる。

こいつ、知ってやがる。

泰山がそう確信した時、刑事がひとり近づいてきて、冬島を別室へと連れ出した。

「それにしても、なんでこんな危ないことを」新田は、あきれ口調だ。

「こんなはずではなかったんだ」

泰山は、額に指をこすりつけて目を閉じた。胸に浮かんだ疑問は、言葉には出さずともその場にいる全員が共有していたはずだ。

「冬島のやつ、なんで戻ってきた。懇親会に出ていたはずなのに。それが何故……」

誰にともなく呟《つぶや》いた泰山の言葉に返事はない。

「張り付いていた刑事によると、突然、切り上げてこちらに向かったそうです」

新田も腑《ふ》に落ちない顔だ。

その時、捜査員のひとりが近づいてきて、冬島のデスクにあった書類入れの底からなにかをつまみあげてしげしげと眺めた。しばし考えた末、無関係だと判断したらしく元に戻す。

翔は思わず息を呑《の》んだ。

「どうした、翔」泰山が聞いた。

「い、いや。なんでもない」

騒ぎを聞きつけて廊下が騒がしくなってきている。

「新聞記者につかまらないうちに早く」

新田に促され、議員会館の一室を足早に出た。

「エリカ」

エリカに翔が声をかけたのは、議員会館の前で別れようとした時だ。蔵本と共に一旦《いったん》、背を向けたエリカが振り返った。

「なに？」

「あのさ、お前、今晩の計画のこと、誰かに話さなかった？」

エリカの表情に戸惑いが浮かんだ。

「話したんだろう」

翔が聞いた。「教えてくれ。誰だ」

## 7

防衛省の地下会議室に泰山と翔、それに鶴田親子らが集まったのは、冬島の事務所が家宅捜索を受けた三日後のことである。

「雲行きがあやしくなってきましたよ、泰さん」

狩屋の表情は冴《さ》えない。「押収品を調べたんですが、その中にはアメリカの製薬会社との結びつきを証明する証拠はなかったそうです」

重たい沈黙が落ち、予想外の成り行きに皆息をひそめた。

「どういうことなんだ、新田刑事」

「隠蔽《いんぺい》工作がかなり周到に行われています。冬島の政治団体の会計処理も精査したのですが、違法献金とおぼしきものはいまだ発見されていません」

眉間《みけん》に皺《しわ》を寄せ、新田が悔しそうにいった。

「資金を辿《たど》ればいいじゃないですか」

常識的な意見を述べたのは貝原だ。「入金を辿れば出所がわかるケースがほとんどだ。そもそも現金での献金は禁止されているわけだし」

「マネーロンダリングが複雑で、追跡しきれない部分がある」

新田がこたえた。「資金を辿っていくと企業の海外取引だのなんだのと網の目状に広がっていき、出所がわからないように巧妙に工夫されていまして」

「もし、なにも出なかったら、どうすんだよ」

翔が聞いた。

「最悪の場合、テロ関係の容疑に切り替えるどころか、証拠不十分で不起訴でしょうね」貝原がいった。

「そんなことにでもなったら大変ですよ」

狩屋が臆《おく》していった。「共和党は、この捜査を民政党の謀略だと主張しているんですから。シロなら、民政党に対する批判が噴出して、支持率が崩壊します」

「アメリカ政府からの情報はないのかよ？」

翔の質問に、真田は首を横に振った。「ただし、こちらに伝えてきていないだけかも知れません。もしかすると、君も目星をつけているんじゃないか、新田君」

真田に鋭く問われ、新田は表情を消した。

「押収した資料に、実はひとつ興味深いものが混じっていました」

新田は低い声で慎重に話し始める。「未承認薬に関するファイルです」

「それなら我々も見たな」

思い出して貝原がいった。「薬品のリストがずらりと並んでいたやつだ」

「その薬品のリストですが、挙げられていたのは一般名ではなく、商品名だった。それには？」

「いや、気づかなかったな」

新田に聞かれ、貝原が、首を横に振った。

「なんのことかわかんねえな」

翔が傍らからいった。「なんだその一般名とか商品名ってよ。なにがどう違うんだ」

「たとえばですね、一般名でアスピリンといえば、商品名はバファリンです」

簡単に説明した貝原は、指で額を押さえ冬島のリストに挙がっていた薬品名を思い出そうとしている。

「これですよ」

新田が、内ポケットから出した紙を広げて貝原に見せる。

「CLABINE」「NELBINE」「PEGAS」……。

「ここに並んでいる商品名は、すべて同一の製薬会社による商品名です」

「も、もしかして、その製薬会社が?」

狩屋が聞いた。

「状況証拠でしかありません」

新田は慎重だ。

「いったいこの薬の販売元はどこなんだ」泰山が聞く。

新田は、答えるまで数秒の間をおいた。

「ニューヨークに本部を置く製薬会社――メディシスです」

「メディシスが? マジかよ」

翔がひっくり返りそうになって驚いた。

「知ってるのか、その会社のこと」泰山が聞いた。

「一応、製薬会社も志望してるからな」

翔がこたえる。「メディシスっていうのはさ、アメリカで急成長している新興勢力なんだ。社名は丸薬《がんやく》の売買から巨万の富を築いたメディチ家に由来してさ」

「そして、経営方針は極めて積極的。不利益となる相手には手段を選ばず攻撃を与える」

貝原は鼻に皺を寄せて嫌悪感を露《あら》わにした。「まさにメディチ家そのものです。日本支社の捜索は？」

「日本支社はありません」

新田はこたえる。「薬が承認されないのに支社を置くメリットはないと考えているようで。しかし、黒幕であればどこかに作戦本部があるはずだ」

「冬島は知ってるはずだ」

泰山が聞いた。「口を割らせることはできないか」

「すべての容疑を否定したまま、黙秘中です」

真田がいった。「しかし、これだけのテロをサポートしたんだ。証拠が残らないはずはない」

「もちろん」

新田はいった。「他にも協力者がいる可能性が高い。実際には、その協力者が情報収集をしたり、状況をモニタリングしたり、冬島との連絡係になったりしている可能性がある。総理や翔君の情報だって、かなり細かく収集していたはずだ。近しい人間に情報を提供していたスパイがいる可能性も否定できない。目下、その第三者を特定すべく全力を尽くしているところです」

「頼むぞ、新田君」

泰山が重々しくいった時、ゆっくりと翔が立ち上がった。

「さて、そろそろ行くとするか。新田刑事」

「行くってどこへ」

聞いた泰山に、翔はあきれたような顔を向けた。

「ホスピスだよ、ホスピス！」

翔はこたえた。「視察するって真衣に約束したの、誰なんだよ」

「それにしても、新田君も行くのか。なんで？」

泰山が驚いた顔になる。

「オヤジも来いよ。今日は授業もないだろ。真衣も喜ぶぜ。どうせなら、おふくろも誘ったらどうだ」

そういうと、翔は一足先に部屋を後にした。

8

自らの死期を受け入れるとはどういうことなのだろうか。

「これから会う人たちは、残された人生を精一杯生きようとしているんだ。運命を受け入れてさ。〝悲しむ時間があったら、家族と笑っていたい〟って思ってる人ばっかだ」

それは、前回ホスピスを訪れた時、もっとも翔の胸に響いた患者の言葉だ。三十六歳だったその女性には、ふたりの子供がいた。学校が終わるとバスに乗って会いに来る幼い子供たちとの時間を大切にしながら、末期がんに奪われようとしている人生を最後まで明るく生きようとしていた。

「ホスピスは自分の死を見つめる場所なんだよ。いくら辛《つら》くても、患者は、死から目を背けるわけにはいかないんだ」

公用車は、横浜の小高い丘に向かって住宅街の道路を走っている。フロントガラス越しに丘の頂上にある聖マリア病院の白い建物が視界に入ってきた。

玄関前の出迎えの列に真衣の姿があった。前回もお世話になった院長のシスター永野《ながの》、ドクターとスタッフ、それにジローとゴンも一緒だ。ジローとゴンは、このホスピスで飼っているシュナウザー犬である。

「遠いところ、よくいらしてくださいました」

シスター永野は六十過ぎの小柄な女性だった。メガネの奥からこちらに向ける優しい眼差《まなざ》しは、相手が誰であれ、分け隔てない慈しみに溢《あふ》れている。

「こちらこそ、お招きいただき、ありがとうございます」

翔はいい、傍らの真衣を見た。「南さんにもお礼をいいますよ」

真衣は笑顔を向けた。

「いいえ。まさかほんとうに来ていただけるとは思いませんでした」

病院ではまず白衣に着替えた。ドクターとスタッフの案内で、病院内を歩きながら出会う患者たちに声をかけていく。

「このホスピスは、特に若い患者さんを多く受け入れているんです」

シスターが説明した。がんなどの病気に冒され、余命を宣告された三十代、四十代の働き盛りの人たちだ。

ほんとうに重篤な病の患者なのかと思うほど元気そうに歩いているひともいれば、ベッドから起き上がることもできず天井を見上げているだけのひともいる。

共通しているのは、その誰もが死を受け入れようと格闘し、もがき、残された人生を精一杯生きようとしているということだ。

「ここには嘘がありません」

シスターがふと口にしたひと言に、泰山は耳を傾けた。施設の見学を一通り終え、食堂でお茶をよばれている時である。「自分の死を見つめる人が信じられるのは、真実だけなんです。余命幾ばくもない人にとって、嘘をついて自分をよく見せたり、取り繕ったりすることはなんの意味もありません。人生を虚《むな》しくするだけです」

果たして、ここにいる人たちの目に自分たちがどう映るのだろうかと、泰山は自問した。

嘘で固めた政治の世界のどこに、この人たちが求める真実があるのか。よりどころがあるか。そんな国政で果たして本物の未来を切り拓《ひら》くことができるのか。

「中庭がすばらしいんです。ぜひご覧になってください」

真衣の提案に、貝原が難色を示した。

「総理、そろそろ行きませんと。次の予定が……」一国の首相に許された時間は瞬《また》く間に過ぎようとしている。

「いや、いいんだ」

「総理――」

こわい顔になった貝原を無視して、翔は真衣に向き直る。

「喜んで」

芝生が敷き詰められた広場から秋の花が咲き乱れる花壇へ、煉瓦《れんが》の小径《こみち》が縫うように続いている。

「あのこんもりしたのがオキザリスという花です。シクラメン、ルドベキア、サフラン――」

真衣は、花の名前を挙げた。どの花も秋の日射しを受けて眩《まぶ》しいほどに輝いている。

綾が、緑の葉の中に紫色の花が群生している前で立ち止まった。立っているプレートを読んで、泰山を振り返る。

「花言葉は〝青春時代〟ですって。私にぴったりよね。どう思う、あなた」

「いまの俺の気持ちは、さしずめこのハボタンだな」

と泰山が目の前の花を指さして笑った。「花言葉は、〝違和感を覚える〟」

「気持ちいいなあ、ここは。ちょっと休憩してくか」

また貝原がなにかいいかけたのを無視して、翔はベンチに腰を下ろした。

「南さんもどうですか」

ベンチの隣を勧めた翔に貝原がまた釘《くぎ》を刺した。

「総理、時間がかなり押してますので――」

「うるさい」

しっしと手で払うと恨みがましい顔で貝原が下がっていく。

「君に聞きたいんだがね、南さん。君が起業したきっかけはなんだった」

唐突な質問かも知れなかった。

「私が医薬品に興味を持ったのは、小学校五年生の時でした」

真衣の視線は、花壇とその向こうに見下ろす住宅街に向けられている。小高い丘の上からの見晴らしは最高で、それはこのホスピスに住む人たちの心をいつも和ませてくれる光景に違いなかった。

「その年、母が亡くなったんです」

思いがけない話だったが、翔は黙って受け止めた。「乳がんでした。病気と闘い、ボロボロになりながらも母は少しでも生きようと必死だった。私と弟のために、一分でも一秒でも長く生きようと頑張ってくれました。母を助けるために、父も必死でした。がんに効くと聞けば、どんなものにも飛びついて、高価な健康食品を買い込んだり……。そんな時、アメリカに母の症例に効果がある新薬があることがわかったんです。これでお母さんを救えるって、大喜びで医学雑誌を持って病院の先生のところに行ったんですけど、未承認薬で使えないって。もしそういう治療を受けたかったら、アメリカに行ってくれって。でも、そんなお金、ウチにはありませんでした」

翔は、黙ったまま先を促した。

「その時、思ったんです。母や私たちみたいな人たちをなんとかして救いたい。そういう仕事ができたらいいなって。そのひとつの答えが医薬品関係の仕事でした。依頼された医薬品を、海外から買い付ける代行サービスです。いま私が扱っているのは日本では未承認の薬ばかりですが、こうした代行業務は、それ自体、薬事法には規制されません。法律の規制で広告が打てないのがネックでしたけど、それでも口コミでお客さんが広がっていったんです。その一方で、通常の医薬品もインターネットで販売し始めたんです」

「そして、いまや薬だけじゃなく六本木に店を持ったりして手広くやってるわけだ」

午後の日射しを照り返す花々に、翔は目を凝らした。

「言葉は悪いですけど、お金のためです」

真衣は淋《さび》しげに笑った。「やっぱり、お金がないとダメなんですよ。それも私が得た教訓のひとつです。とはいえ、ウチで売る医薬品はできるだけ安く消費者に届けるために儲《もう》けは乗せていません。医薬品で評価を得て、健康食品やその他の周辺事業で儲けるのが私のビジネスモデルなんです」

「ほんとうに困っている人では儲けないという主義は素晴らしいと思う。誰もが敬意を表するはずだ。だけど——」

翔は真剣そのものの表情を真衣に向けた。「君はそれに限界を感じていたんじゃないのかな」

真衣は怪訝《けげん》そうな顔になる。

「どういうことですか、総理」

「重病の患者を救うためにはいまの法制度では限界がある。解決するためには医薬品の承認制度から変革しなければならない」

真衣は硬い横顔を見せた。

「君はその承認制度を変えるために、共和党に協力しようとしたんじゃないか」

真衣の表情をじっくり観察しながら、翔は続けた。

「なんのことかわからないんですけど」

真衣はいった。

「共和党の冬島とはいつから知り合いなんだい」

「共和党の？　私、関係なんて――」

真衣が否定しようとしたその時、

「はい、これ」

翔は、背広のポケットに忍ばせていたものをぽんと差し出した。

思わず両手で受け止めた真衣の目が、丸くなったまま固まる。

「もう芝居はやめだ、真衣」

翔はいった。

「どうしてこれを？」

「議員会館の冬島の部屋をガサ入れした時、デスクの書類入れから出てきた。それと、あの晩、オレたちが冬島の部屋に忍び込むことを知っていたのは、関係者以外では真衣、お前だけだ。エリカに聞いたんだろう」

いつもの翔の口調に戻っていた。エリカは、真衣にだけ自分たちに起きたことを打ち明けていた。あの夜、冬島の部屋を捜索することも。「冬島ってさ、メディシスとの関係については徹底的につながりがわからないように隠蔽《いんぺい》してるらしいんだけど、君に関してはうっかりしてたみたいだな」

翔は真衣を見つめた。いま彼女の手のひらには、小振りの袋が載っている。『ドンペリの素』だ。

「知ってたんだろ、オレたちが入れ替わってること」

真衣の表情から感情が抜け落ちていく。

「舐《な》められたもんだな、民政党も」

翔はいった。「オレ、今度の国会に、医薬品の許認可を緩和する法案、出すぜ。べつに共和党じゃなくったって、その程度の改革はできる」

「できっこないよ」

ふいに真衣は硬い横顔を見せた。「できるわけない、いまの民政党に」

「しがらみがあるからか？」

翔は聞いた。「そんなもん、オレには関係ねえよ。そうだよな、オヤジ」

傍らで聞いていた泰山に向かって、翔は声をあげた。

「あ、いやまあ、そうだな。本件につきましては、その――」

唐突に話を振られ、泰山がいいかけた時、

「オヤジ、しっかりしろよ！」

翔のひと言が飛んだ。「そんなに金が大事なのか」

泰山は真剣そのものの息子の顔を見やった。逡巡《しゅんじゅん》が表情を過《よぎ》っていく。そのとき、傍らから綾がいった。

「あなた、真剣に答えてやって。この子たち本気よ」

唇を硬く結び、泰山は俯《うつむ》いた。どれだけそうしていたか、おもむろに顔をあげると、目の前に広がる青空とどこまでも続く住宅街に目を細める。

やがて、「わかった」というひと言が、泰山から洩《も》れ出てきた。

「この光景からなにを感じ取るかは人によって違うかも知れない」

泰山はいった。「しかし私は、ここに見える住宅街には人の営みを感じる。あの家々のひとつひとつは小さいが、そこには尊い命が、かけがえのない今日という日を生きている。誰がなんといおうと、人々のかけがえのない命の前には、何物も無意味だと思う。苦しんでいる人たちを救うことができるなら、医薬品の許認可問題、この武藤泰山が孤軍奮闘してでも、必ず成し遂げてみせる」

「民政党は、製薬業界と結びついてるんじゃないんですか」

非難するように聞いた真衣を泰山は振り向き、そして宣言した。

「旧弊は葬るのみ」

「ほんとうだろうな、オヤジ」

「武藤泰山に二言はない」

自信に満ちたひと言に綾が目を細め、凜《りん》として立つ政治家、武藤泰山を見つめていた。

「ま、そんなわけだから、真衣。安心して、オレたちにまかせな」

翔は腰をあげた。「それとさ、今日はありがとうな。ちょっとキザないい方だけど、なんていうか、命の洗濯、させてもらった」

「こちらこそ」

立ち上がった真衣は、どこか淋しげな笑みを浮かべた。「来てくれて、うれしかったよ、武藤君」

「じゃあ、オレ、もう行くからな。期待して待っててくれ」

「ええ。感謝してます、総理」

ひょいと右手を挙げ、翔はゆっくりとした足取りで戻っていく。

その姿が病院の建物の中へ消えて見えなくなるまで見送った真衣は、ひとりそこに残っていた男に声をかけた。

「お話ししたいことがあるんです」

新田は両手をポケットに突っ込んだまま、俯き加減の顔を真衣に向けた。

「伺いましょう」

手近なベンチを勧めて自分もかけると、真衣が話し始めるまでの少しの間、晴天の空を見上げ、眩《まぶ》しそうに目を瞬いた。

9

その夜、泰山が出てくれといわれたのは翔の友達、牧原が主催する合コンだった。

「そんなもんに出なきゃいけないのか。そもそもマキハラって誰だっけな」

当初渋った泰山だったが、「ほら、以前牧原には危ないところを助けてもらったじゃねえか」というひと言で、「ああ彼か。合気道二段の」、と思い出した。

「どうしても出てくれっていわれてんだ。オレとか、パーティの目玉らしくてよ」

「お前が目玉じゃ、あとのメンツは推して知るべしだな」

「目立てるぜ、オヤジ」

翔はにやりとしていった。「女子大生も大勢来るとさ。ついでにいうと、おふくろにはこのこと内緒にしてやるから」

ぐらりと泰山の心が揺れたのを、一瞬だけ輝いた目が物語っていた。

「まったく仕方のない奴だ」

迷惑そうな顔を、泰山はつくった。「しかしまあ、ここはお前の顔を立てて、出てやるか」

「午後七時からだ。急いでくれよ、オヤジ」

翔は公邸の壁時計を見ながらいった。「オレの代役なんだからな、くれぐれも恥かくな。頼むぜ。それと、オレのアルマーニ、汚すなよ」

「それはこっちのセリフだ。お前こそ、ヘマするんじゃないぞ」

「わかってるって。大船に乗ったつもりで楽しんできてくれや」

「なにが大船だ。俺はいま泥舟で漕《こ》ぎ出す気分だぞ」

この日の夜、アメリカの政府専用機で、大統領が来日することになっていたからだった。

その後、晩餐会《ばんさんかい》、明朝の日米首脳会議、さらに主要国首脳会議と、重要な政治日程が目白押しだ。狩屋と貝原のふたりが密着サポートするとはいえ、この日程を乗り切るのは容易ではない。

「まあ、そっちはなんとかするから。心配すんな、オヤジ」

新田からの連絡はまだ、ない。

真衣からどんな情報を聞き出したのかわからないまま、新田は口を噤《つぐ》んでいた。泰山らに話して脳波を解読されるのを回避するためだ。

「ま、とにかく頼むわ。牧原のやつ、すげー楽しみにしてたからさ」

そういうと翔は、貝原に促されるまま、首相官邸へと出かけてしまった。

そして泰山はいま、南青山にあるダイニング・バーの階段を下りかけ、ふと足を止めると深く嘆息した。

あと小一時間もしないうちに、大統領専用機が羽田《はねだ》に到着するだろう。それから先、どんな騒ぎが持ち上がるかと思うと、いても立ってもいられない気分になる。

「くそっ。こうなりゃ、ケセラセラだ」

諦《あきら》めた泰山が考えるのをやめ、バーの階段を再び下りかけた時、

「なんだ泰山、お前も来ることになっていたのか」

というどこかで聞いたことのある声がした。

「やっ、蔵本！」

思わず振り返った泰山はいった。「お前まで来たのか」

「まあいいじゃないか、この際」

にやにやしながら下りてきた蔵本は、泰山の腕に腕を絡ませた。中味は蔵本だが、外見はセクシーなイブニングドレスだ。

「バカ、よせ。気持ち悪い」

そういいつつ、まんざらでもなさそうな泰山は、店のドアを押した。

「私も長く政治家をやってきましたけどね、翔ちゃん。今日ほど不安な日はありません」

空港に向かう公用車の後部座席で、狩屋がそわそわしながらいった。「なにしろ、各国の首脳を大学生の首相と、大臣が迎えるんですからね」

「心配性だな、カリヤンは。大統領だって、同じ人間じゃねえか」

「よくそんな余裕ぶっこいていられますね、翔ちゃん」

非難がましく、狩屋はいった。「余程の大人物か、バカのどっちかですよ」

「私は後者ではないかと思いますけどね」

助手席からすかさず貝原が口を挟んだ。「とにかく、台本通りにお願いしますよ。余計なことといわなくていいですから」

貝原は貝原で、さっきからしきりに時計を気にして、ぴりぴりしている。

「小物だな、貝原」

翔は嫌味をいった。「そんなことではいい政治家になれないぞ」

「ほっといてください。バカよりマシですよ」

「この大事な時に仲間割れしてどうするんです」

狩屋が諫《いさ》めた。「とにかく、ここは踏ん張りどころですから」

「新田刑事から連絡はないんですか、官房長官」

助手席から貝原が苛立《いらだ》った声で聞いた。

「ない」

狩屋はいつになく厳しい口調でいった。「ことここに及んで、彼に期待するのは危険だ、貝原。ここはなんとか、我々だけで乗り切るしかない」

助手席から絶望的な嘆息が洩れてきた時、湾岸線を走っていた公用車はゆっくりと羽田出口へ向かって進入していった。

## 10

きっかけは、ワインの試飲会だった。主催者側の招きで出席していた冬島は、そこにきていた真衣を話題の学生起業家だと紹介されたのであった。真衣は、自らの事業について熱く語ったが、冬島が関心を示したのは、彼女が、武藤泰山の息子と知り合いだといった時だ。

「そういえば私、武藤泰山先生の息子さんと同級生なんです」

それまでべつに興味もなさそうに聞き流していた冬島の態度が急変した瞬間だった。

「民政党が与党として君臨する限り現在の医療制度の改変は不可能なんだ」

そんな冬島の主張に共感する真衣に、協力を約束させるまでそう時間はかからなかった。

「単に利用されただけかも知れません。でも、それでもしほんとうに医薬品の許認可制度が改善されるのなら、私はそれでいいと思ったんです」

ホスピスで聞いた真衣の話は、新田に、冬島に対する怒りをかき立てさせた。一製薬会社の不正献金を受け取るような政治家に、ほんとうの医療改革などできるはずはないからである。

冬島の目的は、所詮《しょせん》カネと名誉だ。

「メディシスには、日本国内の拠点がどこかにあるはずだ」

新田は聞いた。「知っていたら教えてくれないか」

「詳しいことはなにも聞かされていません」

真衣の回答は、新田を落胆させた。

「冬島からの連絡はどんなふうに？」少し考え、新田は聞いた。

「秘書のひとたちから」

「着信履歴を見せてもらっていいか」

真衣は冬島の関係者からかかってきた電話番号をひとつにまとめて登録していた。全部で四つある。

冬島の秘書の携帯番号、個人事務所の電話、議員会館の部屋に置かれた電話――三つの番号は新田の頭に入っていた。だが、残るひとつは、新田の記憶にはないものであった。


午後七時、代々木《よよぎ》にある、真新しいマンションのロビーに新田はいた。

正面玄関及び地下駐車場に通じる通路は固めた。ターゲットの五〇七号室はマンションの最上階にあり、賃借人は橋口政弘《はしぐちまさひろ》、三十七歳。

橋口は、真衣の携帯に記録された四つ目の番号の持ち主だ。自宅は世田谷。その世田谷の自宅を家宅捜索したところ、米製薬会社メディシス関係者と見られるメールの送受信記録から、このマンションの存在が明らかになったのであった。橋口の個人名義で借りられた高級マンションの賃料は月百五十万円。その代金は、毎月ドル建てで橋口の口座に振り込まれてくる、日本円にして数百万円の資金から賄《まかな》われていることはすでに解明済みだ。

いまその橋口が五階の部屋にいるはずであった。居室にはほかに外国人と見られる男が数人。内ポケットに入れた令状の硬い感触を指先に感じた新田は、腕時計で時間を確認し、マイクに囁《ささや》いた。

「これより、家宅捜索に入る」

非常階段を七人の捜査員が駆け上がっていく。見送った新田が向かったのはエレベーターホールだ。定員ギリギリの七人を引き連れて五階に上がった新田は、部屋の前に立つとインターホンを押した。

応答があるまで、少しの間があった。セキュリティは万全のマンションだ。直接来客者がドアのインターホンを押すことはほとんどない。

「はい」

男の声が出た。

「警察です」

新田はいった。「ちょっと開けていただけませんか」

沈黙が挟まった。

「もしもし──。開けていただけませんかね」

背後に控えている同僚と視線を交わしながら、新田はいった。立て籠《こ》もりの場合に備えて、鍵《かぎ》の専門業者も帯同している。

「切りやがった」

インターホンの受話器を置く音を聞いて、同僚のひとりが吐き捨てた。全員がドアを見つめたが、開く気配はない。

「お願いします」

帯同した鍵業者が解錠するまではあっという間で、証拠隠滅を許すだけの時間的余裕を与えることはない。

開いたドアの隙間からカッターが差し入れられ、チェーンが断ち切られた。

「室内に入る」

ヘッドマイクに囁いた新田を先頭に、捜査員が内部になだれ込んだ。

## 11

午後七時から始まったパーティは、一時間もしないうちにかなり乱れてきた。

「ねえ、武藤君ってさ、あの武藤総理の息子なの？」

さっきから隣にかけた女の子が、甘えた声でしきりに話しかけてくる。少々頭は悪そうだが、体つきは悪くない。

「ま、まあな。だからって、たいしたことはありませんが」

泰山は謙遜《けんそん》してみせる。

「そんなことないよ。だって武藤君が、お父さんの後を継いで総理大臣になるんでしょう」

どうやらこの娘は、総理大臣が世襲制だと思っているらしかった。

「このひとが総理大臣？」

すでに相当酔っぱらっている蔵本が高笑いを弾《はじ》けさせた。「無理無理。絶対、無理だね。だいたい、民政党なんか次の選挙で憲民党に負けるに決まってるんだからさ」

ハエでも追い払うように顔の前で手をひらひらさせる。

「負けるか、アホ」

「アホとはなによ。負けるに決まってるじゃない」

テーブルを挟んでにらみ合うと、蔵本が唇に皮肉な笑いを浮かべた。「民意が怖くて解散もできない腰抜け内閣が、偉そうなこといえるの？」

「誰が腰抜けだって？」

立ち上がりかけた泰山だったが、その時つと顔をしかめた。

イテッ。

忘れていた歯痛だ。あの歯医者め。余計なチップなんか埋め込むだけで、ろくな治療もしていなかったに違いない。

「だったら、解散してみたらどう？」

蔵本は挑発した。「憲民党にも浜畑の下半身スキャンダルはあるけどさ、民政党のバナナ官房長官よりはマシだよねえ。おまけに民政党の総理大臣は漢字読めないしさあ。いま解散総選挙したら、憲民党どころか共和党にだって勝てないかもよ。与党から第三政党へ史上最大の敗北？」

「ぬわんだとぉ？」

歯噛《はが》みして立ち上がりかけた泰山だが、「喧嘩《けんか》はやめようよ」という女の子のひと言で腰を下ろす。その様子を、蔵本がにやついた笑いを浮かべながら見ていた。

「武藤君って、冷たいよね」

それとさ、女の子が甘えた声でいい、泰山の気持ちを逸《そ》らした。「私の名前も聞いてくれないの？」

「ああ、そうか」

蔵本から無理矢理視線を剝《は》がして、泰山は聞いた。「失礼。お名前は？」

「詩穂《しほ》でーす」

「いい名前だね。学生さん？」

キャバクラにでもいる気分になって泰山は聞いた。

「当たり前じゃん。京浜《けいひん》女子大、三年でーす」

「若いなあ」

いつも銀座辺りのママを見慣れているせいか、あらためて眺めた詩穂はあどけなく、かわいらしかった。舌足らずで子供じみているが、ブラウスからのぞく首筋は眩《まぶ》しい。思わず目がいってしまうほど立派な胸の持ち主で、童顔とのミスマッチがそそる。

「彼氏いるの？」

泰山は聞いた。

「最近別れたばかりなの」

この後、この娘を連れてどこのバーに繰りだそうかと、すでに泰山のシミュレーションは始まっていた。長い夜の締めくくりは、当然、ホテルの一室である。

「じゃあ、寂しいだろう。どうですか、この後、みんなと離れて一杯」

泰山は完全にオヤジのセリフになっている。

「カラオケ行きたーい」

泰山はひそかに落胆した。「武藤君の得意な歌はなに？」

気を取り直し、

「そらやっぱり、『マイ・ウェイ』です。しかも英語ですよ、お嬢さん」、という。

「歌って歌って！」

詩穂がねだった。「武藤君の『マイ・ウェイ』聞きたーい！」

「そこまでいうのなら」

詩穂の目を見つめながら、泰山は怪しげな英語で歌い出す。「あんどなう、じ、えんどいずにゃあ……」

詩穂が笑い転げた。

「よおよお、翔が『マイ・ウェイ』なんか歌っちゃってるぜ。マイク渡せ、マイク」

悪のりした仲間が泰山にマイクを手渡すと、店内に調子っぱずれな『マイ・ウェイ』が流れ始めた。元来、一度マイクを握りしめると離さない男である。

「キモイ」

そんな囁きも、

「オヤジくさーい」

という陰口も一切、泰山の耳に入らない。だが——。

この時、この店にいる誰ひとり、いやそれどころか泰山自身も気づかなかったが、秘かな変化が泰山の脳内で起き始めていた。

「もあ～、まっちもあざんでぃーす、あいでぃど……まいうぇい～」

絶唱する泰山に全員が耳を傾けていた。詩穂に微笑みかけた泰山の耳に、意外な声がかぶさったのはその時だ。

「——翔ちゃん、き、来ましたよ！」

は？　ツーコーラス目に入ろうとしていた泰山は、辺りを見回した。

カリヤン？

いまのは、たしかにカリヤンの声だった。だが、そこに盟友の姿はない。

気のせいか……。

「れぐれっつ……あいはだふゅー。ぱっ、ぜなげん……」

再び歌い始めた泰山だが——。

「握手、握手——」

カリヤンの興奮した声が耳元で囁《ささや》いた。

「翔ちゃん、どうしたんです。歌なんか歌っている場合じゃないですよ！」

カリ……ヤン？　学生たちの顔はぼやけ始めた。うっとりと自分を見つめている詩穂の輪郭が遠ざかっていく。

代わりに、どこかで見たことのある外国人の笑顔が、視界に現れた。

はて、誰だっけ？

「――お会いできて、大変光栄です、武藤総理」

男の隣にいる地味なスーツ姿の男がいった。通訳だ。

「しょ、翔ちゃん！」

カリヤンのひと言で、泰山は、はっと我に返った。

いま泰山は、空港に敷かれた赤いカーペットの上にいた。ここには店内の喧噪《けんそう》も、タバコの煙も、意味ありげに交わされる視線もない。

米国大統領専用機エアフォース・ワンのジェットエンジンの音が辺りをふるわせている。十月の清冽《せいれつ》な風が泰山の首筋をなでた。

泰山は相手の手をしっかりと握りしめたまま、歌っていた旋律を静かに呑《の》み込んだ。

事の成り行きに周囲が息を呑んでいる。

それはそうだ、アメリカ大統領を迎えるのに、挨拶《あいさつ》抜きで『マイ・ウェイ』はない。

「マズ過ぎますよ、翔ちゃん」

カリヤンが両手で顔を押さえた。

「俺だ、カリヤン」

誰にも聞こえないほどの小声でいった。「泰山だ」

狩屋が顔をあげた。

「へ？　た、泰さん？」

驚いている狩屋に横顔を向けた泰山は、右手にぐっと力を込めた。

「お会いできて光栄です。カーティス大統領。私の——あまりうまくない歌のことは忘れてください」

カーティスの顔の中で笑顔が弾けたのはその時であった。

「私の大好きな『マイ・ウェイ』で迎えてくださってありがとうございます」

そういうなり、カーティスが続きを歌い始めた。

「どうぞご唱和ください、武藤総理」通訳の日本語はどこか堅苦しい。

「もちろんです」

肩を組み、赤いカーペットの上をふたりで歌いながら歩いていく。

とめどない拍手が沸き起こった。ふたりの国家首脳の歌声は、スモッグでどんよりとした東京の空へと舞い上がっていく。

新たな外交の幕開けを象徴するにふさわしいそのシーンは、テレビを通じて生中継で全国に流れた。

カーティスの顔はまるで砂絵の砂が風に吹き飛ばされるように輪郭を失い、気づいた時、翔は薄暗い店内にいた。

しかも、翔は立ち上がっていて、右手にマイクを握りしめている。いま全員の顔がこっちを向いているところを見ると、挨拶でもしていたのだろうか。

「もう終わりなの、武藤君」

その時、目の前にいる知らない顔の女が聞いた。

「終わりってなにが」

翔は聞いた。「挨拶かなにかか?」

「歌よ」

「なにっ、歌? もしかして、俺、歌ってたわけ?」

翔は思わずひっくりかえりそうになって聞いた。店内はしんと静まりかえっている。ということはアカペラか。気づいたとたん、これは完全にオヤジの趣味だ、そう思った。

「なんの歌だよ」

恐る恐る聞いた翔は、

「だから、『マイ・ウェイ』よ」

女の返事に愕然《がくぜん》とし、思わず膝《ひざ》から崩れ落ちた。

「ダ、ダサ過ぎる……。なんて曲歌ってくれるんだ、オヤジ。恥、かかせやがって……」

あまりのことに立ち上がる気力も失《う》せた翔が我に返ったのはその時だった。

自分の手を見つめ、そして自分の体を見下ろす。

戻っている……元の自分に。

「そうか——！」

顔をあげた翔は、その集まりの中にエリカを見つけて、目で問う。

親指を立て、エリカがこたえた。

新田が、やってくれたんだ。

「俺は、俺だ……」

「なにぶつくさいってんだよ、翔」

牧原がニヤニヤしながらいった。「もう歌わねえのか、『マイ・ウェイ』。なかなか良かったぜ」

「二度と歌うか。それより、呑むぞ、みんな。お祝いだ」

翔の親友はぽかんとした顔で、翔を見た。

「祝い？　なんの？　就職でも決まったか、翔」

「それはまだだけどさ」

翔はいった。「俺が俺であることについてのお祝いとでもいうか」

「やけにテツガク的だな、翔」

牧原は目を丸くしたが、「人生いろいろあるよ」と慰めてくれた。

店にシャンパンの交渉に行った牧原を見送った翔に、「見て」、とエリカが携帯の画面を差し出した。生中継らしいニュースの中で、肩を組んで歌っている泰山とカーティスの姿が映っている。

「いい気なもんだぜ、オヤジ」

「さっき連絡があって、メディシスの拠点を公安が家宅捜索に踏み切ったそうよ。真衣、大丈夫かしら」

「彼女のことは新田刑事が守ってくれる」

翔は、真衣の事情聴取を終えた新田の言葉をエリカにつたえた。「彼女のことは私にまかせてください」。そう新田はいったのだった。

「顔に似合わず、熱いとこあるんだ、あの刑事」

エリカは新田の仏頂面を思い出したか、笑顔になっていった。「真衣のことだから、どこ吹く風で、いまごろ新しい商談でもしてるのかも」

店の奥から、乾杯用のシャンパンが運び出されてきた。

「全員でもう一度乾杯しよう！」

グラスが翔にも配られる。「じゃあ、乾杯の音頭は、翔に頼みたい」

「人生いろいろなことがあるけど——」

立ち上がった翔の意外な言葉に、あちこちから冷やかしの声が上がる。それを無視して、翔は続けた。

「悪いことばかりじゃない。苦しくて逃げたいと思う時も、どこかになにか次の幸せにつながる欠片《かけら》が落ちてると思う。俺は今日、その欠片をひとつ拾った。俺たちが、俺たちであるために、乾杯しよう——乾杯！」

全員がグラスを掲げ、BGMが鳴り出す中、翔はエリカを振り向いていった。

「日本っていう国に——」

エリカがいった。

「くだらない政治に」

グラスを軽くかかげる。

「この後ふたりで飲みに行かないか。いいバー、知ってるんだ」

「いいよ。いまの乾杯の言葉、良かったから。さすが、総理」

エリカは悪戯《いたずら》っぽく笑っていった。「もう少しやってたかった？」

「まさか」

翔は笑った。「もう政治には懲《こ》りた。俺にはやっぱり、俺でいることが一番似合ってると思うんだ」

「同感ね。ねえ、もう一度、乾杯しよう」

エリカがいった。「私たちが私たちであることに」

ふたりが打ち鳴らしたグラスの音は、喧噪の中でも微《かす》かだが確実な余韻を残して消えた。

# エピローグ

「あなた、一億円ちょうだい」

綾がいった。

新田らの活躍によって事件が解決し、一週間が過ぎた朝のことである。

この間、米本土にあるメディシスの本社が家宅捜索され、事件は、犯行を計画、関与した容疑で社長以下複数の役員が逮捕されるという一大スキャンダルにまで発展していた。ただし、日米の国防上かつ軍事上の理由で、泰山らが〝子供化〟していた事実は伏せられたままである。アメリカにすれば、そのような技術が実用化されていること自体、軍事機密なのだから日本としても公にするわけにはいかないのであった。

日本でもそうした事情を勘案し、共和党の冬島党首ほか、国内に潜伏していたメディシス関係者、さらに逃走先で身柄を確保された歯科医の丸山らの逮捕容疑は、傷害未遂と恐喝ということになっていた。

「一億ね。はいはい」

適当にお茶を濁そうとした泰山は、その後に続いた綾の言葉にびっくりして顔をあげた。

「使い道ができたのよ」

「使い道？　一億円だぞ、綾」

「そうよ」

当然といわんばかりに、綾はいった。「私、それを投資することにしたの」

「投資？　やめておけ」

泰山はいった。「ちょっと小金を持ったからといって素人が手を出せば失敗するのがオチだ。だいたい株ひとつ買ったこともないくせに」

「真衣さんの会社に投資することに決めたのよ」

「彼女の？」

読んでいた新聞から、泰山は顔をあげた。

「アメリカの製薬会社ががんに効く新薬を開発したんで、いま彼女が国内の販売代理権を取得しようとしているの。そのために一億円が必要なんだって。だから、私、あの娘《こ》の会社に投資することに決めたのよ」

「ほう」

泰山の脳裏に、ホスピスで自分の過去を語った真衣の表情が蘇《よみがえ》った。彼女の見せた純心は、その後泰山主導で進めた新薬許認可法案の原動力だ。

「それがあれば、人の命を救えるわ」

「そうか」

読んでいた新聞を下げた泰山は、真顔で考えた。「いつまでに必要なんだ」

「来週くらいに彼女の会社に出資してあげれば、相手企業と契約のテーブルにつけるらしい」

「わかった」

泰山は頷《うなず》き、ふといった。「だが、お前が人助けとは珍しいな」

「実は私、一億円でマンションでも買おうかと思ってたんだけど、思い直したの。あの娘の話を聞いて世のため人のために、使うのも素敵だなって。お金って本来、そういうものかも知れないなって」

驚いた顔で綾を見つめた泰山は、その頬を緩めて笑った。

「そういうお金の使い方をする君こそ、素敵かもな」

新聞を持つ手をあげ、泰山は顔を隠す。

「武藤泰山の妻ですからね」

〝新薬許認可法案可決か〟という見出しが一面に躍る新聞に向かって、綾はいった。ふと新聞を捲《めく》る手が止まる。

返事はない。

「私が愛した政治家の妻だから」

どれくらいそうしていたか、泰山の手が動き、また静かに新聞のページが捲られる。

綾はにっこりと笑い、泰山が呑《の》み干した湯呑みに急須《きゅうす》から新しいお茶を淹《い》れた。

＊　＊　＊

「武藤翔君」

名前を呼ばれた時、翔は緊張した面持ちで、待合室の椅子にかけていた。

面接でてっきりはねられたと思っていたアグリシステムから、最終面接の案内が届いたのは先週末のことだ。

インターネットのメールで届いた文面を読んだ時、翔は最初、自分の目を疑った。だが、それは紛れもない事実であり、何度読んでも、そこには本社受付への来社時間が記されている。

その時翔の胸に込み上げてきたのは紛れもない喜びだったが、いまそれは最終面接というプレッシャーの中で、緊張へと化学変化を遂げていた。

「なんかオレ、ヘン？」

歩き方がギクシャクしている。だけど、どうすることもできない。この会社への期待が大きいだけに、これからの面接が自分の一生を左右するのだという事実だけが、頭の中でどんどん膨張し続ける。

「おい、肩の力を抜けよ」

面接会場の役員会議室に案内してくれていた男が声をかけてきた。メガネをかけた四十歳前後の男だ。神経質そうだが、翔に向けられた目には、どこか温かみがある。

「あ、ありがとうございます」

ぎこちなくこたえた翔に、男は頷き、「普段通りやればいいさ」といった。「肩の力を抜いて。いいたいことをいって来い。この前、私にいったみたいにさ」

いったい、オヤジの奴なにをいったんだ？　国会の答弁と勘違いして、偉そうに演説でもぶったに違いないが、それでも最終面接にまでこぎ着けられたのだから、なにかまともなことをいったのかも知れなかった。

オヤジにできて、オレにできないことはない。そんなふうに思うと、翔は、自分をがんじがらめにしていた緊張がほぐれるのがわかった。

いま、会議室の扉の前に翔は立っている。

「グッドラック」

男はいうと、さっと引き下がっていった。

「どうも……」

右の拳《こぶし》を軽く握った翔は、そこで動きをとめてひとつ深呼吸する。それから、意を決してノックすると、ドアノブを押して中にはいった。

重厚感のあるオーバル形のテーブルがあり、その向こう側に重役らしい人物が三人、その右側に、こちらは進行役らしい男がひとり、かけていた。

「京成大学の武藤翔です。よろしくお願いします」

深々と頭を下げた翔に、「かけてください」、といったのは、進行役らしい人事部の社員だ。

「簡単に志望動機からお願いします」

何度も家で練習してきた動機は、緊張した中でもスムーズに口から出てきて翔を少し安心させた。

「ありがとう。なかなか将来有望な学生だと思いますが」

人事部が振ると、「ウチにはいないタイプだな」、と真ん中にかけている初老の男がいった。黒縁メガネをかけたロマンスグレーの男だ。

「君、首相の息子なんだってね。政治家にはならないのかい」

想定内の質問を投げてきたのは、右側にすわっている男だ。真ん中の黒縁メガネより若そうだが、頭には毛髪が一本もない。

「父は生まれながらの政治家です」

翔はこたえた。「きっと政治家じゃない家に生まれても、政治家を目指したでしょう」

それは、翔自身、長く勘違いしていたことでもあった。今回の事件で父とふれあうことになって、父が胸の内に秘めていた情熱に気づいたのだ。

「父は、本気で世の中を良くしようと、政治の道を選びました。世の中を良くしたいという思いは、私もまったく同感ですが、そのために私が選んだのは、政治ではなく、御社です。私はもっと人々の生活の身近なところで、社会に貢献したいんです」

「政治家を継いでくれという話はなかったの？」

これは左側の役員の質問。体育会風のがっしりした男だった。

「もちろん、ありました」

翔は正直にこたえた。「しかし、食品で世の中に貢献したいという夢を、結局父は理解してくれました。世の中のためになるのに、政治でも食品事業でも、尊さは変わらないからです」

「随分と前回の面接ではやりあったらしいな」

黒縁メガネから意地の悪い言葉が飛び出した。どんなやり取りがあったかはわからない。泰山は話さなかった。しかし、

「申し訳ありません」

頭を下げた翔に返ってきたのは、「謝る必要はない」という意外なひと言だった。

「君がいったことは正しい」

黒縁メガネは断言して、続けた。「だが、残念ながら弊社の現状には合っていない」

俄《にわか》に雲行きが怪しくなってきた。

「君がさっき話してくれた志望動機はすばらしい。だが、いまのウチにとって収益の柱は、いわゆる普通の野菜だ。君がいうところの農薬塗《まみ》れの野菜といったらいいか。もし、君がウチに入社したら、君の意に沿わない野菜を扱うことになる。それは君の動機からすると耐えられないことなんじゃないか」

「かも知れません」

翔はいった。「それでも、無農薬野菜で豊かな食卓を実現したいという私の夢を実現できる

とすれば、御社しかないんです。御社にそういう意向が全くないというのなら、あきらめます。でも、安全でおいしい食品を家庭に届けたいという意思が少しでもあるのなら、私を採用してください」

黒縁メガネがにんまりして、左右の面接官と視線を交換した。

「君みたいにさ、理想論ばっかりいってる若者っていうのは質《たち》が悪いんだ」

そういったのはハゲのほうだ。「だが、理想論すら語らない若者はもっと質が悪い。いま君が話してくれた志や夢、忘れないでくれよ。さて、よろしいか」

人事部の人間に目配せをすると、真ん中の黒縁メガネの男が立ち上がった。

「ようこそ、アグリシステムへ。君と一緒に働けて光栄に思う」

テーブル越しに右手が差し出される。

それがあまりに唐突で、翔はいまなにが起きているのか信じられなかった。喜びはほんの僅《わず》か遅れて、体中に溢《あふ》れてくる。

思わず立ち上がった翔は、テーブル越しに差し出された手を握りしめるのがやっとだ。

力強く、温かい握手だった。

「こちらこそ、光栄です」

喜びに震える声で翔はいった。「ふつつか者ですが、よろしくお願いします」

その言い様に、役員たちが一斉に笑った。

前屈《まえかが》みになった城山は真剣そのものの表情で、泰山を睨《にら》み付けた。「漢字の誤読やらスキャンダルやら、いろいろあった。だがしかしだ、憎《に》っくき共和党は自滅。今度のサミットの成功で世論は再び民政党に傾きつつある。いますぐ解散しろ、泰山。解散だ」

「それはできません」

泰山は真っ直ぐに面《おもて》をあげたまま、いった。

「なんでだ、泰山。まさか新薬許認可法案にこだわっているわけではあるまいな。民政党にとって、あの法案を通すことになんのメリットがあるか、考えてみろ。国内製薬業界の反発もある。廃案にしてもいいのではないか」

「いえ、あれだけは通します」

泰山はがんとしていった。「党利党略の問題ではありません」

「まったく、頑固な奴だな」

首相官邸の一室で、城山はあきれて、腕組をした。「なにごともタイミングが大事だぞ、泰山。いまを逃していつ解散するつもりだ」

「時期については、この泰山にお任せください」

そういって泰山が深々と頭を下げるので、さすがの城山も返す言葉に窮するかのようであった。

泰山の意志が固いと見るや、舌打ちした城山は、大きなため息をついた。

「泰山、よく聞け——」

「お前は総理である前に、民政党の総裁なんだぞ、泰山」

「それは違います」

眦《まなじり》を決して泰山はいった。「民政党の総裁である前に、私は日本の首相です。己の利益の前に、国民の利益を論ずるべきだと考えます」

「ずいぶん堅いことをいうじゃないか」

城山は苛立《いらだ》ちを滲《にじ》ませた。「それで政局を運営できるか」

「正しいことをして運営できない政局など、そもそも間違っています」

泰山は言い放った。「この泰山、本法案には、政治生命を賭《と》して臨む覚悟です。ご理解ください」

再び頭を下げた泰山を、

「一国の首相が、そう頭ばかり下げるものではない」

そういって城山は叱った。

だが、その法案が成立する見通しは、決して明るいものとは言い難い。

一旦《いったん》衆議院で可決したのも束の間、与野党が逆転している参議院では憲民党の反対により否決。本日衆議院で再可決を目指すが、これには三分の二以上の賛成が要る。

貝原の票読みでも、与党民政党内にも一部離反する動きがある一方、同法案の内容をマニフェストに掲げていた共和党所属の議員が賛成に回るものの、可決できるか際どかった。いわゆる古参議員が体調不良などで欠席すれば賛成票が減り、法案の行方はますますもって不透明になる。

「正義は我に有りです、泰さん」

運命の国会の前、狩屋が励ましたのは、昨日の世論調査で、この法案への賛成意見が全体の七割を占めていることがわかったからだ。「どちらともいえない」、「わからない」といった中間的な回答が二割。残る反対意見は一割程度に止まる。

そしていま――泰山は本会議場にいて、登壇している国務大臣による趣旨説明に耳を傾けていた。

それが終わると、河田衆議院議長の眠そうな声が続く。

「ただいまの趣旨の説明に対し討論の通告があります。順次これを許します」

討論が始まった。泰山は瞑目《めいもく》し、微動だにしないで賛成および反対弁論に聞き入っている。

登壇したのは、全部で六人の与野党議員だ。

やがて、最後の討論者が演壇を降りた時、議会に息を呑《の》むような緊張感が漂い始めた。

「これにて討論は終局いたしました。本案を採決いたします」

河田の声がマイクを通して本会議場に響く。「本採決は記名投票によって行います。賛成の諸君は白票、反対の諸君は青票を持参されることを望みます。議場閉鎖」

背後の扉が閉じられ、異様なムードが漂い始めた。

泰山はいまだ瞑目し、順番に票を投ずる与野党議員たちの気配をうかがっている。

すべての議員の投票が終わると、場内にざわめきが広がっていった。

「投票漏れはございませんか」

議場を見回して河田が聞いた。「――投票漏れなしと認めます。投票箱閉鎖。開票！　議場開鎖。参事に投票を計算させます」

鉛のように重苦しい集計時間が過ぎていく。

「投票の結果を事務総長から報告させます」

事務総長が立ち上がった。

――投票総数四六一。可とするもの、三〇九。否とするもの、一五二。

万雷の拍手が起きた。泰山は立ち上がり、深々と頭《こうべ》を垂れる。議場が大きくどよめいたのはその時だ。

おおっ、という驚愕《きょうがく》の声があちこちで上がった。

見れば官房長官の狩屋が、紫の袱紗《ふくさ》に包まれたそれを事務総長に手渡すところだ。

国会議員であれば、その袱紗《ふくさ》に包まれたものが何であるか、知らない者はいない。いまや議場は騒然となり、空気が震動するほどの興奮に包まれていた。

「泰山、お前というやつは！」

足早に席を立ってきた城山がいった。「なんという演出をしてくれるんだ！　こう来たか！」

袱紗が事務総長から河田の手に渡った。

「ただいま、内閣総理大臣から詔書が発せられた旨伝えられましたから、これを朗読いたします」

河田の声は、いまや場内に交錯する歓声と怒号に掻《か》き消されそうだ。「日本国憲法第七条により、衆議院を解散する！　御名御璽！　内閣総理大臣、武藤泰山！」

民政党の議員が一斉に立ち上がって、「万歳！　万歳！」と叫びだした。

その騒擾《そうじょう》の中、泰山はひとり冷静沈着な面持ちで立ち尽くしていた。この時、泰山の胸中を占めているのは寸分の揺るぎもない決意である。

この日本は、俺がこの手で変えてみせる。だから――。

だから、日本の民よ、必ず俺をこの本会議場に戻してくれ。

我が国の未来は決して安穏としたものではない。だが、だからこそ、いまの日本に必要なのは、俺だ。

首を洗って待ってろ、蔵本。覚悟しろ、小中め。

ひとりの政治家として、いま再び――俺は民意を問う。

# 解説　「原作もの」なら、任せてください

高橋一生

映像作品には「原作もの」と呼ばれるジャンルがあります。文字通り、小説やマンガを原作にしたテレビドラマや映画のことです。

俳優にとっての原作の位置づけとは？　俳優個々によって答えは異なると思いますが、僕の場合は揺るぎのない「芯《しん》」だと捉《とら》えています。

俳優がそれぞれの役に肉づけする際には骨となり、作品全体のしっかりとした支柱になるもの。映像という二次制作物ではあっても、原作がある以上はそれを尊重し、できる限り沿ったものにしたい。そうした心づもりで、いつも現場に入ります。

2015年に放送されたドラマ『民王』もまた、池井戸潤さんの同名小説に基づく「原作もの」です。

総理大臣・武藤泰山《むとうたいざん》と大学生の息子・翔《しょう》の心と身体が、ある日唐突に入れ替わってしまうことから始まるコメディ。泰山には遠藤憲一《えんどうけんいち》さん、翔には菅田将暉《すだまさき》くんが扮《ふん》し、僕は泰山の公設第一秘書である貝原茂平《かいばらもへい》役を演じさせて頂きました。

強面の総理大臣が答弁中にまったく漢字が読めなくなったり、バカ息子が急に剛直な物言いをしたり。貝原を含め、周囲はその変貌《へんぼう》ぶりに翻弄《ほんろう》されます。これまでにドラマ『鉄の骨』(10年)、映画『空飛ぶタイヤ』(18年)と2作の池井戸作品に出演し、一読者として小説を読んできましたが、シリアスで重厚なイメージの強い作品群の中で、『民王』は異色中の異色作。はじめて読んだときは「あの池井戸さんが、まさか」と驚きながらも、そうした挑戦自体をとても面白く感じました。

しかし、愉快なだけでなく、読み進めていくと『民王』は、やはりほかの池井戸作品に通じる確かなスタンスを備えていることがわかります。

総理大臣が主人公となる『民王』には、さまざまな社会問題や、それに対する政界の意思決定の仕組みが虚実を交えて描かれています。中でもポイントになるのが、泰山と翔の入れ替わりの真相にも絡む、新薬承認を巡る医療政策です。

特効薬があるのに手に入らず、困っている人が目の前にいる。なのに手を差し伸べられず、泰山はもどかしさを痛感します。なぜなら、彼の中身は入れ替わった翔だからです。学生の翔だから、市井の人の声を素直に聞くことができた。何とかしてほしいという気持ちの切実さ、簡単には叶《かな》えられない政治というシステムの哀しさが伝わってきます。

社会的に弱い立場に追いやられた人がいたら、そこに焦点を合わせ、何が原因なのか、どうすれば解決できるのかを提示し、現状に反論していく。この、現実に根ざした重心の低さが、僕の思う池井戸作品の魅力です。

そして、最後には必ず、胸のすくような希望の光を見せてくれるところも。『民王』では、コメディらしいライトな雰囲気を纏《まと》った中で重要な問題が次々と提起されますが、入れ替わりというSF的な設定を使いながらもどこかどっしりと地に足がついた世界観は、多くの作品をリアリズムで書いてきた池井戸さんだからこそ創り出し得たものだと思います。

翻って、ドラマを作っていた僕たち映像側はどうだったか。

小説を読み、放送をご覧になった方はおわかりだと思いますが、ドラマ版『民王』には、原作とは異なる設定だったり、原作に沿って物語を膨らませたりしたところが多々あります。例を挙げると、原作ではいわゆるチャラ男だった翔はドラマでは内向的で気の弱い青年になっているし、僕の演じた貝原も、原作には書かれていない行動をとります。

繰り返しになりますが、原作の枠組みや設定だけ借りてあとは自由に改変、というのは、僕は基本的に避けるようにしています。監督の木村《きむら》ひさしさんも、やはり原作をとても大切にされる方で、小説の持つ軽みや滑稽《こっけい》さ、それでいて核心を突く鋭さをドラマとしてどう再現するかを常に考えていらしたと思います。

それを実現できたのは、かたちとして見えない小説の幅の広さ、懐の深さのおかげだったと感じています。

文字のみで表現された小説には、読む側にも演じる側にも想像の自由があります。同じ「原作もの」でも、マンガの場合は少々勝手が違っていて、たとえば読者にとって印象的な「決めゴマ」のシーンでは、原作そっくりのポーズをとったほうがいいと思ったりもする。でも、小説の場合はあるのが言葉のみなので、俳優としても工夫の余地があり、色々なものを乗せやすいのです。

動きだけでなく、性格や設定など原作に描かれていない部分を補うことで、映像としてさらに人物像を立体的に見せていく。貝原の場合は、原作では徹底的なリアリストですが、ドラマではものの言い方などに少々ケンが加わっています。

言葉としては軽いのですが、演じるうえで決め手になったのは、その場の「ノリ」でした。どんな役をやらせていただくときも、僕はあまり役作りということは考えません。原作と脚本を読めば、頭の中に材料は入ります。そのうえで、あれだけ強い泰山の下で秘書をやっている貝原とはいったいどういう人間なんだろうと考える。考えながらカメラの前に出て行った僕が、泰山、翔、それに金田《かねだ》明夫《あきお》さんが演じた内閣官房長官・狩屋《かりや》をはじめとした共演者と起こす化学反応が「ノリ」となって表れるのです。

ときには、「何でああなったんだろう?」というような、まるでどこかに連れて行かれるような感覚を覚えることもあります。不思議なことですが、そうした経験は小説を書く方にもあるようで、これまで対談させていただいた何人かの作家の方からも、キャラクターを深く掘り下げていくうちに意図しない方向に物語が転がり、それを自動筆記させられているように感じる瞬間があるのだと伺いました。

小説も芝居も、「作りもの」だと言われます。でも、ごっこ遊びのような感覚だとしても、演じているのは紛れもない自分の肉体で、自分自身。俳優にとって、芝居はやはり「真実」です。

同じように、というのはおこがましいですが、作家にとっても、やはり小説は「真実」なのではないでしょうか。だから、フィクションを通して現実の厳しさとその先にあるはずの希望を描き出そうとされている池井戸さんに、巧みさと強さを感じずにはいられません。そうした作品が「芯」としてしっかりあったからこそ、僕たちは心ゆくまで『民王』という作品を遊ぶことができたのです。

そういえば撮影中、僕たちは普段はなかなか話題に上らない政治や社会問題についてよく語り合いました。たとえば、「国民投票や選挙の投票が、テレビの赤や黄色や青のボタンでできたらいいのになぁ」というふうに。これも、『民王』という作品が僕たちの血や肉になった証《あかし》ではないでしょうか。

ドラマ版『民王』は多くの方に支持をいただき、16年には続編と、貝原を主人公にした番外編『民王スピンオフ～恋する総裁選～』が放送されました。

正直なところ、僕はずっと「池井戸さんに怒られるだろう」と思っていました。こんな芝居で貝原を表現してしまっても良かっただろうか、先程《原作には描かれていない部分を》と説明しましたが、《補うにも程があるだろう》と。だから、放送後に池井戸さんからドラマをとても気に入ってくださったと聞いたときは本当にほっとしたし、別の作品に出演した際、お花

をいただいたのはとてもうれしかった。原作者の方とこんなふうに交流ができたのははじめて
のことで、俳優をやっていてよかった、役者冥利《みょうり》につきるなと、素直に喜んでいました。
そういうわけで、僕は少し調子に乗りはじめています。「原作ものなら、任せてください」
と。以前、好きな小説の、絶対にやりたかった人物が別の人で映像化されたとき、しばらく小
説を読めない時期があったのですが、しかるべきときにしかるべきオファーはきっとくるはず
だと、今は思えます。ほんの少し、僕の心にも余裕が生まれたのかもしれません。鬱積《うっせき》してい
た思いを反芻《はんすう》するように、あれこれと小説に手を伸ばしています。そして、『民王』に続編を
願っています。
泰山や翔はあれからどうなっているだろう。貝原も、もしかしたら泰山と政治的に対立する
存在になっているかもしれません。ドラマを気に入ってくださった池井戸さんなら、遠藤さん
や菅田くん、僕が演じた人物からこぼれた片鱗《へんりん》を、あらためて小説にフィードバックしてくだ
さるような気がします。
つねづね、脚本家が書き俳優が演じるプロセスは、言葉と演技で行う文通のようだと感じて
いました。が、原作者と俳優の間でもそうした相互作用が叶うとしたら、ものづくりにおける
ひとつの理想的な関係なのでは、と思うのです。

本書は、二〇一〇年五月にポプラ社より単行本として、二〇一三年六月に文藝春秋より文庫として刊行された作品です。

# 民《たみ》 王《おう》

池《いけ》井《い》戸《ど》 潤《じゅん》

令和元年 10月25日　初版発行
令和３年　９月25日　３版発行

発行者●堀内大示

発行●株式会社KADOKAWA
〒102-8177　東京都千代田区富士見2-13-3
電話　0570-002-301（ナビダイヤル）

角川文庫 21847

印刷所●株式会社暁印刷
製本所●本間製本株式会社

表紙画●和田三造



●お問い合わせ
https://www.kadokawa.co.jp/（「お問い合わせ」へお進みください）
※内容によっては、お答えできない場合があります。
※サポートは日本国内のみとさせていただきます。
※Japanese text only


ISBN 978-4-04-108557-8　C0193

# 角川文庫発刊に際して

角川源義

第二次世界大戦の敗北は、軍事力の敗北であった以上に、私たちの若い文化力の敗退であった。私たちの文化が戦争に対して如何に無力であり、単なるあだ花に過ぎなかったかを、私たちは身を以て体験し痛感した。西洋近代文化の摂取にとって、明治以後八十年の歳月は決して短かすぎたとは言えない。にもかかわらず、近代文化の伝統を確立し、自由な批判と柔軟な良識に富む文化層として自らを形成することに私たちは失敗して来た。そしてこれは、各層への文化の普及滲透を任務とする出版人の責任でもあった。

一九四五年以来、私たちは再び振出しに戻り、第一歩から踏み出すことを余儀なくされた。これは大きな不幸ではあるが、反面、これまでの混沌・未熟・歪曲の中にあった我が国の文化に秩序と確たる基礎を齎らすためには絶好の機会でもある。角川書店は、このような祖国の文化的危機にあたり、微力をも顧みず再建の礎石たるべき抱負と決意とをもって出発したが、ここに創立以来の念願を果すべく角川文庫を発刊する。これまで刊行されたあらゆる全集叢書文庫類の長所と短所とを検討し、古今東西の不朽の典籍を、良心的編集のもとに、廉価に、そして書架にふさわしい美本として、多くのひとびとに提供しようとする。しかし私たちは徒らに百科全書的な知識のジレッタントを作ることを目的とせず、あくまで祖国の文化に秩序と再建への道を示し、この文庫を角川書店の栄ある事業として、今後永久に継続発展せしめ、学芸と教養との殿堂として大成せんことを期したい。多くの読書子の愛情ある忠言と支持とによって、この希望と抱負とを完遂せしめられんことを願う。

一九四九年五月三日

# 角川文庫ベストセラー

## 愛情物語
赤川次郎ベストセレクション⑭
赤川次郎

赤ん坊のときに捨てられ、今はバレリーナとして将来を期待されている美帆、16歳。彼女には誕生日になると花束が届けられる。「この花の贈り主が、本当の親なのかもしれない」、美帆の親探しがはじまるが……。

## 魔女たちのたそがれ
赤川次郎ベストセレクション⑮
赤川次郎

「助けて……殺される」。かつての同級生とおぼしき女性から、助けを求める電話を受けた津田は、同級生の住む町に向かう。恐るべき殺戮の渦に巻き込まれるとも知らず――。巧みな展開のホラー・サスペンス。

## 魔女たちの長い眠り
赤川次郎ベストセレクション⑯
赤川次郎

夜の帳が降り、静かで平和に見える町が闇に覆われる頃、次々と起こる動機不明の連続殺人事件。誰が敵か味方かも分からない、恐怖と狂気に追い込まれる人々。そして闇と血が支配する〈谷〉の秘密が明らかに！

## 早春物語
赤川次郎ベストセレクション⑰
赤川次郎

父母とOL1年生の姉との4人家族で、ごくありふれた生活を過ごす17歳の女子高生、瞳の運命を、1本の電話が大きく変えることになるとは……大人の世界に足を踏み入れた少女の悲劇とは――？

## おやすみ、テディ・ベア (上)(下)
赤川次郎ベストセレクション⑱⑲
赤川次郎

「探してくれ、熊のぬいぐるみを。爆弾が入っているんだ！」アパートで爆死した友人の〝遺言〟を受けて、消えたテディ・ベアの行方を追う女子大生、由子。予測不可能！　ジェットコースター・サスペンス！

# 角川文庫ベストセラー

ユージニア　恩田　陸

あの夏、白い百日紅の記憶。死の使いは、静かに街を滅ぼした。旧家で起きた、大量毒殺事件。未解決となったあの事件、真相はいったいどこにあったのだろうか。数々の証言で浮かび上がる、犯人の像は——。

チョコレートコスモス　恩田　陸

無名劇団に現れた一人の少女。天性の勘で役を演じる飛鳥の才能は周囲を圧倒する。いっぽう若き女優響子は、とある舞台への出演を切望していた。開催された奇妙なオーディション、二つの才能がぶつかりあう！

メガロマニア　恩田　陸

いない。誰もいない。ここにはもう誰もいない。みんなどこかへ行ってしまった——。眼前の古代遺跡に失われた物語を見る作家。メキシコ、ペルー、遺跡を辿りながら、物語を夢想する、小説家の遺跡紀行。

夢違　恩田　陸

「何かが教室に侵入してきた」。小学校で頻発する、集団白昼夢。夢が記録されデータ化される時代、「夢判断」を手がける浩章のもとに、夢の解析依頼が入る。子供たちの悪夢は現実化するのか？

雪月花黙示録　恩田　陸

私たちの住む悠久のミヤコを何者かが狙っている……！　謎×学園×ハイパーアクション。恩田陸の魅力全開、ゴシック・ジャパンで展開する『夢違』『夜のピクニック』以上の玉手箱!!

# 角川文庫ベストセラー

## 私の家では何も起こらない　恩田　陸

小さな丘の上に建つ二階建ての古い家。家に刻印された人々の記憶が奏でる不穏な物語の数々。キッチンで殺し合った姉妹、少女の傍らで自殺した殺人鬼の美少年……そして驚愕のラスト！

## 光秀の定理　垣根涼介

牢人中の明智光秀が出会った兵法者の新九郎と、路上で博打を開く破戒僧・愚息。奇妙な交流が歴史を激動に導く。光秀はなぜ瞬く間に出世し、滅びたのか……「定理」が乱世の本質を炙り出す、新時代の歴史小説！

## 悪果　黒川博行

大阪府警今里署のマル暴担当刑事・堀内は、相棒の伊達とともに賭博の現場に突入。逮捕者の取調べから明らかになった金の流れをネタに客を強請り始める。かつてなくリアルに描かれる、警察小説の最高傑作！

## てとろどときしん　大阪府警・捜査一課事件報告書　黒川博行

フグの毒で客が死んだ事件をきっかけに意外な展開をみせる表題作「てとろどときしん」をはじめ、大阪府警の刑事たちが大阪弁の掛け合いで6つの事件を解決に導く、直木賞作家の初期の短編集。

## 疫病神　黒川博行

建設コンサルタントの二宮は産業廃棄物処理場をめぐるトラブルに巻き込まれる。巨額の利権が絡んだ局面で共闘することになったのは、桑原というヤクザだった。金に群がる悪党たちとの駆け引きの行方は――。

# 角川文庫ベストセラー

## 螻蛄

黒川博行

信者500万人を擁する宗教団体のスキャンダルに金の匂いを嗅ぎつけた、建設コンサルタントの二宮とヤクザの桑原。金満坊主の宝物を狙った、悪徳刑事や極道との騙し合いの行方は⁉「疫病神」シリーズ‼

## 繚乱

黒川博行

大阪府警を追われたかつてのマル暴担コンビ、堀内と伊達。競売専門の不動産会社で働く伊達は、調査中の敷地900坪の巨大パチンコ店に金の匂いを嗅ぎつけると、堀内を誘って一攫千金の大勝負を仕掛けるが⁉

## 燻《くすぶ》り

黒川博行

あかん、役者がちがう――。パチンコ店を強請る2人組、拳銃を運ぶチンピラ、仮釈放中にも盗みに手を染める小悪党。関西を舞台に、一攫千金を狙っては燻り続ける男たちを描いた、出色の犯罪小説集。

## 破門

黒川博行

映画製作への出資金を持ち逃げされたヤクザの桑原と建設コンサルタントの二宮。失踪したプロデューサーを追い、桑原は本家筋の構成員を病院送りにしてしまう。組同士の込みあいをふたりは切り抜けられるのか。

## 軌跡

今野　敏

目黒の商店街付近で起きた難解な殺人事件に、大島刑事と湯島刑事、そして心理調査官の島崎が挑む。（「老婆心」より）警察小説からアクション小説まで、文庫未収録作を厳選したオリジナル短編集。

# 角川文庫ベストセラー

## 熱波
今野敏

内閣情報調査室の磯貝竜一は、米軍基地の全面撤去を前提にした都市計画が進む沖縄を訪れた。だがある日、磯貝は台湾マフィアに拉致されそうになる。政府と米軍をも巻き込む事態の行く末は？　長篇小説。

## 陰陽　鬼龍光一シリーズ
今野敏

若い女性が都内各所で襲われ惨殺される事件が連続して発生。警視庁生活安全部の富野は、殺害現場で謎の男・鬼龍光一と出会う。祓師だという鬼龍に不審を抱く富野。だが、事件は常識では測れないものだった。

## 憑物　鬼龍光一シリーズ
今野敏

渋谷のクラブで、15人の男女が互いに殺し合う異常な事件が起きた。さらに、同様の事件が続発するが、その現場には必ず六芒星のマークが残されていた……警視庁の富野と祓師の鬼龍が再び事件に挑む。

## 鳥人計画
東野圭吾

日本ジャンプ界期待のホープが殺された。ほどなく犯人は彼のコーチであることが判明。一体、彼がどうして？　一見単純に見えた殺人事件の背後に隠された、驚くべき「計画」とは⁉

## 探偵倶楽部
東野圭吾

「我々は無駄なことはしない主義なのです」――冷静かつ迅速。そして捜査は完璧。セレブ御用達の調査機関〈探偵倶楽部〉が、不可解な難事件を鮮やかに解き明かす！　東野ミステリの隠れた傑作登場‼

# 角川文庫ベストセラー

さいえんす？　東野圭吾

「科学技術はミステリを変えたか？」「男と女の〝パーソナルゾーン〟の違い」「数学を勉強する理由」……元エンジニアの理系作家が語る科学に関するあれこれ。人気作家のエッセイ集が文庫オリジナルで登場！

殺人の門　東野圭吾

あいつを殺したい。奴のせいで、私の人生はいつも狂わされてきた。でも、私には殺すことができない。殺人者になるために、私には一体何が欠けているのだろうか。心の闇に潜む殺人願望を描く、衝撃の問題作！

ちゃれんじ？　東野圭吾

自らを「おっさんスノーボーダー」と称して、奮闘、転倒、歓喜など、その珍道中を自虐的に綴った爆笑エッセイ集。書き下ろし短編「おっさんスノーボーダー殺人事件」も収録。

さまよう刃　東野圭吾

長峰重樹の娘、絵摩の死体が荒川の下流で発見される。犯人を告げる一本の密告電話が長峰の元に入った。それを聞いた長峰は半信半疑のまま、娘の復讐に動き出す――。遺族の復讐と少年犯罪をテーマにした問題作。

使命と魂のリミット　東野圭吾

あの日なくしたものを取り戻すため、私は命を賭ける――。心臓外科医を目指す夕紀は、誰にも言えないある目的を胸に秘めていた。それを果たすべき日に、手術室を前代未聞の危機が襲う。大傑作長編サスペンス。

# 角川文庫ベストセラー

夜明けの街で　東野圭吾

不倫する奴なんてバカだと思っていた。でもどうしようもない時もある——。建設会社に勤める渡部は、派遣社員の秋葉と不倫の恋に墜ちる。しかし、秋葉は誰にも明かせない事情を抱えていた……。

ナミヤ雑貨店の奇蹟　東野圭吾

あらゆる悩み相談に乗る不思議な雑貨店。そこに集う、人生最大の岐路に立った人たち。過去と現在を超えて温かな手紙交換がはじまる……張り巡らされた伏線が奇蹟のように繋がり合う、心ふるわす物語。

ラプラスの魔女　東野圭吾

遠く離れた2つの温泉地で硫化水素中毒による死亡事故が起きた。調査に赴いた地球化学研究者・青江は、双方の現場で謎の娘を目撃する——。東野圭吾が小説の常識をくつがえして挑んだ、空想科学ミステリ！

今夜は眠れない　宮部みゆき

中学一年でサッカー部の僕、両親は結婚15年目、ごく普通の平和な我が家に、謎の人物が5億もの財産を母さんに遺贈したことで、生活が一変。家族の絆を取り戻すため、僕は親友の島崎と、真相究明に乗り出す。

夢にも思わない　宮部みゆき

秋の夜、下町の庭園での虫聞きの会で殺人事件が。殺されたのは僕の同級生のクドウさんの従妹だった。被害者への無責任な噂もあとをたたず、クドウさんも沈みがち。僕は親友の島崎と真相究明に乗り出した。

# 角川文庫ベストセラー

あやし　宮部みゆき

木綿問屋の大黒屋の跡取り、藤一郎に縁談が持ち上がったが、女中のおはるのお腹にその子供がいることが判明する。店を出されたおはるを、藤一郎の遣いで訪ねた小僧が見たものは……江戸のふしぎ噺9編。

ブレイブ・ストーリー(上)(中)(下)　宮部みゆき

亘はテレビゲームが大好きな普通の小学5年生。不意に持ち上がった両親の離婚話に、ワタルはこれまでの平穏な毎日を取り戻し、運命を変えるため、幻界〈ヴィジョン〉へと旅立つ。感動の長編ファンタジー！

お文《ふみ》の影　宮部みゆき

月光の下、影踏みをして遊ぶ子どもたちのなかにぽつんと女の子の影が現れる。影の正体と、その因縁とは。「ぼんくら」シリーズの政五郎親分とおでこの活躍する表題作をはじめとする、全6編のあやしの世界。

おそろし　三島屋変調百物語事始　宮部みゆき

17歳のおちかは、実家で起きたある事件をきっかけに心を閉ざした。今は江戸で袋物屋・三島屋を営む叔父夫婦の元で暮らしている。三島屋を訪れる人々の不思議話が、おちかの心を溶かし始める。百物語、開幕！

あんじゅう　三島屋変調百物語事続　宮部みゆき

ある日おちかは、空き屋敷にまつわる不思議な話を聞く。人を恋いながら、人のそばでは生きられない暗獣〈くろすけ〉とは……宮部みゆきの江戸怪奇譚連作集「三島屋変調百物語」第2弾。